김형신 게임 판타지 소설
GAME FANTASY STORY

NEW WORLD
뉴월드

뉴 월드 7

김형신 게임 판타지 소설

초판 1쇄 찍은 날 § 2009년 2월 19일
초판 1쇄 펴낸 날 § 2009년 2월 25일

지은이 § 김형신
펴낸이 § 서경석

편집장 § 문혜영
편집책임 § 정서진
편집 § 주소영

펴낸곳 § 도서출판 청어람
등록번호 § 제1081-1-89호
등록일자 § 1999. 5. 31
어람번호 § 제1-1033호

주소 § 경기도 부천시 원미구 심곡2동 163-2 서경B/D 3F (우) 420-822
전화 § 032-656-4452　팩스 § 032-656-4453
http://www.chungeoram.com
E-mail § eoram99@chollian.net

ⓒ 김형신, 2008

ISBN 978-89-251-1700-3 04810
ISBN 978-89-251-1428-6 (세트)

김형신 게임 판타지 소설
GAME FANTASY STORY

NEW WORLD
뉴월드

해와 달
[완결]
7

부제 마에스트로
Maestro

[It.=master] n. (pl. maestros, -stri[];fem. -stra[])
1. 대음악가, 명지휘자
2. [Maestro] 1에 대한 경칭
3. (예술의) 명인, 거장

도서출판 청어람

Contents

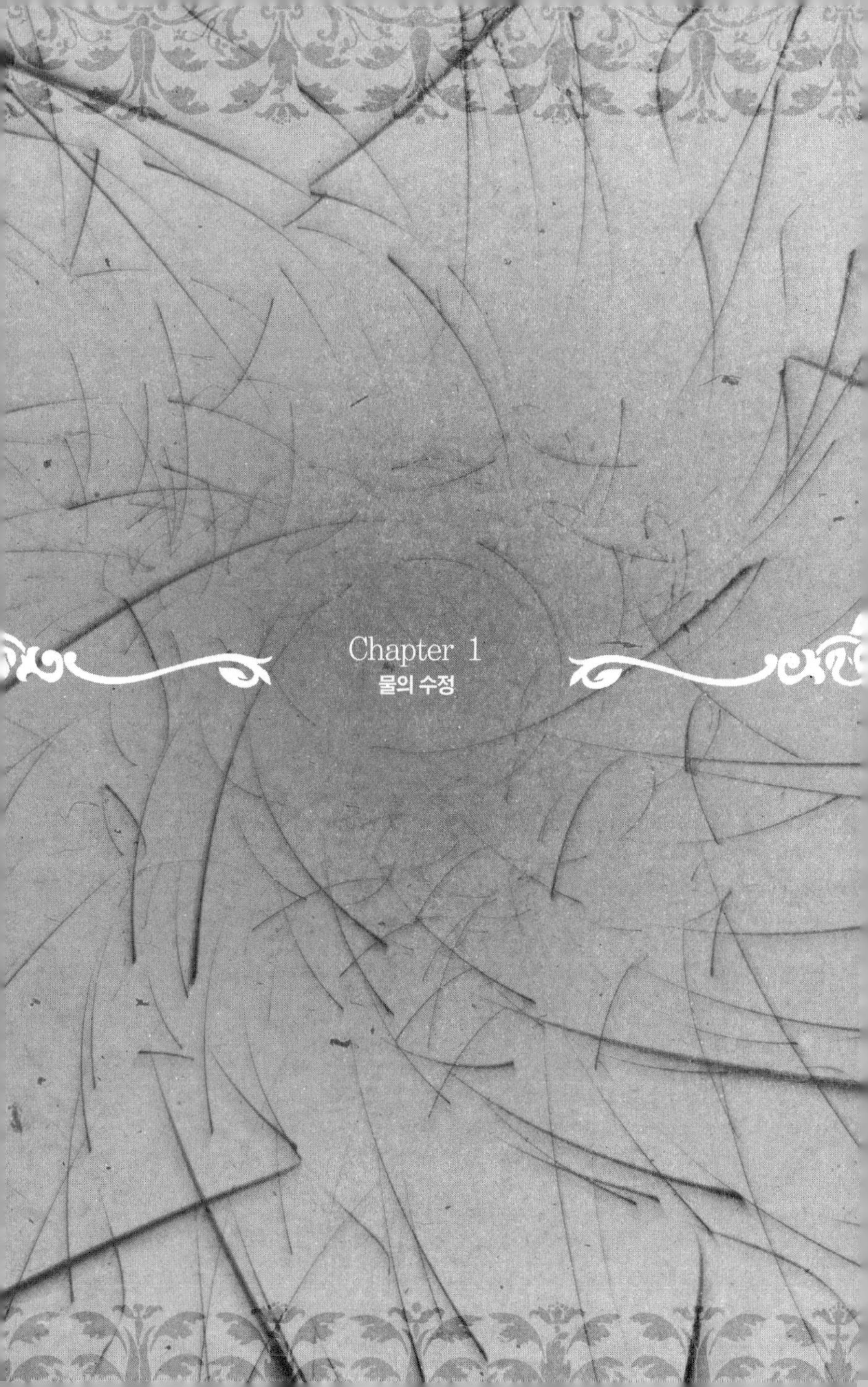
Chapter 1
물의 수정

NEW WORLD 뉴월드

"운이 좋지 않군. 이런 곳에서 우리를 만나다니."

라튼이 다가오면서 조롱하듯 말하자 루운은 의미심장한 미소를 흘렸다.

이 둘과 싸우게 된다면 선두는 포기해야 될 것이다.

그러나 안 그래도 갚아줄 것이 있는 둘을 만나게 된 것은 어쩌면 기회일지도 몰랐다.

지금 이곳에는 다른 다크스 길드원들은 보이지 않았다. 즉, 2:2의 싸움이라는 것인데 승산이 높았다.

레벨 200만 돼도 라튼한테 이길 수 있다고 확신하는데, 현재 자신은 4차 전직까지 마친 상황이었다.

더 이상 물러설 이유가 존재하지 않았다.

다만 커플로 함께 참여한 스윈한테 미안할 따름이었다.

"왜 웃지?"

라튼이 의아한 듯 물었다. 초콜릿을 먹다가 발견했다. 그리고 먼저 나와서 일부러 기다렸다. 적월이 그토록 경계하는 루운의 실력을 정확히 파악하고 싶었다.

별것 아니라고 판단한 자신의 생각이 맞는다는 것을 알려주고 싶었다.

더불어 이제 전면전을 앞두고 있는 그랜드의 중심과 다를 바 없는 루운에게 다크스의 공포를 전해주고 싶었다.

히든 클래스이자 랭커이며 훗날 다크스를 얻게 될 자신을 통해.

그런데 겁을 먹기는커녕 오히려 웃는다? 도무지 이해가 되지 않았다.

"안 그래도 너희들을 기다렸다."

루운은 스윈에게 귓속말로 미안한 마음을 전한 다음 목을 풀며 말했다.

"다크스도 마음에 안 들지만 너희 둘한테는 갚아줄 일도 있었거든."

"갚아줄 것이라? 전에 탑에서의 일을 말하나?"

라튼의 애기에 루운은 실소를 흘렸다. 하은과 탑에서 만났을 때만 기억하고 있다.

때린 입장이어서 그런지 기억하지 못하는 것이 분명했다.

하긴 자신이 뉴 월드를 처음 할 때의 일이었으니 당연한 결과였다.

하지만 맞은 루운은 절대 잊지 않고 있었다. 일명 무한 소심함의 뒤끝!

'합체는 하지 않아도 되겠지?

루운은 검을 손에 쥔 채 스윈과 함께 거리를 벌렸다.

라튼은 히든 클래스였으며 레니아는 주술사였다. 둘이 힘을 합치면 꽤 까다로우니 1:1로 승부를 펼칠 계획이었다.

스윈과 레니아는 실력이 비슷할 것이다.

레니아의 레벨이 높다 하지만 스윈 역시 PK에 월등한 직업 중 하나였고, 각성을 마쳤기에 쉽게 무너지지는 않을 터이다.

'라튼은 내가 이긴다.'

실력을 감춰온 자신과는 달리 라튼의 동영상은 언제든지 찾아볼 수 있었으며, 그의 기술과 각성 이후의 능력까지 모두 파악하고 있었다.

라튼은 강력한 히든 클래스가 아니다. 반대로 자신의 경우는 레벨 업이 오래 걸렸지만 여러 스텟 포인트 보상과 랜덤 스텟의 확보로 그 기반이 단단했다.

그 후, 레벨 200을 찍고 4차 전직까지 마친 지금은 판도가 바뀌었으며, 또 다른 비장의 무기가 존재했다.

그렇기에 굳이 합체까지 하면서 싸울 필요는 없었다.

만약 위험하다 싶으면 얘기는 달라지겠지만 말이다.

아무리 히든 클래스 중 뛰어나지 않다고 할지라도 각성까지 마친 그였고 변수는 존재할 수 있으니.

"우리랑 싸울 생각인가? 하긴 도망가기는 글렀지. 뭐, 어쨌든 좋아. 너의 그 자신감을 밟아주지. 갑작스럽게 레벨 200이 되었다고 좋아하지 마라. 이제부터 너는 나의 타깃이 되었으니."

라튼이 검을 소환하며 말하자 루운의 미간이 좁혀졌다.

그동안 라튼을 비롯한 다크스 길드의 일명 특공대들은 그랜드 길드의 간부들을 수없이 공격했다.

핵심 멤버들은 물론 레벨이 높은 이들이라면 가리지 않았다.

레벨 업을 방해하는 것이 주목적이었는데, 그들은 자신들이 직접 나서기도 했지만 때로는 제조까지 해가며 비열한 짓도 서슴지 않았다.

그일 뿐 아니라 레벨이 낮다 할지라도 그랜드 길드면 기습을 했고, 그로 인해 길드를 탈퇴한 이들도 적지 않았다.

사실 서로 적대 관계에 있는 길드에서는 흔한 일이기도 했다.

다만, 그럴 경우에는 미리 유저들에게 알리는 것이 예의였다.

다크스 길드는 이 시간부로 그랜드 길드를 적으로 간주할 것이다. 원치 않는 이들은 기간을 줄 테니 길드를 탈퇴하고, 유저들은 그랜드 길드와 파티 사냥 등 함께 어울리는 것을 자제해 달라는 식으로 말이다.

그래야 유저들이 다크스, 혹은 그랜드 길드원들과 파티를 피해 불이익을 당하지 않을 것이고, 레벨 업을 하고 싶으며 전쟁을 원하지 않는 유저들은 각 길드를 탈퇴할 테니.

하나 다크스 길드는 그런 절차를 밟지도 않고 전쟁도 직접적으로 벌이지 않으면서 뒤치기만 했다.

안달이 난 그랜드에서 먼저 도전을 하도록 말이다.

어떻게 보면 닭이 먼저냐, 달걀이 먼저냐의 차이였지만 도전을 한다는 것 자체가 거대 길드에서는 자존심 문제였다.

우위에 있는 자는 도전할 이유가 없으니 말이다.

다만 다크스 길드의 경우 계속해서 비매너를 일삼고 있고, 이미 유저들 사이에서는 두 길드가 언제 붙어도 이상하지 않는 사이이기에 도전을 한다 할지라도 명분이 존재했다.

'쟈케 역시 판단을 내린 듯하고.'

그랜드에서도 다크스와 관련된 일로 많은 회의가 존재했다.

이때까지는 결심을 내리지 않고 있던 쟈케 역시 이제는 일어설 각오를 세웠다.

그래서 조만간 다크스 길드의 수뇌부와 대면하기로 결정되어 있었다.

"너희들의 목적은 잘 알고 있다. 그 결과마저 네가 바라는 대로 되지는 않겠지만."

루운은 스윈에게 눈빛을 준 다음 라튼에게 파고들었다.

오랜 시간이었다. 처음부터 악연으로 만난 사이. 훗날 다크스와 그랜드로 갈리며 골은 더욱 깊어졌다.

그럼에도 1년이 훌쩍 넘는 시간 동안 참고 참을 수밖에 없었다.

라튼이 자신보다 강했으며, 견제를 받아서는 레벨 업이 더욱 늦어질 수 있기에.

하지만 이제는 그럴 필요가 없어졌다.

자신은 라튼을 능가했다. 직접 붙어보지는 않았지만 지금까지 보아온 데이터로 판단할 경우에는.

또한 양쪽 모두 전쟁을 치르기로 결심이 섰고, 전면전이 얼마 남지 않은 시점.

이제는 굳이 전력을 감출 필요가 없었다.

자신은 목표였던 레벨 200을 달성했으며, 그 사실도 랭킹으로 인해 다크스에 모두 알려졌다.

그리고 앞으로 중요하게 여기는 것은 레벨 업이 아니라 각성의 전직이었는데, 각성의 전직은 다른 유저들이 방해를 할 수 없었다.

개인만의 퀘스트이기 때문에.

씨익. 루운의 얼굴에 미소가 피었다.

동시에 그의 신형이 라튼의 그림자에서 솟구쳤다.

"어둠의 바람!"

푸우욱! 쿼쿼쿼쿼!

라튼이 검을 지면에 박는 순간, 루운의 사방으로 돌풍이 형성되었다.

예전에 봤던 검은 바람보다 더욱 강해진 어둠의 바람은 하늘에서는 물론 땅에서도 솟구쳤고, 양옆에서도 나타나 피할 공간을 주지 않았다.

그러자 라튼의 그림자로 이동해 기습을 하려고 했던 루운은 검을 거둘 수밖에 없었다.

어둠의 바람은 적에게만 데미지를 입히는지 라튼은 영향권에 있으면서도 평온한 표정이었다.

"결과가 나의 뜻처럼 되지 않을 것이라고? 크큭! 과연 그럴까!"

라튼은 루운이 한 말에 기분이 상했는지 되새기며 압박해 들어왔다.

바람의 기운이 사라지자마자 검은 빛을 지닌 칼날들이 목숨을 노리며 파고들었다.

"죽음의 검!"

스파아아앗!

하나 루운 역시 쉽게 당하지는 않았다.

라튼의 칼날들이 16개의 검과 부딪치며 허공에서 가루가 되어 흩어졌다.

"심결! 초월! 마나의 파편!"

그와 함께 틈이 생기자 루운은 심결과 버프 기술인 초월을 시전했으며, 라튼의 시선을 빼앗기 위한 용도로 파편도 발휘했다.

쉐에에엑!

마나의 파편이 달려들자 라튼은 마찬가지로 검은 기운을 발휘해 파편을 무력화시키려고 했다.

한데, 파편이 부딪치자마자 조각나며 자신을 노리자 당황을 금치 못했고, 그 시각 루운은 진월을 꺼내 연주를 하고 있었다.

빠르게, 빠르게, 더욱 빠르게!

능력이 좋아지면서 버프 시간이 짧게 단축되었지만 루운은 혼신의 힘을 다해 속도를 냈고, 순식간에 자신을 향한 버프는 물론, 라튼의 힘을 빼는 버프까지 완성시켰다.

더불어 정령들이 소환되었는데, 이전과 확연히 달라진 모습이었다.

그 수는 줄어들었으나 외형의 카리스마나 위력은 더욱 상승된 정령들.

바로 어둠의 선두자 보상 때문이었다.

아직까지 직접 사용하지는 않았던 가장 큰 보상인, 소환할 수 있는 정령들의 제한 소멸!

그로인해 루운의 능력이 부족함에도 최상급 정령까지 소환이 가능하게 되었다.

단, 위력과 수는 아직 루운의 힘이 모자라 만족스러운 수준은 아니었다.

"돌진! 전투!"

모든 준비를 마치자 루운은 승리를 확신하며 4차 전직 때 배운 스킬들을 사용했다.

슈우우욱!

루운의 몸 주위로 검붉은 색의 이펙트가 형성되었다.

공성전, 길드전, 혹은 유저와 전투 때만 발휘할 수 있는 전투의 영향이었다.

"너는 나를 이기지 못한다."

어느새 라튼의 곁으로 이동한 루운이 차갑게 말했다.

"웃기지 마라!"

콰아아앙!

라튼이 분노에 가득 찬 음성으로 최대 스킬 중 하나를 발휘했다.

그러자 루운의 발 바로 밑에서 검은빛의 기둥이 솟구쳐 올라왔고, 그 속도가 얼마나 빠른지 루운은 채 피하지도 못한 채 휩쓸렸다.

"네놈 따위가 나를 이긴다고? 불가능해!"

'큭. 데미지 한번 대단하군.'

달려오는 라튼을 쳐다보며 루운은 다급히 몸을 일으켰다.

역시 라튼은 쉽게 볼 수 있는 상대가 아니었다. 방심하다가 적지 않은 피해를 입었다.

"간혹 불가능이 깨지기도 하지."

루운은 그런 라튼을 피하지 않으며 맞부딪쳤다.

콰지지직!

서로의 검이 허공에서 만났다. 그리고 밀리는 것은 루운이 아닌 라튼이었다.

루운의 근력은 6,000을 넘은 상황!

현재 뉴 월드에서 근력이 6,000을 넘는 유저는 존재하지 않았기에 당연한 결과였다.

더군다나 현재 루운은 합체를 안 했을 뿐 발휘할 수 있는 버프를 모두 사용했으며, 라튼에게는 존재하지 않는 희귀 아이템 홍염의 에메랄드도 존재했다.

"도대체 어찌……. 네놈, 각성까지 마쳤냐?"

뒤로 밀리는 라튼이 인상을 일그러뜨리며 물었다.

라튼으로서는 그렇게 생각할 수밖에 없었다.

그렇지 않고서는 지금의 상황을 도저히 이해할 수 없다.

아무리 마에스트로라는 직업이 강하고 고생이 많았던 직업이라 할지라도 각성도 하지 않은 채 자신을 이길 수는 없으니!

하지만 루운은 라튼의 대답에 질문하지 않았다.

굳이 각성하지 않은 상태라고 말해서 그들의 경계심을 높여줄 필요는 없었기 때문이다.

분명 라튼은 이 대결이 끝나면 적월에게 보고할 것이다.

그 내용은 분명 자신보다는 강하지만 네가 걱정할 수준은 아니다일 테고.

"이제 끝내도록 하지."

루운은 노련한 레니아에게 밀리고 있는 스윈을 확인한 다음 마나의 검을 시전했다.

"닥쳐! 결정은 내가 한다!!"

루운과 정령들의 공격까지 방어하기에 정신없던 라튼이 괴성을 질렀다.

키에에에엑!

라튼의 거대한 펫이 모습을 드러내며 정령들과 부딪쳤다.

펫 역시 최상급의 정령들에게는 역부족이었으나, 잠시 시간을 끌 미끼는 되었다.

그와 함께 라튼의 몸 주변에 어둠의 갑옷이 형성되었으며, 어둠의 장막도 설치되었다.

쿠우우우웅!

그 둘의 방어막은 루운에게 있어 최대 데미지를 자랑하는 마나의 검을 막았지만 라튼의 두 눈동자에 놀라움이 서렸다.

이토록 놀라운 데미지를 보유하고 있을 줄은 예측하지 못했다.

막았다 해도 실드들이 다 파괴될 줄이야!

"너는 이기지 못해. 끝이다. 마나의 검! 폭주!"

데미지 1, 2위를 차지하고 있는 두 개의 스킬이 발휘되었다.

라튼은 온몸을 파고드는 패배감을 느꼈지만, 이를 악물며 재차 실드들을 발휘했다.

그러면서 최강의 스킬인 흑룡을 꺼냈다.

쿠오오!

검은빛의 흑룡이 검에서 솟아나오며 루운을 집어삼키는 그때, 루운의 두 스킬이 라튼의 흑룡과 실드를 산산조각 내며 그를 베었다.

“오빠! 오빠!”

“아리스, 너무 심하잖아. 그만 하자!”

‘그러면서 니는 왜 까세요?’

루운은 삶을 초월한 눈빛으로 멍하니 허공을 쳐다봤다.

그런 루운을 아리스가 밟고 있었으며, 진상진은 말리는 척하면서 스윈 몰래 걸어찼다.

‘그래, 이들을 잊고 있었군.’

라튼과 레니아의 등장으로 자신을 추격하는 둘의 존재를 떠올리지 못한 루운은 쓰게 웃었다.

라튼과의 대결은 자신의 승리로 끝이 났다.

라튼은 죽지 않았지만 일어서기도 힘든 지경이었으며, 이제 마지막 일격만을 앞두고 있었다.

하지만 갑자기 뒤에서 주술이 날아와 루운을 덮쳤다.

루운은 다크스 길드원들이 나타난 것이라 판단했다.

아직 뒤에 있는 유저는 많았으며, 그중에서 다크스 길드원들도 분명 존재할 테니.

그러나 예상과는 달리 모습을 드러낸 것은 침까지 질질 흘리며 짐승 모드가 된 아리스와 진상진이었으며, 그틈에 라튼과 레니아는 두고 보자는 유치한 대사를 남기며 다급히 자리를 벗어났다.

그리고 루운은 두들겨 맞기 시작했다.

라지, 아지와 합체를 한다면 상대할 수 있겠지만 너무나 어이가 없어 반격할 생각조차 하지 못했다.

그 결과 아리스는 아무런 방해 없이 복날에 개 패듯 두들겨 패기 시작했다.

같이 때리던 진상진은 스윈을 붙잡은 채 아리스를 말로만 말리는 척 했다.

"후우, 이제야 속이 시원하군."

'그러시겠죠.'

아리스가 손을 털며 만족스러운 표정으로 말했다.

마음 같아서는 루운을 죽여 버리고 싶었지만 곁에 있는 스윈을 위해 그나마 배려했다.

'역시 난 천사 같아!'

죽기 직전까지 만들어놓고 망상 작렬!

그런 아리스를 보며 루운은 차라리 잘됐다고 판단했다.

어차피 아리스는 그것이 언제라 할지라도 지신을 꼭 두들겨 팰 사람이었다.

아무리 그때 잘못을 자신이 아닌 안내자 토마토가 했다 할지라도 일부 연예인의 광신도들처럼 그녀는 주변의 말을 듣지 않으며 오로지 개인의 믿음에 사로잡혀 있었다.

그러니 어차피 맞아야 될 일! 지금 맞은게 차라리 속편했으며 스윈이 달려오자 힘겹게 자리에서 일어섰다.

비틀비틀, 휘청!

그런데 그 순간, 루운의 스텝이 꼬여 버렸다.

전투를 치른 것도 모자라 너무 많이 두들겨 맞았고, 생명이 거의 소진되었으며, 피로도 역시 누적되다 보니 다리에 힘이 풀린 것이다.

결국 루운은 전혀 원하지 않지만 넘어지고 말았는데.

물컹물컹!

“…….”

루운은 보았다. 자신이 넘어지려는 자리에 서 있는 아리스를.

루운은 느꼈다. 저도 모르게 뻗은 손 안에 한 가득 잡히는 부드러운 무엇인가를.

루운은 알았다. 자신에게 다가오는 폭력의 먹구름을.

루운은 결국 사망하셨다.

“각성의 전직만 마친다면!”

홀로 남은 루운은 두 주먹을 불끈 쥐었다.

정말 죽일 것이라고는 예측 못했다. 하지만 그녀는 개념이 남달랐다.

아는 이라 할지라도 자신을 열 받게 한다면 배려 따위는 안드로메다에 날려 버리는 굳센 정신력!

“자, 이제 들어가면 되는 것인가?”

현재 루운은 각성의 전직을 위해, 이벤트에서 떨어진 아쉬움을 뒤로한 채 정보에 뜬 위치로 이동했다.

서대륙 북쪽에 위치한 지역이었는데, 눈앞에는 넓은 바다가 펼쳐져 있었다.

곧 루운은 바다 위로 보이는 빛을 향해 신형을 날렸다.

첨버어엉!

"으응? 숨이 쉬어진다? 캑! 말도……."

물 안으로 들어와 빛의 문을 통과한 다음 루운은 깜짝 놀랐다.

호흡이 가능했으며 목소리가 들렸다. 또한 입과 코, 귀 등 온몸의 구멍으로 물이 들어오지 않았다.

쉐에에에에엑!

그때였다. 무엇인가가 다가오는 기운이 느껴지자 루운은 한 곳을 주시했다.

온몸이 부들부들 떨릴 정도로 어마어마한 힘!

아직 시야에 보이지 않음에도 본능이 먼저 깨달으며 긴장의 침을 꿀꺽 삼키게 했고, 순식간에 눈앞으로 나타난 존재는 낯익었다.

드래곤이 강림한 듯한 거대한 크기. 암수가 한 몸이며, 뱀의 머리, 날카로운 이빨, 거북이의 등껍질!

북쪽을 수호하고 물을 상징하며 겨울을 관장하는 사신수 중의 한 존재인 현무였다.

"아이야, 또 보게 되는구나."

현무의 신비로운 음성이 머릿속을 파고들었다.

"네. 그동안 잘 지내셨죠?"

루운은 처음처럼 어려워하고 극존칭을 하지는 않았지만 기본적인 예의를 갖추며 대답했다.

"너를 다시 보게 될 줄이야. 해냈나 보구나."

루운은 눈웃음으로 그의 질문에 답을 대신했다.

만약 마에스트로를 포기했더라면 이날의 만남도 없었을 것이다.

"이 자리에까지 올 수 있었다면… 앞으로의 일도 분명히 해낼 수 있을 것이라 믿는다. 해보겠느냐?"

"포기할 것이면 오지도 않았습니다."

"그렇구나, 그렇구나."

현무가 기분이 좋은 듯 거대한 몸으로 루운의 주변을 돌았다.

그런데 바다는 현무의 힘이 서렸는지 아무런 물결의 저항도 존재하지 않고 호수처럼 평온했다.

"아이야, 네가 해야 할 일은 물의 수정을 찾는 것이다."

"물의 수정이요?"

루운은 현무의 말이 끝나자마자 되물었다.

정보에는 네 존재의 힘을 이어받으라는 말밖에 존재하지 않았다.

그렇기에 현무가 나타날 줄도 몰랐으며, 그들의 퀘스트에 대해서도 아는 바가 전혀 없었다.

"그렇단다. 신비로운 힘을 가진 수정이며… 한 어린 소녀가 가지고 있다. 그 소녀에게서 얻는 것이 쉽지 않겠지만 너라면 할 수 있을 것이다."

"소녀는 강한가요?"

루운이 조심스럽게 물었다.

분명 얻는 것이 쉽지 않다고 했다. 그렇다면 힘으로 빼앗기도 힘들다는 뜻이 아닌가?

만약 이전 주술진 수련처럼 상대하기 힘든 존재가 나타난다면 꽤 오랜 시간이 걸릴지도 모른다.

그러자 현무는 온화한 눈빛으로 천천히 고개를 저었다.

"강하기도 하면서 약하단다. 그 아이는 성스러운 힘이 뛰어나단다. 그러나 너에게는 큰 위력을 발휘할 수 없지. 상대에 따라 위력의 차이가 큰 힘이란다."

"그렇군요. 알겠습니다."

루운은 만족스러운 표정으로 고개를 끄덕였다.

성스러운 힘이라면 무녀와 비슷하다고 봐야 하는데, 현무 역시 자신에게는 큰 힘을 발휘하지 못한다니 정 안 되면 힘으로라도 빼앗아 빠른 시간 안에 종료할 수 있을 것 같았다.

"준비가 되었느냐? 그럼 다녀오너라."

현무는 말을 마치며 루운을 향해 입김을 강하게 불었다.

그와 함께 물이 아닌 강렬한 바람이 느껴지며 루운의 신형이 끝이 보이지 않는 아래로 추락했다.

슈우우우웅! 와당탕!

"커어억!"

루운은 갑작스럽게 나타난 지면에 엉덩방아를 찧으며 두 손으로 부여잡았다.

그러면서 속으로 현무를 원망했다.

기왕 보내줄 것 얌전히 떨어뜨려 주면 어디가 덧난다는 말인가!

"후우! 일단 소녀를 찾아야 하는데… 어떻게 찾지?"

루운은 자리에서 일어서며 머리를 긁적였다.

바람에 밀려 떨어지고 게이트를 이용할 때처럼 공간이동을 한다는 느낌이 올 때, 현무의 목소리가 들렸다.

소녀는 고귀한 몸이며, 푸른 눈동자와 머리카락을 가졌다고.

그런데 참으로 부족한 정보였다. 소녀가 있는 곳으로 직접 떨어지지 않고서야 어찌 쉽게 찾는다 말인가?

푸른 머리카락과 눈동자를 가진 아이가 한두 명이 아닐 테고, 바로 나타날 일도… 있었다.

'컥! 저기 있잖아!'

주변을 향해 고개를 돌리던 루운은 높은 위치에 앉아 있는 소녀를 발견했다.

눈에 확 띌 정도로 미모를 뽐내는 소녀의 두 눈동자와 머리카락은 바다를 머금은 듯 푸른색이었다.

하지만 문제는 소녀만 있는 것이 아니었다.

"네놈은 누구냐?"

"여기가 어디라고 침입한 것이지?"

"공주님을 노리는 적인가?"

루운은 식은땀을 흘리며 소녀에게서 시선을 돌렸다.

주변에는 수십 명의 존재가 검과 창을 자신에게 들이대고 있었는데 모습이 특이했다.

　상반신이 물고기인 존재도 있었으며, 하반신은 물고기지만 공중에 둥둥 떠 있는 이들도 있었다.

　마치 말로만 듣던 용궁에 온 것 같다.

　"저, 저는……."

　루운은 일단 말문을 연 다음 재빠르게 머리를 굴렸다.

　병사로 보이는 물고기 인간들이 수십 명, 그들을 내려다보는 고귀한 존재인 소녀.

　병사의 호칭으로 봐서는 소녀는 왕의 딸이었다.

　그리고 자신은 하늘에서 무단으로 떨어진 자!

　한마디로 저들의 입장에서는 공격을 해도 정당방위!

　"일단 적은 아닙니다!"

　"그렇다면… 누구시죠?"

　루운의 시선이 재차 공주에게로 향했다. 그녀가 질문을 했기에.

　"현무님이 보내서 왔습니다."

　"현무님이요?"

　이제 열 살이나 되었을 법한 공주가 놀란 얼굴로 자리에서 벌떡 일어섰다.

　그것은 공주뿐 아니라 그녀의 곁에 있는 두 명의 여인과 병사들도 마찬가지였다.

　"그 말이 정말인가요?"

　공주는 믿기지 않는 듯 되물었고, 루운은 고개를 끄덕였다.

현무의 얘기를 꺼내니 적개심이 사라졌고, 일이 잘 풀릴 것 같다.

"그러시군요. 모두 무기를 거두세요!"

공주가 루운의 말을 믿으며 소리치자, 병사들이 당혹스러움을 감추지 않았다.

"공주님, 그럴 수는……. 저자의 말이 거짓일 수도 있습니다!"

"그렇습니다. 저 역시 쉽게 믿기가 힘들군요. 현무님이 보내셨다는 증표도 없지 않습니까?"

공주와는 달리 병사들은 루운을 쉽게 믿지 못했다.

하나 공주의 결심은 단호했으며, 변하지 않았다.

"어제 현무님이 꿈에 찾아오셨습니다. 저분의 말은 진실이에요."

"그, 그렇다면… 알겠습니다."

"안내해 주세요."

병사들이 무기를 거두고 뒤로 물러서자 공주가 자리에서 일어서더니 곁에 있는 두 명의 여인에게 말했다.

여인들 중 한 명은 공주의 뒤를 따랐으며, 둘의 모습이 사라지자 그때서야 남은 한 명이 루운에게 내려와 미소와 함께 안내했다.

"뭐라고요?"

애써 웃고 있는 루운의 볼 살이 파르르 떨렸다.

공주의 호의로 인해 쉽게 일이 끝날 것이라 믿었다.

하지만 그녀의 방 안으로 안내된 후, 김이 모락모락 피어오르는 차를 한 모금 마실 때 들린 말은 루운의 예측을 벗어난 발언이었다.

"물의 수정을 드릴 수 없다고 했습니다."

약 올리기라도 하듯 어린아이의 순수한 웃음을 띠며 말하는 공주.

"아니, 도대체 왜 줄 수 없습니까? 현무님이 가져오시라고 했는데!"

결국 루운은 참지 못하고 언성을 높였다.

불현듯 쉽지 않을 것이라는 현무의 말이 떠올랐지만 자신의 정체도 알고 있는데 막판에 이리 될 것이라고는 예상치 못했다.

"현무님이 쉽게 주지 말라고 했거든요."

'이 망할 놈!!'

위엄스러우면서도 다정함을 갖추고 있는 현무였기에 그가 자신을 골탕 먹일 것이라고는 꿈에도 상상 못했다.

한데, 철후, 호운과 다를 바 없지 않은가!

"그러면 제가 어떻게 해야 합니까?"

루운은 힘겹게 자신을 다스리며 공주를 향해 물었다.

공주는 죄가 없었다. 현무가 시키니 따를 수밖에.

"지켜주세요."

"지켜달라고요?"

루운은 의아함을 느끼며 되물었다. 줄 수 없다고 하더니 이
제는 지켜달라고 한다. 도대체 무슨 뜻인가?

"물의 수정을 노리는 이들이 있습니다."

"그러면 저에게 주시는 것이……."

루운은 답답함을 느꼈다. 자신이 그들로부터 지키는 것이
나, 자기가 직접 가져가는 것이나 다를 바가 없었다.

아니면 줄 생각도 전혀 없이 부려먹겠다는 뜻?

"아까도 말했지만 현무님이 쉽게 주지 말라고 하셨습니다.
당신이 물의 수정을 가질 자격이 되는지 알아야 한다면서요."

"한마디로 시험이라는 뜻이군요?"

"그렇습니다. 이 시험을 통과하시면… 물의 수정은 루운님
이 가지시게 됩니다."

"알겠습니다. 그러면 언제까지 있어야 하는 것이죠?"

"오늘 저녁에 찾으러 올 것입니다. 그에게는 시간이 존재하
지 않으니……."

"그라……. 자세히 말씀해 줄 수 있으신가요?"

루운이 묻자 공주는 숨길 이유가 없기에 모든 얘기를 전해
주었다.

이 수중 세계는 평화로움이 가득한 곳이었다.

대립해야 될 몬스터나 적들이 있다 할지라도 큰 위협이 되
지 않았으며, 내부에서도 말썽은 존재하지 않았다.

비록 100년 전, 반란을 도모했다가 처형당한 이의 아들이 불

안 요소였지만 왕은 그를 안타깝게 여기며 내치지 않았고, 그 역시 왕을 위해 살아갈 뿐 불신의 꽃을 피우지 않았다.

문제는 그에게 병이 찾아오면서부터 시작되었다.

많은 의원과 신비한 힘을 가진 이들이 어떻게든 고치려고 노력했지만 그의 병은 낫지 않았다. 시간이 지날수록 죽음의 그림자가 짙게 나타났다.

그와 함께 왕의 증표이자, 현무의 부탁으로 대대로 지켜오고 있는 물의 수정을 떠올리자 태도가 돌변했다.

그는 살고 싶었다. 조금만, 조금만 더 시간이 지났더라면 자신의 힘은 왕을 능가할 것이다.

그러면 그 오랜 시간 참고 참아온 복수를 해줄 계획이었다.

한데, 목적을 바로 눈앞에 두고 이렇게 무너지다니! 있을 수 없었다.

어떻게든 살아야 했고, 더욱 강해져야 했다.

왕의 직속 수비대는 자신 혼자서 상대하기 어려운 수준이었으니 말이다.

그렇기에 더욱 물의 수정이 절실했다.

물의 수정은 만병을 치료하고, 수명을 연장시켜 주기도 했으며, 신의 힘을 준다는 전설이 있으니 말이다.

말 그대로 전설일 뿐일지도 모르지만 자신이 기댈 수 있는 유일한 희망이었다.

하지만 왕이 가지고 있는 물의 수정을 훔쳐 내기란 절대 쉬운 일이 아니었다.

그렇다고 부족한 병력으로 부딪칠 수도 없고 말이다.

그는 은근히 세력을 모으면서 고민했다. 어떻게 해야 물의 수정을 얻을 수 있을까? 그 결과 나온 답은 세력을 합치는 것이었다.

이들에게 배척당하는 몬스터와 괴물들!

그들의 힘을 자신의 것으로 만들 수 있다면 이 바다의 왕을 무너뜨리고 자신이 물의 수정을 가질 수 있을 것 같았다.

결국 그는 자신의 계획대로 일을 진행시켰다.

몬스터, 괴물들과 연합을 결성했으며 왕궁에 관한 모든 정보를 그들에게 넘겨주었다.

비록 잠시의 동지라 믿을 수는 없지만, 이 순간만큼은 같은 편이기에 자신의 뜻이 확고하다는 것을 보여줘야 했다.

그 후, 왕궁에서 자신의 낌새를 알아차리자 망설이지 않고 공격을 시도했다.

많은 생명이 사라졌다. 왕궁은 물론 그, 몬스터, 괴물들 역시 피해가 복구할 수 없을 만큼 컸다.

그리고 전쟁은 패배로 끝나고 말았다.

정확히 말하면 승자도 패자도 없는 결과였다.

왕이 자신의 모든 힘을 짜내 결계를 형성한 것이다.

그로인해 한동안 그 누구도 접근할 수 없었다. 아니, 결계가 없다고 해도 마찬가지였다.

자신들 역시 전력을 가다듬어야 했기에.

그 후, 시간이 흘렀다. 왕은 점점 쇠약해졌다. 그러자 결계

역시 약화되었으며, 며칠 전 왕의 모든 기력이 쇠하자마자 결
계는 결국 사라졌다.

"그렇다면 왕께서는……?"
모든 얘기를 전해 들은 루운이 침통한 표정으로 묻자, 왕녀
는 쓸쓸하게 웃으며 대답했다.
"아버님은 살아 계십니다. 다만 그날 회복하기 힘든 상처를
입었고, 그 와중에도 능력 이상의 기운을 쓰셔서… 더 이상 힘
을 사용할 수 없게 되었지만요."
즉, 왕은 앞으로 있을 전쟁에 아무런 도움이 되지 않는다는
뜻이었다.
"힘겨운 싸움이 되겠군요."
루운의 표정이 굳어졌다.
자신은 왕과 그, 몬스터나 괴물들의 실력이 어느 정도인지
파악조차 하지 못하고 있다.
다만 전해 들은 얘기를 통해서는 왕과 그만이 독보적인 위
치에 있는 것 같은데, 그중에 아군인 왕이 더 이상 힘을 쓰지
못한다는 사실은 비보였다.
'어쩌면 그렇기에 내가 오게 된 것인지도.'
이번 퀘스트는 왕의 빈 공간을 채우는 역할.
"제가 힘을 보태도록……."
지이잉! 지이잉! 지이잉!
"뭐, 뭐지?"

어떤 일이 기다릴지는 알 수 없으나 물러설 수도 없기에 왕녀한테 힘을 주기 위해 말을 꺼내던 그때였다.

갑작스럽게 귀가 아플 정도의 진동음이 들리더니 왕녀와 곁에 있는 두 명의 여인이 자리에서 벌떡 일어섰다.

그런 루운의 귓속으로 멀리서 들리는 누군가의 외침이 파고들었다.

"침입이다!"

쉐에에엑! 퍼어엉! 콰지지직! 쿵! 쿵!

처음 떨어졌던 넓고 넓은 입구에 도착한 루운의 표정은 좋지 않았다.

양쪽 모두 합쳐서 천 명은 될 법한 인원이 치열한 전쟁을 펼치고 있었다.

활을 날리기도 하고 괴이한 기술을 쓰는 이들도 존재했다. 수많은 물고기가 사방을 휘저으며 공격, 방어를 하기도 했고, 처음 보는 주술부터 눈이 아플 정도의 섬광이 사방에서 터졌다.

"저자예요."

왕녀는 치열한 전투를 살펴보다가 손가락으로 누군가를 가리켰다.

왕녀의 손가락이 위치한 곳에는 금빛으로 만들어진 가마를 탄 한 남자가 앉아 있었다.

얼굴이 온통 물고기의 비늘로 뒤덮인 그는 검은 머리카락을 허리까지 치렁치렁 길게 길렀으며, 착용하고 있는 갑옷 역시 검었다.

"두 분은 왕녀님을 지키세요. 제가 가도록 하죠."

루운이 진월을 소환하며 말했다.

왕녀는 유일하게 물의 수정의 위치를 알고 있는 존재였다.

왕이 무너지면서 그가 왕녀에게 물의 수정을 양도했고, 자신에게도 어디에 숨겼는지 비밀로 하라 했기 때문이다.

혹시 만약 자신이 인질로 잡혔을 때를 대비해서였다.

그렇기에 왕녀가 사라지게 되면 물의 수정을 찾기 위해 온 곳을 다 뒤져야 했고, 루운에게 있어서는 최악의 시나리오였다.

"그럴 필요 없이요. 직접 오시는군요."

그런 루운의 팔목을 왕녀가 붙잡으며 말했다.

그녀의 말에 따라 루운은 고개를 들어 가마를 쳐다봤다가 뒤에서 느껴지는 기척에 고개를 돌렸다.

남자가 보였다. 그의 신형이 흐릿해졌다. 루운은 인상을 찌푸렸다. 어느새 등 뒤에 나타났기 때문이다.

"오랜만이군."

남자가 왕녀를 쳐다보며 차가운 음성으로 말했다.

그의 얼굴에서는 식은땀이 흐르고 있었으며, 두 눈이 움푹 파인 게 서 있는 것으로도 힘겨워 보였다.

"아직도 미련을 버리지 못하셨군요."

"미련? 크큭. 이 왕가의 모든 씨를 말리기 전까지는 그럴 수
없지!"

"어째서죠? 당신의 아버지는 죄를 지으……."

"닥쳐! 그가 죄를 지었으니 죽어도 마땅하다? 그래, 그럴 수
도 있겠지! 그렇게 생각하려고 노력했다! 하지만 난 잊을 수 없
다! 그날 내 귀를 찢어놓은 그의 비명을! 원망에 가득 차 있던
그의 두 눈을!"

왕녀는 서글픈 눈으로 그를 쳐다보다 길게 한숨을 내쉬었
다.

한때 자신 역시 눈앞에 있는 남자를 믿었었다. 가깝게 지냈
었다.

그런데 웃음으로 치장된 가면 속에 그 오랜 시간 증오를 품
고 있었을 줄이야.

"물의 수정을 내놔라."

소리를 지른 탓일까? 신형이 잠시 비틀거린 남자는 힘겨운
표정으로 왕녀에게 명령했다.

자신 스스로 알고 있었다. 만약 물의 수정을 얻지 못한다면
며칠 이내에 죽을 몸이라는 것을.

"줄 수 없어요."

"주지 않으면 죽는다."

"줘도 죽이실 것이잖아요!"

왕녀는 남자의 무시무시한 눈빛에도 불구하고 한 치의 물러
섬 없이 대들었다.

“그래, 너의 말처럼 준다 할지라도 죽일 것이다. 하나 다른 점은 그 시기지. 주지 않는다면 당장 죽여주지. 이곳에서 살아 숨 쉬는 모든 놈들과 함께!”

“제가 죽으면 찾을 수 없을 텐데요?”

왕녀의 얼굴에 긴장이 서렸다.

그럼에도 그녀는 약한 모습을 보이지 않으려 노력했다.

“모르는가 보군. 내 수하 중에 특이한 능력을 가진 놈이 있지. 죽은 이의 기억을 빨아들여 자신의 것으로 만드는.”

왕녀의 표정이 일그러졌다. 하지만 그녀는 희망을 버리지 않았다.

“당신은 그들에게 버려졌어요! 그 전쟁 이후, 동맹이 깨졌다는 것은 잘 알고 있습니다. 지금 이곳을 침략한 이들만 봐도 그 소문이 사실이라는 것을 입증하죠. 더군다나 당신 역시 힘을 많이 잃었고요. 과연 이 싸움에서 승리할 수 있다고 믿으시는가요?”

“크, 크하하! 뭐지, 그 자신감은? 그래, 네 말이 맞다. 그런데 설마 저기 있는 놈들을 믿는 것이냐? 저들은 내 수하들과 맞서는 것이 고작이지. 왕의 수비대는 그날 대부분 목숨을 잃었으니. 그러면 나를 누가 막을 수 있지? 설마 곁에 있는 두 년을 믿는 것은 아니겠지? 아무리 내가 힘을 많이 잃었다 하나… 고작 저것들한테 무너질 것 같으냐!”

남자의 커다란 외침과 함께 그의 몸에서 폭발하듯이 살기가 뿜어져 나왔다.

날카로웠다. 칼날처럼 모든 것을 벨 듯한 힘!

그 힘 앞에서 왕녀 역시 중심을 잡지 못하며 넘어졌고, 두 여인은 두려움에 떨었다.

그러나 동시에 모두에게 들려오는 아름다운 연주가 그들의 시선을 빼앗았다.

"나한테 무너지겠지."

진월의 연주와 함께 모든 준비를 마친 루운과 그가 서로를 쳐다봤다.

"네놈은 뭐냐!!"

남자는 당황함을 금치 못하며 뒤로 물러섰다.

화르르륵! 번쩍! 콰아앙!

그러나 최상급 정령들은 쉬지 않고 그를 따라다니며 자신들의 속성을 마음껏 뿜어냈고, 남자의 얼굴에 당혹감이 서렸다.

들어본 적이 없었다. 아무리 자신이 약해졌다고는 하나, 왕 외에 자신과 대등한 존재가 있다는 정보는 그 어디에도 없었다.

더군다나 상대는 인간! 도대체 어디서 나타난 것이라는 말인가!

"세상일에는 언제나 변수가 존재하더군."

검은 달을 사용해 그의 그림자로 이동한 루운이 기습을 선사하며 말하자, 남자는 황급히 몸을 날리며 피했다.

'순간 반응이 대단하군.'

뒤에서 느껴지는 기척만 가지고 방향을 파악하며 그 짧은 순간에 피하다니 역시 만만한 상대가 아니었다.

“라지! 아지!”

결국 루운은 그들마저 소환하며 힘을 증가시켰고, 그 모습을 지켜보던 남자의 눈빛은 얼음장처럼 가라앉았다.

재차 새로운 존재들을 소환한 루운에게 더 이상 놀라지 않고 오히려 자신의 페이스를 찾는 냉정함.

감탄이 나올 지경이었다.

“믿는 구석이 있었군. 그렇지만… 너에게 더 이상의 기회는 없다. 크아악!”

남자가 피를 토하듯 비명을 내질렀다.

그러자 놀랍게도 정말 입에서 핏물이 토해져 나왔다.

죽음의 순간에서 더 이상 힘을 끌어올렸다가는 어떻게 될지 장담할 수 없으나, 어차피 물의 수정을 얻지 못하면 죽게 될 목숨.

그나마 가능성이 있는 도박을 거는 것이었다.

꾸물꾸물!

그것뿐 아니라 남자의 몸 주변에서 거대한 뱀장어 같은 생명체가 열 마리 나타났는데, 그들은 루운이 아닌 정령들과 라지, 아지를 노리며 달려들었다.

“이제 1:1의 싸움이군.”

씨익! 얼굴의 혈관이 터지기 직전까지 팽창했으나 비릿하게 웃음을 머금는 남자.

그 모습에서 루운은 내심 오싹함을 느꼈지만 티 내지 않고 달려들었다.

겉으로 보기에는 별로 대단해 보이지 않는 생물체들은 꽤 놀라운 힘을 보유하고 있는지 최상급 정령들과 라지와 아지도 쉽지 않은 싸움을 펼치고 있었다.

콰지지지직!!

루운의 검과 남자의 창과 같은 기이한 무기가 부딪쳤다.

"나는 물러설 수 없다!!"

남자가 소리치자 창에서 푸른빛이 번쩍였다.

"크으윽!!"

정통으로 그 빛을 맞은 루운의 두 눈에 암흑이 찾아왔다.

하지만 다행스럽게도 암흑은 오래가지 않고 곧 시야가 밝아졌는데, 루운은 당혹스러움을 감추지 못했다.

남자가 여럿으로 보였다. 그것뿐만 아니라 모든 사물이 일그러져서 거짓 정보를 입력했다.

"뭐, 뭐지? 환영인가?"

"환영이 아니다. 너의 눈이 망가진 것이지. 물론 잠시뿐이지만. 자, 이제부터가 시작이다."

루운은 입술을 잘근 깨물며 두 눈을 감았다.

거짓된 정보에 흔들리는 것보다는 보지 않는 것이 낫다는 판단과 함께.

"쿨럭!"

루운의 입에서 붉은 피가 토해졌다. 두 눈을 감은 것은 현명한 판단이었다.

자신은 뉴 월드 안에서 귀가 특별히 발달되어 있으며 지금의 전투를 여러 번 겪었으니.

만약 두 눈을 뜬 상황이라면 오히려 왜곡된 진실에 스스로 무너질 것이 뻔했다.

그런데 상대가 자신의 예상을 뛰어넘는 힘과 움직임을 발휘하자 미리 파악하고 피하기가 힘들었다.

눈과 귀 모두에 의지해도 상대하기 어렵다.

그의 신체 능력은 한계가 존재하기 때문이다.

한데 귀 하나에만 의지한 채 상대에 대한 정보도 전혀 없이 접전을 펼치려니 난관에 부딪쳤다.

"하아, 하아……."

루운은 짙은 어둠 속에서 자신의 호흡을 다스리기 위해 노력했다.

아파도 비명을 질러서는 안 되고, 숨이 차도 평온을 유지해야 한다.

그래야 적이 어디에서 다가오는지, 어떤 힘이 자신을 집어삼키려 하는지 몸으로 느끼고 귀로 확인할 수 있다.

"이제 끝내야겠어. 시간이 많지 않으니. 풰엣!"

남자는 그런 루운을 노려보며 입에서 검은 피를 뱉었다.

무리한 힘을 끌어올려 바람 앞의 초처럼 흔들리던 촛불이 꺼지기 직전이었다.

여기서 더 이상 힘을 발휘했다가는 물의 수정을 얻기도 전에 죽을 것 같다.

더군다나 눈이 회복되는 시간도 얼마 남지 않았다.

"자, 피해봐라!"

남자가 창을 뒤로 쭉 내밀었다가 힘차게 찔렀다.

샤샤샤샥!!

창에서 뱀처럼 꿈틀거리는 기운 수십 개가 루운을 노리며 아가리를 날름거렸다.

"검은 달!"

그러자 루운은 남자의 그림자 뒤로 몸을 피했다.

이번의 검은 달은 기습을 하기 위함이 아닌, 맞으면 죽을지도 모르며 피할 공간도 존재하지 않는 공격을 피하기 위함이었다.

스파앗!

하지만 루운의 얼굴이 심각하게 돌변했다.

분명 남자의 기운은 자신이 서 있던 빈 허공을 지나가야 했다.

그러나 그의 기운은 자신이 순간적으로 이동한 것처럼, 마찬가지로 바로 등 뒤에 나타나 뒤를 노렸다.

"으아아악!"

루운의 입에서 비명이 터져 나왔다.

너무나 갑자기 벌어진 일이라 미처 피하지 못한 채 기운을 몸으로 받은 것이다.

살이 베어졌다. 폭발이 일어났다. 살결이 찢어졌다. 피가 화산처럼 폭발하듯 뿜어졌다.

스르르륵, 털썩.

결국 루운의 육체는 힘을 잃으며 차가운 지면에 무너졌다.

하지만 아직 죽은 것은 아니었다. 때마침 어긋나게 보이던 눈도 정상으로 돌아왔는데, 높은 생명으로 인해 겨우 살아남았다.

"너희들이었군."

루운은 쓴 미소를 흘리며 사라져 가는 정령들을 쳐다봤다.

위기의 순간 남자의 수하들을 모두 해치운 최상급 정령들이 루운을 감쌌다.

그렇기에 목숨을 부지할 수 있었다. 정령들로 인해 데미지가 약화되어 들어왔기에.

"나의 승리다! 크큭!"

남자는 통증이 밀려오는 육체를 무시하며 팔을 높이 치켜올렸다.

"미안하군."

"뭐라고?"

루운이 옅은 웃음과 함께 말하자 남자는 자신이 잘못 들었다고 생각하며 되물었다.

"미안하다고 했다. 내가 이겨서."

루운은 그 말과 함께 라지와 아지를 불렀다.

원래는 남자의 마지막 창 기술을 피한 다음 발휘하려고 했었다.

아쉽게도 예상치 못한 공격으로 인해 생명에 큰 타격을 입고 죽을 뻔했지만 그는 마지막 기회를 놓쳤다.

자신은 이제야 모든 힘을 발휘할 테니.

스파아앗!

루운의 온몸에서 빛이 발출되며 모습이 바뀌었다.

동시에 그는 남자에게 자신이 들었던 말을 그대로 돌려줬다.

"자, 이제부터 시작이다."

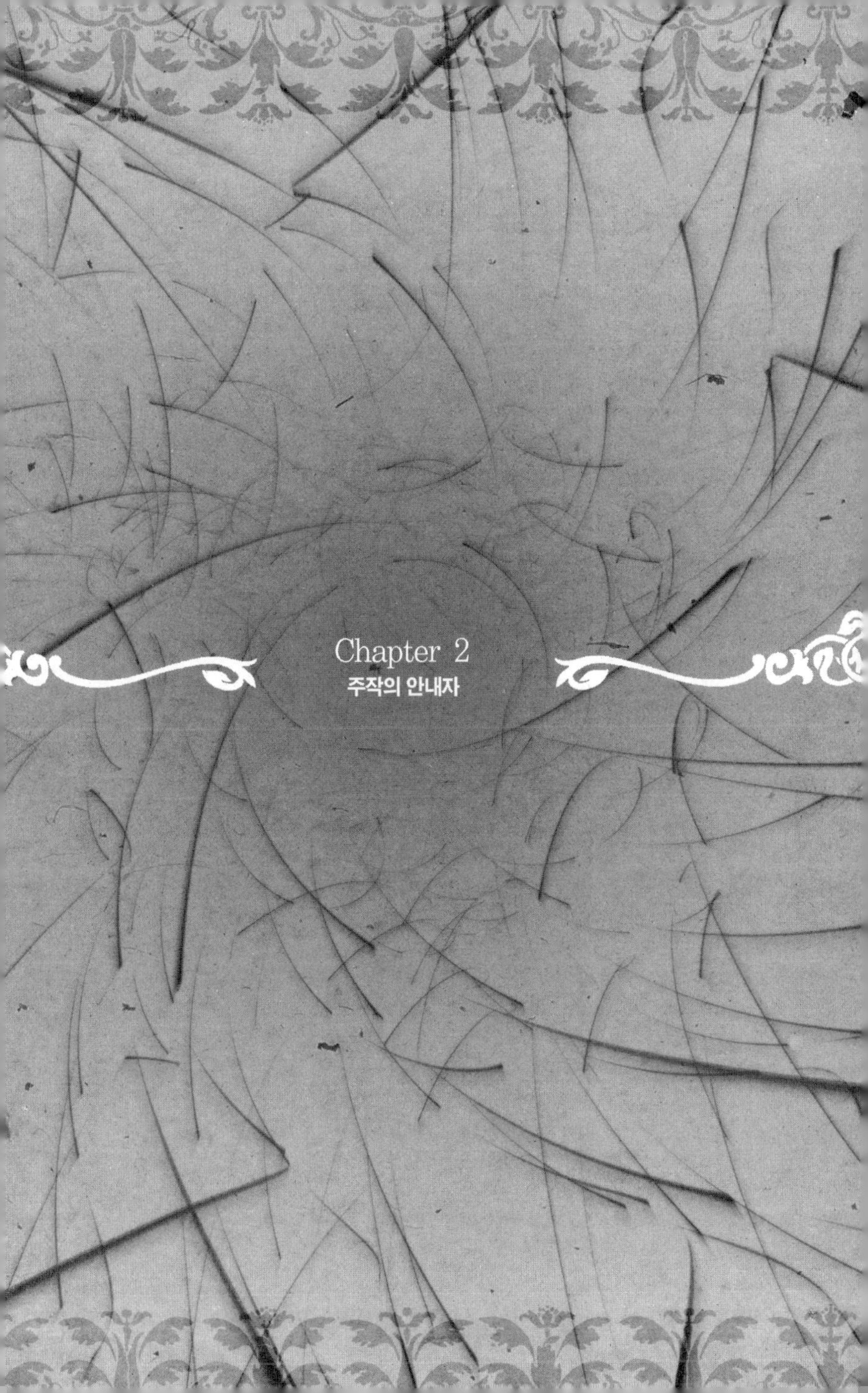

Chapter 2
주작의 안내자

NEW WORLD 뉴월드

"들어갔다가는… 익어버릴지도 몰라."

루운은 눈앞에 펼쳐진 동굴에 망설이고 있었다.

현무의 퀘스트는 남자가 죽는 순간 끝났다.

그의 부하들은 자신들의 우두머리가 사라지자 순식간에 달아나기에 바빴고, 물의 수정을 얻게 되었다.

그러자 퀘스트 존 입구로 나오게 되었는데, 곧바로 다음 퀘스트 위치가 나타났다.

위치는 동대륙 남쪽에 위치한 동굴. 게이트를 이용해 빠르게 도착한 루운은 볼 수 있었다.

불길이 타오르고 있는 동굴 입구를!

'죽지는 않겠지!'

루운은 결국 호흡을 길게 내쉰 다음 붉은 빛이 가득한 동굴 안으로 한 걸음 내디뎠다.

후끈한 열기가 온몸을 파고들었다. 하지만 견디기 힘들고 죽을 만큼 뜨겁거나 괴롭지는 않았다.

'이 존재는 처음 만나는구나.'

루운은 이마에서 흐르는 땀을 닦으며 걸음을 재촉했다.

현무는 이전에도 만난 적이 있었지만, 두 번째 정보에 나타난 사신수는 처음이었다.

그 존재는 다름 아닌 주작! 주작은 봉황이라고도 불리지만 달랐다.

봉황과는 달리 한 몸으로 이루어져 있으며 온몸이 붉은색 불로 둘러싸여 있고 거대한 불새의 모습을 갖추고 있다.

그래서 주작은 오행 중 불을 나타내며 붉은색으로 표현된다.

청룡과 함께 음양설에서는 양의 영수로 구분되며, 남쪽을 수호하고, 불을 상징하며 여름을 관장한다.

'이곳에서는 어떤 모습일까?'

사신수에 관해서는 수많은 전설과 각기 다른 의견들이 존재한다.

루운 역시 사신수에 관해 여러 정보를 갖고 있었지만 자신이 아는 것이 정답이라고는 할 수 없었다.

또한, 뉴 월드 내에서는 얼마든지 변형이 가능했기에 루운은 호기심과 더위를 이겨내지 못하며 달리기 시작했고, 곧 붉은 빛으로 된 문을 통과했다.

스파아앗.

문을 통과할 때의 강렬한 빛이 사라지자 루운은 감았던 두 눈을 천천히 떴다.

원형으로 이루어진 높고 넓은 곳이었다.

벽은 물론 지면까지 붉게 물든 내부에는 금색과 붉은색이 조화된 커다란 의자 하나가 존재했는데, 그곳에서 무엇인가가 꿈틀거렸다.

"혹시……."

루운은 주작일지도 모른다는 생각과 함께 말문을 열었다.

자신의 예상대로 불새의 모습일 수도 있겠지만 그들의 능력이면 얼마든지 사람의 형상이나 다른 모습으로 변할 수도 있다고 판단했다.

현무 역시 꿈에 나타나는 등 놀라운 능력을 보유하고 있었으니.

그런데 대답은 뜻밖에도 등 뒤에서 들렸다.

"오호호! 이 얼마 만에 보는 사내란 말인가?"

"히이익!"

엉덩이를 주무르는 손길과 여인의 목소리!

루운은 다급히 고개를 돌리며 자신을 희롱한 장본인을 쳐다봤다.

아로하의 첫 대면을 연상하게 만들어준 여자는 허벅지를 아슬아슬하게 노출하고 딱 달라붙는 붉은 드레스를 입고 있었다.

허리까지 내려오는 붉은 머리카락과 눈동자, 입술이 매혹적인 그녀는 육감적인 몸매를 과시하며 입맛을 다시며 자신을 바라봤다.

"으흥? 튕기기는."

"아, 아니, 튕기는 것이 아니고, 누구십니까?"

루운은 옆으로 떨어지며 소리쳤다.

내심 짐작은 하고 있었다. 이곳은 주작의 은신처. 그러니 눈앞에 있는 존재는 분명 주작.

하나, 너무나 뜻밖의 상황으로 인해 저도 모르게 질문한 것이다.

"웅? 나를 찾아와 놓고 누구냐고 물으면 뭐라고 해야 해? 불의 수정을 얻기 위해 왔지?"

주물주물!

대화를 하면서도 멈추지 않는 그녀의 손놀림!

루운은 그녀의 손을 떨쳐 내고 싶었지만 이를 악물며 참고 또 참았다.

불의 수정을 얻기 위해서는 주작의 도움이 필요하니 그녀의 기분을 상하지 않게 하기 위함이었다.

"오호, 이제야 예쁘네. 엉덩이가 쫄깃한 것이 남달라!"

'쫄깃하다뇨!!'

특출난 표현력을 선사한 주작은 아쉬움을 뒤로한 채 손을 떼며 의자로 다가가 앉았다.

그러자 의자에 앉아 있던 작은 불꽃의 고양이가 주작의 품으로 이동했고, 그녀는 요염하면서도 짓궂은 얼굴로 루운에게 말했다.

"호호! 내가 내기에서 이겼네."

"내기요?"

뜬금없는 말에 루운이 의아한 표정으로 되물었다.

"응. 사신수들끼리 내기를 했거든. 네가 우리한테까지 올 수 있는지 없는지를. 현무와 나는 온다에 걸었고 청룡과 백호는 못 온다에 걸었어. 고마워. 이기게 해줘서. 내기를 건 액수가 꽤 크거든."

루운의 표정이 일그러졌다.

자신을 두고 내기를 한 것이 기분 나빠서가 아닌, 불현듯 청룡과 백호가 미릿속을 스쳐 지나갔기 때문이다.

주작은 이겼으니 저리 기뻐하고 퀘스트를 쉽게 끝내도록 해줄 수 있었다.

그런데 앞으로 남은 두 신수는 내기에 져서 기분이 나쁠 것이 아닌가!

그리고 지게 된 원흉인 자신을 좋게 대해주지도 않을 것이고.

'왠지 앞으로 급 피곤해지겠군.'

루운이 청룡과 백호를 떠올리며 우울한 앞날을 예상하는 그때 주작의 얘기에 루운은 정신을 차리며 그녀에게 시선을 옮겼다.

“불의 수정은 지금 내가 가지고 있지 않아.”

“그러면요?”

“이곳 지하에 있는데 네가 내려가서 가지고 오면 돼. 히히.”

‘역시 바로 얻을 수는 없군.’

내기에서 이겼다고 기뻐하기에 내심 기대하고 있던 루운은 아쉬움을 느꼈지만 고개를 끄덕였다.

이전 겪었던 무수한 퀘스트들에 비하면 각성의 퀘스트이지만 어려운 편이 아니었다.

현무의 퀘스트 역시 빠른 시간 안에 끝났으니 말이다.

“하지만 쉽게 위치를 가르쳐 주면 재미없지?”

그 순간 주작의 장난기가 가득 깃든 목소리와 더불어 그녀의 품 안에 안겨 있던 고양이가 몸을 일으켜 세웠다.

“음? 어떤 내기를 할까?”

“내기를 꼭 해야 합니까?”

루운은 바닥으로 내려온 고양이를 쳐다보며 간절한 표정으로 주작에게 물었다.

기왕이면 쉽게 가고 싶다. 곧 있을 대륙전쟁에도 참가하고 싶으니.

그런데 주작은 전혀 그럴 마음이 없었다.

“나랑 놀아주기 싫으면 그냥 돌아가든가.”

어린아이처럼 뚱한 얼굴로 투정 부리는 주작.

루운은 늙으면 애가 된다는 말을 실감하며, 결국 그녀와 내기를 하기로 결심했다.

어쩌겠는가? 칼자루를 쥔 쪽은 주작인데.

"어떤 걸로 하지? 불안에서 오래 참기 할까?"

"……."

"아니다. 입에서 누가 불을 많이 내뿜는지 하자!"

"저는 불을 뱉을 줄 모르는데요."

"그래? 신기하네."

'네 개념이 더 신기해!'

"그러면 용암 빨리 마시기!"

'그냥 주기 싫다고 말해!!'

루운은 머리가 아파왔다. 어떻게 제안하는 내기마다 자신만 할 수 있는 것들이란 말인가!

그것도 모자라 되레 짜증을 낸다.

"에잇! 네가 할 줄 아는 게 뭐야?"

"불과 관련된 것만 빼고요."

"그러면 내가 너무 불리하잖아?"

'아예 불가능한 것보다는 낫겠죠.'

루운의 대답에 주작은 잠시 고민하더니 시선을 고양이에게로 옮겼다.

사실 루운은 그녀의 말과 함께 고양이가 일어나 움직여서 고양이와 관련된 내기인 줄 알았다.

하나 그녀의 태도를 보니 단순히 그 타이밍에 고양이가 혼자 일어선 것이었다.

"좋아, 이렇게 하자."

"어떻게요?"

"저 고양이를 한 대 때릴 수 있으면 불의 수정이 어디에 있는지 알려줄게."

루운은 고양이를 힐끔 쳐다봤다.

겉으로 봤을 때는 대단한 힘을 가지고 있지 않는 듯했지만, 주작의 애완동물이다.

그것만으로도 평범한 고양이는 아닐 것이다.

하지만 다른 내기에 비하면 그나마 할 만한 것이었고, 이내 수긍했다.

"무조건 때리면 되는 건가요?"

"그래. 다만 네가 열 대를 맞기 전까지야. 만약 한 대도 못 때렸는데 열 대 이상 맞는다면 너의 패배고."

"알겠습니다."

추가적인 내용을 들은 다음 루운은 진월을 꺼내 자체 버프를 시전하며, 라지와 아지도 소환해 합체 역시 시도했다.

그 모습을 보며 주작의 눈빛에 추억과 놀라움이 깃들었다.

라지와 아지, 진월과 연주는 알고 있었지만 합체는 그녀로서도 처음 접하는 것이기에.

'전력을 다해 빨리 끝낸다!'

열 대를 맞기 전이라는 조건이 붙어 있었다.

만약 고양이가 놀라운 스피드를 보유하고 있어 전력을 다하지 않다가 순식간에 열 대를 맞을 수도 있었다.

그럴 경우 승부는 어이없게 끝나는 것이고, 그 점을 대비해 초반부터 모든 힘을 끌어올린 것이다.

루운은 신중한 표정으로 고양이를 노려봤다.

불길이 타오르고 있는 고양이는 앞발로 눈을 비비고 있었다.

"검은 달!"

자신을 무시하는 듯한 고양이의 태도를 보며 살짝 울컥한 루운은 속전속결로 움직였다.

상대에게 접근하기 가장 좋은 스킬인 검은 달과 함께 고양이의 그림자에서 솟구친 루운.

그는 주먹에 힘을 주며 빠르게 내려쳤다.

하나 그때 급변하는 고양이의 표정!

두 눈이 일본 애니처럼 얼굴의 반을 차지할 만큼 커지며 글썽거렸다!

"크으윽!!"

루운은 알 수 없는 동정심을 느끼며 주먹을 거두었다.

퀘스트로 인해 마음은 때리라고 하지만, 손이 말을 듣지 않았다.

동시에 고양이가 높이 솟구치더니 얼굴에 줄을 남기고 떨어졌다.

'이, 이 자식이!'

발톱에 할큄을 당한 루운은 따끔거리는 통증을 느끼며 재차 달려들었다.

처음에는 당황했지만 이제는 네 뜻대로 되지 않을 것이다!

그런데 무슨 주술이라도 발휘되는 것인지 고양이의 커지는 눈만 보면 몸이 마음대로 움직이지 않았고, 그럴 때마다 반격을 허용했다.

'여덟 대……'

짧은 시간 동안 어느새 여덟 번이나 당한 루운은 이를 갈며 고양이를 노려봤다.

자신을 보며 썩소를 짓고 있는 녀석!

얄밉다! 밉상이다! 때리고 싶다!

'그렇지! 무조건 때리기만 하면 되잖아!'

머릿속으로 아이디어가 스쳐 지나가자 루운은 세상에서 그 어떤 때보다 진한 살기가 담은 미소를 지었다.

그 광경에 고양이는 움찔했지만 자신의 무기인 두 눈을 믿는 듯 곧 여유를 되찾았고, 그와 함께 루운이 파고들었다.

그렁그렁!

그러자 지금까지처럼 두 눈이 커지는 고양이!

하지만 루운은 두 눈을 꼭 감으며 고양이의 눈동자를 회피했다.

그리고 처음 인지했던 위치에 주먹을 내리꽂았다.

"드디어 쳤다!!"

고양이의 비명이 울려 퍼졌다. 전력을 다해 때렸지만 괜히 주작의 애완동물이 아닌 듯 고양이는 기절만 했을 뿐 죽지는 않았다. 루운은 황급히 주작을 찾았다.

이제 불의 수정의 위치를…….

"전치 4주는 나오겠군. 합의금은 두둑하게 준비해야 돼."

"……."

요즘 살림이 궁한 주작이었다.

갸르릉갸르릉.

고양이가 울음소리를 내며 루운의 길 안내를 했다.

그 뒤를 따라가는 루운의 표정은 이제 불의 수정을 찾기만 하면 되는데도 기분이 좋지 않았다.

현재 루운은 합의금이라는 명목으로 라르크를 뜯기고 지하로 내려왔다.

수정이 지하에 위치한 검에 존재하기 때문에.

그런데 문제는 뜨거워도 너무나 뜨거웠다.

벽과 지면마저 붉게 달아올라 열기를 뿜어내고 있었고, 때로는 용암 지대도 나타났다.

더불어 고양이는 말도 없이 무작정 앞에서 달리기만 하니 도대체 얼마나 더 가야 되는지도 알 수 없었다.

"너 정말 얘기 못하냐?"

더위로 인해 평소보다 더욱 빠른 체력 저하를 느끼며 루운이 뒤에서 소리쳤지만, 고양이는 가볍게 무시하며 계속 전진했다.

스스슥, 스스슥! 샤샷!

'으응? 뭔 짓이야?'

말을 못해서라고 생각하지만 계속 씹히자 속으로 투덜거리던 루운은 고양이의 갑작스러운 행동에 고개를 갸웃거렸다.

용암 지대가 나타났다. 붉은색으로 부글부글 끓고 있는 그곳에는 튼튼해 보이는 돌다리가 존재했다.

한데 고양이가 요리저리 움직이며 다리를 건넜다.

마치 밟으면 안 되는 것이 존재하기라도 하듯.

"널 따라 건너야 되는 것이냐?"

루운이 묻자 반대편으로 넘어간 고양이가 힘차게 고개를 끄덕였다.

그나마 사람의 말을 알아들어서 다행이었으며, 골탕 먹이지 않고 착실하게 길 안내를 하는 것 같다.

'분명 이쪽을 밟고… 그 다음은 저쪽.'

루운은 고양이가 지나갔던 길을 떠올리며 최대한 조심스럽게 움직였다.

고양이는 작은 체격이었기에 혹시나 큰 발인 자신이 더 밟을까 봐 신경을 집중했다.

하나, 아무리 노력을 기울인다 할지라도 고양이의 발보다 큰 것은 어쩔 수 없었고, 유연성이나 중심을 잡는 능력 역시 떨어졌기에 루운의 신형이 휘청거렸다.

"커어억!"

결국 고양이가 지나간 부분이 아닌 다른 곳에 발을 내딛게 된 루운!

그의 표정이 일그러졌다. 무슨 위험이 존재하니 고양이가 그렇게 걸은 것이 아니겠는가!

갸르릉! 갸르르릉!!

그에 맞춰 고양이 역시 당황스러운 울음소리를 토해냈고, 루운의 표정은 사색이 되었다.

그리고… 아무 일도 발생하지 않았다.

피시익. 루운은 볼 수 있었다.

자신이 안절부절못하는 모습을 바라보며 썩소를 날리는 고양이를.

아까 맞은 것이 계속 마음에 남아 있었던 소심함의 결정체였다.

"또냐? 이제는 안 속거든?"

고양이를 따라 불과 용암으로 이루어진 지하를 30분 정도 걸었을 때다.

고양이가 재차 울음소리를 내더니 돌다리를 이리저리 움직이며 앞으로 나아갔다.

그 광경에 루운은 콧방귀를 꼈다. 사람이 살다 보면 한 번은 속을 수 있다. 하나 같은 방법으로 두 번이나 속는다면 문제가 있는 것이다.

'나는 정상이야! 나의 뇌는 그렇게 썩지 않았다!'

반대편에 도착한 고양이를 향해 속으로 회심의 미소를 날리는 루운.

분명 고양이는 자신이 따라 할 것이라고 믿을 테다. 그러니 반대로 해야만 했다.

만약 아까와 같은 상황을 리플레이한다면 분명 또 비웃음의 칼날이 꽂힐 테니.

'아니야. 처음부터 그러기보다는……'

막 발걸음을 내디디려던 루운의 얼굴에 장난기가 서렸다.

그러더니 고양이가 움직인 방향대로 걷기 시작했다. 그것도 최대한 조심스럽게.

하나 돌다리를 절반 정도 지나쳤을 때, 광소를 터뜨리더니 고양이가 걸은 정반대 방향으로 발을 내디뎠다.

처어억!

그리고 루운은 볼 수 있었다.

자신의 발이 붉은 무엇인가에 휩싸이는 것을.

더불어 고양이의 입가에 웃음의 꽃이 활짝 피는 것도.

고양이의 소심 복수는 조금 전으로 끝난 것이 아니었으며 치밀했다.

처음에 속이면 두 번째는 자신이 한 것처럼 하지 않는다는 사실을 예측하고 있었다.

퍼어어엉!

루운의 몸이 불꽃에 휩싸였다.

사아아아아!

고양이의 온몸에 빛이 일렁거렸다.

빛은 곧 폭발하듯이 사방으로 뻗어 나갔으며, 루운은 강렬한 빛 무리를 이기지 못하고 두 눈을 감았다.

잠시 시간이 지나서야 두 눈을 뜬 루운은 새로운 고양이의 모습을 볼 수 있었다.

자신이 합체를 한 것처럼 고양이도 모습이 바뀌어 있었는데, 이전까지는 새끼 고양이 크기였다면 지금은 호랑이의 덩치였다.

그 외에도 다른 점은 온몸이 여전히 불꽃에 타오르고 있다는 것이었으며, 전체적인 색깔은 흰색이었다.

"나약한 인간 같으니."

"에? 너, 말할 줄 알았냐?"

"후후, 위대한 몸을 직접 보게 되었으니 영광으로 알거라! 얘기하는데 코 파지 말고!!"

위대하고 나발이고 말을 할 줄 안다는 사실에 멍하니 코를 파던 루운은 고양이의 얘기에 손가락을 빼며 자리에서 일어섰다.

현재 루운은 한 시간 가까이 이동한 상황이었다.

이동을 하는 내내 마나가 되면 이속을 올려주는 스킬과 체력 회복을 위해 검은 달을 발휘하고는 했는데, 그럼에도 힘이 들어 쉬기 위해 앉아 있었다.

그러자 고양이가 서두르자고 계속 재촉했지만 루운은 알아듣지 못하며 여전히 자리에 앉아 피로도를 회복했고, 결국 본 모습을 찾으며 말을 하게 된 것이다.

"그래, 내가 못하는 일이란 존재하지 않지!"

"호오, 그래?"

루운의 두 눈빛이 반짝였다.

변신한 고양이는 듬직해 보였으며 강한 힘을 갖추고 있는 듯했다.

그렇다면 자신을 태우고 이동하는 것은 일도 아닐 터.

"그렇게 위대하신 너라면… 사람 한 명 정도 업고 갈 수도 있겠지?"

"후후후! 그 정도는 기본이지!"

"좋아, 나를 태워서 가자!"

"싫다!"

내심 환호를 하던 루운은 돌변한 고양이로 인해 주먹을 불끈 쥐었다.

"왜! 왜 싫은 거냐?"

"무겁잖아!"

너무나 현실적인 대답!

루운은 순간적으로 말문이 막혔으나 평점심을 되찾았다.

물론 사람을 태우고 가면 무거울 것이다. 그렇지만 눈앞에 있는 고양이는 위대하시지 않은가!

"그 정도로 위대하다고 떠들 줄은 몰랐군. 고작 사람 한 명도 업지 못하다니. 훗."

자존심을 긁어대는 수법 작렬!

고양이는 루운의 도발에 울컥했지만 흔들리지 않았다.

주인인 주작이 분명 본인의 힘으로 가게 해야 한다고 했다.

더군다나 자신한테도 길 안내가 귀찮다고 빠르게 이동하면 혼난다는 경고를 잊지 않았다.

그래서 루운의 속도에 맞춰 걷는 것이 짜증났지만 꾹 참고 여기까지 왔다.

만약 이제 와 루운을 태우고 간다면 현재까지 천천히 이동한 것이 억울하다. 또한 외박도 금지당할 것이다.

그럴 경우 자신을 기다리고 있는 연인 고순이는 독수공방 신세!

'참자. 참아!'

"위대한이 아닌, 나약한 고양이라 칭해라!"

고양이는 루운의 계속되는 놀림에도 불구하고 고순이만을 떠올리며 불굴의 인내심을 발휘했다.

'젠장. 통하지 않는군!'

고양이가 말내꾸조차 하지 않으며 뒤돌아서서 빠르게 이동하자 루운은 왠지 모를 패배감을 느끼며 뒤를 따라 뛰었다.

길은 험난하고도 멀었다.

길이 존재하지 않는 절벽이 나오기도 했고, 불덩어리로 꽉 찬 곳을 지나가야 하기도 했다.

그럴 때면 루운은 변신을 하거나 유용한 검은 달을 시전해 위기를 넘겼는데, 어느덧 함께 다닌 지 두 시간 정도가 지나자 루운은 지친 얼굴로 고양이에게 말을 건넸다.

구토가 치밀었다. 어지러웠다. 얼른 이 뜨거운 곳을 벗어나고 싶다!

"도대체 얼마나 더 가야 하냐?"

"이제 거의 다 왔다. 이 위대한 몸만 믿어라."

"정말이냐?"

반문하는 루운의 표정이 밝아졌다.

드디어 이 찜질방보다 심한 더위를 뿜어내는 곳을 벗어날 수 있게 되었다!

반짝반짝!

어느 정도 기쁘냐면, 죽어가던 눈동자에 생기마저 돌았다.

"역시 너는 위대하다!"

아부조차 아끼지 않으며 길 안내를 맡은 고양이를 격려하는 루운!

"이제야 나의 진가를 알아보는구나!"

그 말에 고양이 역시 싫지 않은 내색을 보였다.

만약 지금의 모습을 누가 본다면 둘은 정말 훈훈하고 서로를 아끼는 듯한 사이!

30분이 지났다. 루운이 웃는 얼굴로 물었다.

"이제 다 온 거지?"

"그, 그럼! 네 걸음이 느려서 문제지 조금만 더 가면 된다!"

30분이 추가로 더 지났다. 루운의 입은 웃고 있는데 눈은 살벌했다.

"조금이 참 머네?"

한 시간이 지났다. 루운은 물론 고양이마저 얼굴에 걱정이 가득 서렸다.

"너 혹시……."

"아니다! 절대 아니다! 이 위대한 내가 그럴 리가 없다!"

얘기를 다 하지 않았음에도 예지력을 발휘해 미리 대답하는 고양이!

하지만 루운은 그 태도에 더욱 불안함을 느꼈다.

고양이가 오는 내내 한 말이 이곳은 미로 같은 구조이기에 길이 대단히 복잡하다는 것이었다.

그래서 한번 길을 잃으면 주작이 건져 주기 전까지는 빠져나가기 힘들다고.

'아니야. 그래, 위대한 놈이잖아!! 자기 입으로 아니라고 하잖아!'

루운은 애써 스스로를 위로했다.

전혀 신용이 가지 않지만 고양이를 믿기 위해서 노력했다.

그렇게 20분을 더 헤맸을 때, 고양이기 높은 절벽 위로 솟구쳐서 주변을 두리번거리더니 환하게 웃으며 루운을 바라봤다.

"루운! 드디어 보인다!"

"정말이냐? 진짜냐?"

변신과 함께 절벽 위로 올라온 루운은 고양이의 표정과 말에 쾌감마저 느끼며 대꾸했다.

이제 검에서 불의 수정을 꺼내기만 하면…….

그런 루운의 기대에 보답이라도 하듯 고양이는 큰 목소리로 외쳤다.

"내가 길을 잃었다는 사실이!"

"……."

루운은 상냥한 손짓과 함께 검을 소환했다.

"훌쩍훌쩍! 흐어어엉!"

"울지 마, 이 자식아!"

루운은 길게 한숨을 내쉬며 이마를 손으로 짚었다.

머릿속이 복잡해 정리를 하고 싶은데 옆에서 자꾸 고양이가 울어댔다.

"흐윽! 주작님이 언제 꺼내주실지……."

"며칠 지나면 소환해 주지 않겠냐?"

루운은 마지막 희망을 걸고 말했다. 사실 며칠도 루운에게는 긴 시간이었다.

그럴 경우 일단 대륙전쟁에 참여할 수 없게 되니 말이다.

그러나 고양이는 그런 루운을 씁쓸하게 쳐다볼 뿐이었다.

"예전에도 이와 비슷한 일이 있었다. 그때는 다른 이유였지만 이 지하에 내려온 나는 길을 잃고 말았지."

"그래서?"

상황을 추측하기 위해 가장 좋은 것은 경험이었다.

"다행스럽게도 주작님이 내가 없다는 사실을 깨닫고 구해주시더군. 2년 만에."

"캑! 2, 2년?"

루운의 표정에 경악이 서렸다. 2일도 아니고 2년이라니? 도대체 어떤 뇌 구조를 가지고 있으면 그때서야 찾을 수 있다는 말인가?

"거짓말하는 것 아니냐?"

루운의 당연한 의심. 하나 고양이의 표정은 진심이 가득 서려 있었다.

"그분은 기억력이 심히 좋지 않으시다. 지금 우리가 내려간 사실도 잊고 있을 것이고."

루운의 신형이 비틀거렸다. 고양이의 말이 진짜라면 자신은 꼼짝없이 이곳에 갇혀 있어야 한다는 것이다.

최후의 수단이 있다면 죽음을 택하는 것인데, 만약 죽어도 밖으로 나가지 못한다면 그야말로 감옥과 다름없었다.

'아니다. 그 방법도 있어.'

이것은 자신의 실수가 아닌 NPC들의 문제이기에 진정을 넣든가 해서 어떻게든 나갈 수는 있을 것이다.

"그래서 찾을 방법은 없냐?"

유저라서 행복한 루운이 평온을 되찾고 묻자 고양이는 고개를 젓다가 무슨 생각이 떠올라서인지 몸을 일으켰다.

"그래, 거기가 있었지!"

"거기가 어디냐?"

"이곳에 위치한 휴식터다. 주작님이 죄인들을 가두거나 귀한 물건을 숨기는 곳이기에 이 지하는 대단히 방대하다. 그렇기에 어떤 이도 이곳을 몰래 들어왔다가는 죽어서 나가는 것이지. 그래서 주작님은 휴식터를 운영한다. 자신이나 내가 지나가다가 언제든지 들러 쉴 수 있도록. 그리고 그 휴식터에는 지도가 존재한다. 주작님과 나만 알 수 있는 지도인데, 만약 나와 주작님이 길을 찾지 못할 때를 대비해서 만든 것이다."

"오! 정말인가?"

진정을 넣어보려던 루운은 고양이의 말에 반색했다.

그렇다면 이제 휴식터만 찾으면 된다는 뜻이었다.

"그러면 휴식터는 어디에 있지?"

"그걸 왜 나한테 묻나?"

'그럼 누구한테 묻는데?

너무나 천연덕스럽게 대꾸하는 고양이.

루운이 울컥하자 별것 아니라는 듯 재차 말했다.

"여러 곳이 있으니 금방 찾을 수 있다."

이틀은 순식간에 지나갔다.

"참으로 금방이구나?"

끼이이익.

불꽃으로 만들어진 문을 고양이가 열자 루운이 살벌한 눈빛을 휘날리며 물었다.

그런 루운과 고양이의 몰골은 그동안 어떤 길을 걸어왔는지를 보여주듯 말이 아니었다.

루운의 경우는 온통 그을리고 입에 피를 토해낸 흔적도 있었다.

고양이는 주작의 애완동물이라 그런지 불에 의한 피해는 전혀 없었지만, 혼자만 피해 보는 게 억울한 루운에게 맞아서 상처투성이였다.

"그, 그래도 찾은 것이 어디냐!"

고양이가 안으로 들어서며 소리쳤다. 그러자 루운은 말을 삼키며 주변을 둘러봤다.

고양이의 말처럼 일단 찾았다. 그 사실이 중요한 것이다.

'아무도 존재하지 않는군.'

휴식터에는 정적만이 감돌았다. 그 안에는 단지 테이블과 의자가 하나 있을 뿐인데, 다행스럽게도 타오르는 외관과는 달리 사람이 앉을 만한 수준이었다.

물론 엉덩이가 후끈할 정도의 열기는 존재했지만.

"여기, 아무것도 없는데?"

자리에 앉으며 루운이 묻자, 고양이는 미소를 지으며 손뼉을 쳤다.

사람처럼 자리에 앉은 것도 모자라 손뼉까지 치다니! 그 모습이 참으로 괴이하면서도 웃겨 속으로 피식거렸다.

사아아아아, 화르르르륵.

"오셨습니까?"

손뼉을 친 지 30초 정도가 흘렀을 때, 허공에서 빛이 형성되더니 불꽃으로 이루어진 여자가 모습을 드러냈다.

"여기 뜨거운 용암 쥬스 한 잔."

"알겠습니다. 그쪽 분은?"

"메뉴판이?"

루운은 여자의 질문에 당황하며 되물었다.

그동안 물을 한 모금도 마시지 못해 괴로웠다. 더군다나 매일 찜통 더위 속에서 있지 않았던가?

그래서 고양이에게 물이 없냐고 물으니 용암을 마시라는 등 되도 않는 소리를 할 뿐이었고, 휴식터를 보자 혹시나 물을 마실 수 있지 않을까 기대했다.

아무리 주작과 고양이가 불과 관련되고 뜨거운 것을 좋아한다 해도, 그들도 가끔은 찬 것을 마시지 않을까 하는 판단에.

그런데 고양이는 용암 한 잔을 시키고, 자신은 여기에 대해 아는 것이 없기에 당연히 메뉴판을 찾을 수밖에 없었다.

"여기 있습니다."

루운의 질문이 끝나자마자 허공에서 책 하나가 툭! 떨어졌다.

'다행이군. 용암 쥬스는 마시지 않아도 되니.'

루운은 메뉴판을 펼치며 안도의 숨을 내쉬었다.

기대처럼 메뉴판에는 여러 음료가 존재했다. 얼음차도 있다.

"나는 얼음차 한 잔."

"알겠습니다."

종업원이 사라지자 루운은 이곳이 궁금했지만 묻지 않았다.

어떻게 음료와 차를 만드는지, 손님이 온 사실을 아는지 등등. 어차피 자신과 관계있는 부분이 아니었다.

"지도는 어디에 있지?"

차가 나오기 전 루운은 알아야 할 부분에 대해 질문했다.

목을 축이는 것도 나쁘지는 않지만, 어떤 이유로든 1순위는

지도였다.

"후후, 이곳의 문을 통과하면서 이미 내 기억에 들어왔다. 주작님의 힘으로 인해 너는 볼 수 없었을 것이다."

"그래? 다행이군."

루운은 고개를 끄덕였다.

주작의 힘으로 자신만 봤다는데 더 이상 지도에 관해 얘기할 이유가 없었다.

어차피 자신은 봐도 모를 테고, 고양이를 믿고 가는 것이 정답이다.

"주문하신 두 잔 나왔습니다. 그러면 저는 이만."

그때 여자 정령이 다시 나타나 테이블 위에 차를 내려놓고 사라졌다.

자신의 할 일을 다 했으니 정령계로 사라지는 것 같다.

"자, 한 잔 마시고 떠나도록 하지."

고양이의 잔은 불꽃으로 만들어진 길쭉한 형태였는데, 그 안에 용암이 부글부글 끓고 있었다.

그리고 자신의 잔은 다방에서 보는 찻잔과 같은 모양이었으며 사람인 점을 배려해서인지 평범한 잔이었다.

그 속에는 차가운 냉기가 올라오는 푸른 물이 들어 있었다.

'분명 차갑다. 혹시나 했는데.'

루운은 손을 올려서 겉만 그런 것이 아닌지 확인하다가 원샷을 시도했다.

차가움이 올라왔으니 분명 시원한 물!

꿀꺽꿀꺽! 거침없이 원샷을 한 루운은 만족스러움을 느끼며 잔을 내려놨다.

그 후, 3초가 지났다.

"커어어억!"

루운은 목을 부여잡았다.

그러다 입을 쩍 벌리며 숨을 내쉬었는데 놀랍게도 불꽃이 튀어나왔다.

"얼음차는 주인님이 심심해서 외형만 그렇게 만든 것이지 원 재료는 푸른 불꽃이라네."

"크으윽! 분명히 냉기가 올라왔는데?"

"그래야 재미있으시다더군."

한마디로 주작의 장난에 놀아난 꼴!

그러나 죽지 않은 것만으로도 다행이었다.

자신이나 고양이가 아닌, 다른 이가 먹을 때를 대비해서 온도를 낮춘 것 같다.

그럼에도 목구멍이 타 들어가는 것 같았지만.

"얼른 가자."

루운은 짜증이 잔뜩 난 얼굴로 문을 나서며 소리쳤다.

그 모습에 지금 건드렸다가는 폭력이 돌아온다는 사실을 알아차린 고양이는 별 말 없이 자리에서 일어섰다.

터벅터벅.

휴식터에서 벗어난 지 30분 정도 흘렀다.

루운은 이상한 낌새를 알아차렸다. 앞장서서 가던 고양이가 자꾸 힐끔힐끔 쳐다보는 것이었다.

또한, 눈이 마주치면 식은땀을 흘리며 황급히 고개를 돌린
다!

"왜 그래?"

결국 참지 못한 루운이 고양이의 꼬리를 붙잡으며 물었다.

뭔가 찝찝했다. 휴식터를 벗어날 때만 해도 20분이면 도착
한다고 했는데 아직 검이 위치한 장소는 나타나지 않고 있다.

"그, 그게 말이다."

"너, 또!!"

루운의 경악스러운 외침과 함께 차마 눈을 못 마주치는 고
양이.

"아니, 갈림길에서 잠시 헷갈렸는데… 잘못 찍은 것 같다."

루운은 허탈함을 느꼈다. 만약 이곳을 벗어난나면 처음부터
퀘스트를 다시 해야 하기에 희망을 가지고 이들을 찾아다녔
다.

그런데 재차 길을 잊어먹다니!

"어떻게 해? 잠깐, 주작은 어떻게 갔지?"

"무슨 말이냐?"

"주작은 건망증이 심하다며? 그렇다면 지도를 봐도 잊어먹
을 확률이 높잖아. 그럴 경우에는 아예 포기하고 돌아가?"

"아니다. 주작님에게는 자신이 원하는 곳으로 갈 수 있는 주술진이
몸에 새겨졌다. 나도 마찬가지고 말이다."

"그렇군. 주작은 그런 방법으로 갈… 응?"

루운은 고양이를 빤히 쳐다봤다. 자신도 마찬가지라면…….

"그러면 너도 주술진으로 가면 되잖아?"

"아! 그런 기발한 방법이!!"

"……."

주작이나 고양이나 둘 다 기억력 병신이었다.

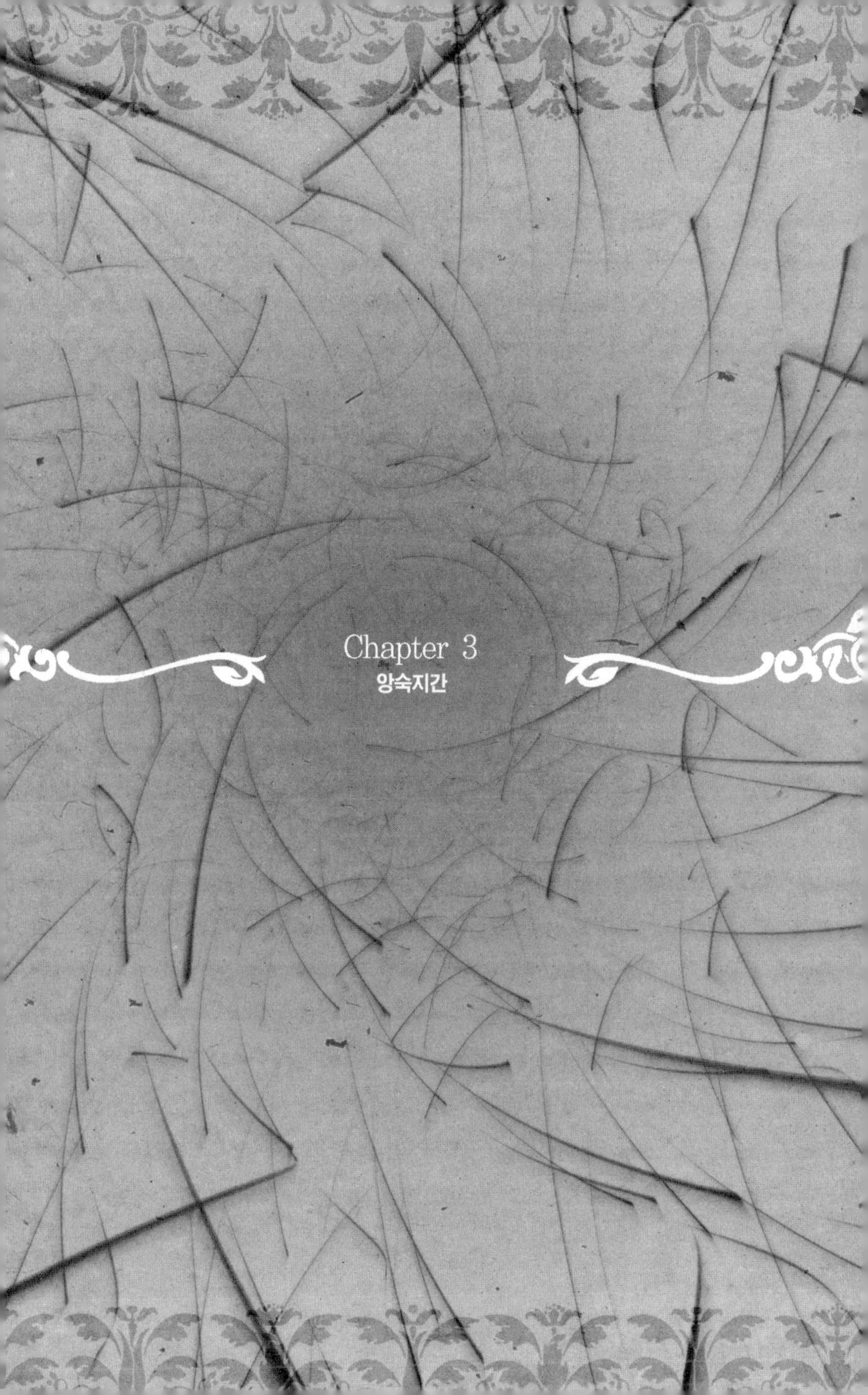

Chapter 3
앙숙지간

NEW WORLD 뉴월드

부글부글! 푸슈우웃!

루운은 눈앞에 있는 거대한 문을 쳐다봤다.

고양이가 주술진을 발동한다고 해서 몸 위에 올라타자 금세 목적지로 이동되었다.

목적지 앞은 용암으로 들끓고 있었으며, 황금빛으로 찬란하게 빛나는 문이 위용을 과시하고 있었다.

'혼나지 않겠지?'

목적지에 도착해 기뻐하는 루운과는 달리 고양이는 훗날 보게 될 주작의 눈치를 살폈다.

그의 힘으로 가야 한다고 했다. 하나 자신이 길만 제대로 찾았더라면 이미 도착하고도 남았을 시간.

그렇기에 잊고 있었던 주술진을 발동한 것인데, 내심 찝찝한 것은 어쩔 수 없었다.

"이제 저 안으로 들어가면 끝인가?"

루운이 혹시 모를 변수를 예측하며 묻자 고양이는 실소를 흘리며 대꾸했다.

"이제 끝이라고 생각하겠지만 끝이 아니다. 저 문이 끝은 맞지만."

'뭔 말이야?'

루운은 가자미 눈동자가 되어 고양이를 쳐다봤다.

쉽게 풀어서 말할 수도 있을 텐데 참 애매한 발언이었다.

"뭐, 이제 곧 알게 될 것이다."

"그래, 일단은 들어가야 한다는 것이지?"

루운은 고개를 끄덕이며 라지와 아지를 소환한 다음 변신을 시전했다.

용암이 무서운 기세로 끓고 있고, 길은 존재하지 않았다. 그러니 문 앞까지 날아가야 했다.

"나는 너의 길 안내만을 맡았다. 앞으로 일어나는 일은 모두 너 혼자 해결해야 한다."

그 광경을 지켜보던 고양이가 한 걸음 물러서며 설명했다.

"저 문을 열고 들어가면 수많은 검이 존재한다. 그중에서 불의 수정을 간직한 검은 단 하나. 검을 찾게 되면 너는 자연스럽게 주작님 곁으로 이동될 것이다. 자, 나는 이만 작별을 고하도록 하… 잠깐."

"무슨 일이지?"

어차피 고양이에게 큰 기대는 하지 않았다.

고양이는 말 그대로 안내자였고, 시련은 자신의 몫이었다.

한데, 고양이가 몸을 돌리다 말고 주춤거리며 루운을 빤히 쳐다봤다.

"돌아가는 길을 알고 있냐?"

'그걸 나한테 물으면 어쩌자고!'

루운은 황당함을 금치 못하며 웃음을 터뜨렸다.

고개가 절로 저어졌다. 역시 저놈의 뇌 수준은 심각하게 가난했다.

"어쩔 수 없지. 너와 같이 이동하는 수밖에. 그렇다고 도움을 기대하지는 말아라!"

불만 가득한 얼굴로 투덜대며 소리치는 고양이.

루운은 어깨를 으쓱하며 공중으로 몸을 띄웠다.

고양이의 뜻은 자신이 불의 수정을 찾아 주작에게로 이동될 때 묻어 가려는 것 같았다.

"자, 가볼까?"

루운은 기쁜 표정으로 문을 쳐다봤다.

며칠이나 헤매며 찾고 찾았다. 드디어 이 뜨거운 열기 속에서 벗어날 시간도 머지않았다.

스스스슥! 촤아아악!

루운의 신형이 용암을 건너던 그때였다.

간헐적으로 솟구치던 용암 줄기가 이전과는 비교가 안 되는 수준으로 높이 치솟았다.

줄기는 마치 루운을 노리는 듯 그의 신형 바로 밑에서 발생했고, 루운은 다급히 검은 달을 시전해 고양이의 그림자로 이동했다.

아무리 자신이라 할지라도 용암에 몸이 녹는다면 죽음밖에 답이 없을 테니.

그와 함께 짐승의 울부짖음이 들리더니 무엇인가가 용암 속에서 모습을 드러냈다.

바로 불꽃으로 이루어진 큼직한 개였다.

"저, 저것은 뭐지?"

루운이 개에게서 시선을 떼지 못하며 고양이에게 답을 구했다.

"문을 지키는 주작님의 애완동물이다. 말이 애완동물이지 생긴 것만큼 무식하게 힘도 세지."

"누가 무식하다는 것이냐, 건망증 고양아?"

"거, 건망증? 이런 똥강아지 새끼가!"

"똥강아지? 지금 나보고 짖은 것이냐!!"

"……."

루운은 갑작스럽게 싸우는 고양이와 개를 번갈아 바라봤다.

서로를 알고 있는 듯한 둘은 사이가 그리 좋아 보이지 않았는데, 루운에게 있어서는 좋은 소식이었다.

저렇게 둘이 다투다가 고양이 역시 싸움에 동참할 수도 있으니.

아직까지 그 어떤 능력도 보여주지 않았지만, 적어도 도움

될 힘을 가지고 있지 않겠는가?

"닥쳐라! 너처럼 물을 무서워하는 고양이와 상대하기 싫다! 수치
지!"

"흥! 복날만 되면 잠수 타는 놈 주제에!"

루운은 끝나지 않는 둘의 싸움 속에서 개를 관찰했다.

코끼리만 한 덩치의 개는 불꽃과 용암이 섞여서 이뤄진 듯
했으며, 꼬리와 눈이 총 세 개였다.

"정말 한판 뜨자는 것이냐?"

개가 울분을 참지 못하고 이를 갈며 소리를 질렀다.

고양이는 그 기세에 내심 움찔했지만 루운에게 쪽팔리고 싶
지 않았다.

비록 전투 능력은 개에 비해 부족하다 할지라도, 자신에게
는 아군이 있지 않은가? 해볼 만한 싸움이었다.

"후후, 좋다! 루운, 특별히 힘을 빌려주지. 저 똥강아지를 무너뜨
리자."

"나야 거절할 이유가 없지."

루운은 만족스러운 결과에 흐뭇한 미소와 함께 대답했다.

그리고 변신이 해제되었다. 저 둘이 대화를 하는 동안 시간
이 모두 끝난 것이다.

'10분 동안 버티든가, 그 안에 끝내든가. 후자였으면 좋겠
군.'

루운은 검과 진월을 동시에 소환했다.

턱과 어깨로 진월을 받치고 활의 손놀림이 시작되자 아름다

운 음이 모두를 잔잔하게 감싸 안았다. 호수의 흐름 같던 곡은 시시각각 돌변하며 태풍이 되었고, 앙숙지간으로 보이는 고양이와 개는 싸우는 것도 잊어먹은 채 진월에 홀려 버렸다.

버프가 완성됐다. 정령들이 모습을 나타냈다.

모든 준비를 마친 루운은 진월을 역소환하며 아직도 정신을 못 차리는 고양이를 손으로 툭 쳤다.

그때서야 고양이는 정신을 붙잡으며 개를 노려봤다.

그것은 개 역시 다를 바가 없었는데… 선제공격은 루운이었다.

"자연의 마나! 마나의 파편!"

쉐에에엑!

루운의 검에서 두 개의 기운이 발출되었다.

개는 보면서도 피하지 않았다.

퍼어엉!

결국 두 기운은 개의 몸을 관통하며 사라졌는데, 놀랍게도 아무런 데미지를 입지 않았다.

두 기운이 몸과 부딪치는 순간 불꽃이 튀었고, 개의 육체는 흩어졌지만 다시 원상 복귀된 것이다.

"웬만한 공격으로는 데미지를 입히지 못한다."

'빨리 말하든가!'

그 광경을 옆에서 바라본 고양이가 비웃음을 흘리며 말하자, 루운은 내심 짜증이 올라왔지만 애써 참았다.

힘을 합쳐서 싸워야 했다. 그러니 내부 분열은 절대 금기!

"그러면 어떤 공격해야 되는 것이지?"

루운이 묻자 고양이는 두 눈을 부릅뜨며 확신에 찬 목소리로 대답했다.

"물이지!"

"물! 그렇지! 그런데 물이 어디에 있냐?"

루운은 기대에 찬 어조로 되물었다.

불을 끄기 위해서 물이 필요하다는 것은 누구나 다 아는 사실이다.

하나, 이곳에는 온통 불과 열기밖에 존재하지 않아 애초에 제외시켰다.

그런데 고양이가 물을 애기하고 있다. 주변 상황을 모를 리도 없을 텐데 말이다.

그러니 희망을 품을 수밖에 없었고, 고양이가 뿌듯한 표정과 함께 루운의 믿음의 불을 무참히 짓밟았다.

"당연히 없지!"

"그러면 왜 애기한 거야!"

"말도 하면 안 되냐!!"

"야이… 씨."

루운은 입 밖으로 나오는 욕설을 힘겹게 참아냈다.

기대한 자신이 바보였다. 저놈은 라지처럼 믿을 것이 없는 존재.

슈슈슈슉!

그 순간 개가 입에서 불길을 뿜어냈고, 루운과 고양이는 다급히 몸을 날려 피했다.

"이 똥강아지가! 쿠아아앙!"

고양이의 피어가 작렬했다.

지금까지와는 다르게 대단한 기운이 폭발하며 고양이의 입에서 토해졌다.

루운의 몸이 살짝 흔들릴 정도였고, 뒤를 이어 고양이의 입에서 발출된 순백의 화염구는 개 역시 긴장하게 할 정도였다.

콰아아앙!

허공에서 고양이와 개의 기운들이 폭발하자, 루운은 정령들과 함께 뒤를 기습했다.

"검은 달!"

그와 동시에 심결과 초월, 돌진의 스킬을 발휘하며 능력을 상승시켰고, 개의 결을 향해 검을 찔러 넣었다.

파아아악! 화르르륵!

'젠장! 이런 공격으로는 힘든가?'

루운은 인상을 찌푸리며 뒤로 물러섰다.

공격을 해봤자 자꾸 불꽃으로 흩어지며 원상 복귀되었다.

그런데 고양이의 하얀 불꽃은 피하려고 하는 걸 보니 자신이 감당할 수 있는 데미지만 몸으로 받아서 흘리는 것 같았다.

'좋아, 이것도 막나 보자!'

지이이잉.

루운의 한 손에 마나의 검이 형성되었다.

그러면서 정령들을 역소환시켰다.

아무리 최상급 정령이 되면서 강해졌다 하지만 개개인으로
따질 경우 자신보다 약했다.

특히 데미지 부분에서는 격차가 더욱 컸고 말이다.

그렇기에 자신이 더 강해져 정령들 역시 파워 업이 된다면
모를까, 일정 수준 이하의 공격은 맞아도 전혀 통하지 않는 개
에게는 아무런 도움이 되지 않았다.

단, 물의 정령은 제하고 말이다.

다른 정령들과는 달리 물의 정령의 공격은 개 역시 까다로
워했다.

하지만 까다로워하는 것뿐이었다. 그래서 고양이한테 물의
힘이 있기를 바랐었다.

"이 똥강아지야! 그만 쓰러져라!"

고양이는 계속해서 백색의 불꽃을 쏘아대며 개를 압박했지
만 점점 지쳐 갔다.

개의 불꽃이 자신의 힘을 압도하기 시작했으며 그 결과 점
점 육체가 뒤로 밀렸다.

"저놈은 별 볼일 없는 것 같고, 고양이 네놈 먼저 혼내주마!"

상황이 자신한테 유리하게 돌아가자 개가 승리를 만끽하는
웃음을 터뜨리며 거칠게 고양이를 몰아붙였다.

개는 모르고 있었다. 여러 공격이 통하지 않자 마나의 검을
소환한 루운을.

또한 루운에게는 추가 데미지를 입히는 심결이 있다는 사실
도.

"타하아압!!"

루운의 신형이 높이 솟구쳤다.

개는 갑작스레 뒤에서 느껴지는 강한 기운에 몸을 돌리려 했지만 고양이가 그럴 틈을 주지 않았다.

더불어 물의 정령도 한몫 톡톡히 하며 개를 계속 귀찮게 했다.

그 결과 루운의 마나 검이 개의 결에 적중했다.

푸우우욱! 퍼퍼펑!

"크아아아악!"

개의 입에서 터져 나오는 비명!

고양이와 정령 모두에게 결의 음이 들리며 루운의 생명과 마나가 일정 회복되었다.

'좋아!'

용암을 피해 자리에 착지한 루운은 간절한 표정으로 고개를 들어 올렸다.

그런 그의 얼굴이 찌푸려졌다. 개는 마나의 검이 심결에 정확히 꽂히면서 적지 않은 타격을 입은 듯했지만 쓰러지지는 않았다.

그것뿐만이 아니라 분노를 감추지 못하며 온몸에서 불똥이 튀었다.

"네놈이 감히!! 죽어라!!"

개의 외침과 더불어 루운을 향해 쏟아지는 수많은 불꽃!

루운은 검은 달과 반사 신경을 통해 아슬아슬하게 피하면서 빠르게 머릿속을 굴렸다.

마나의 검보다 더 큰 데미지는 존재하지 않는다.

도대체 어떻게 해야 녀석을 무너뜨릴 수 있을까?

그때 머릿속으로 무엇인가가 떠올랐다.

불은 불로 끈다!

산이나 초원지대에 불이 나면 맞불을 쓰기도 한다. 불이 다가오는 방향에서 마주 보고 불을 놓는 것. 그리고 강력한 폭발물을 사용해 순간적으로 주변 지역의 산소를 다 소비시키는 방법도 존재했다.

물론 개가 일반적인 불과는 다를 수 있었다.

불의 세 가지 요소에는 점화원과 가연물, 공기가 필요한데 개는 존재 자체가 불이었으며, 일반 상식으로는 파악할 수 없는 존재였으니.

하나 루운이 기델 수 있는 방법은 더 이상 존재하지 않았고, 시도는 해봐야 했기에 고양이에게 자신의 의견을 전달했다.

"지금이다!"

미친 듯한 개의 공격을 피하다 보니 어느덧 변신할 수 있는 시간이 돌아왔다.

변신과 함께 루운은 소리치며 허공 높이 점프했고, 고양이가 개를 향해 백색의 화염구를 발사하자 자신 역시 마나의 검과 아지와 라지의 불꽃, 번개를 시전했다.

곧 모든 기운이 개의 이마에 함께 부딪치며 어마어마한 폭발을 일으켰다.

“후우! 나 때문에 산 줄 알아라.”

마지막 일격으로 인해 개는 죽지는 않았지만 용암 속으로 추락했다.

그러자 루운과 고양이는 서둘러 문을 열고 안으로 들어왔는데, 오자마자 대놓고 자만하는 고양이.

“나 아니었으면 네놈 따위는 이미 똥강아지의 변이 되었겠지!”

‘저런 변이 있나.’

루운은 끊이지 않는 고양이의 자찬을 쓴웃음과 함께 무시하며 주변을 둘러봤다.

입이 쩍 벌어졌다. 문 안의 세상은 마치 야외에 온 듯한 착각을 불러일으킬 정도로 넓었다.

거기에는 온갖 검들이 붉은색으로 이뤄진 흙에 꽂혀 있었는데, 그 수를 셀 수가 없었다.

정말 현기증이 일어날 정도로 많은 수.

“설마 저기에서 찾아야 되는 것이냐?”

루운이 불안함을 느끼며 고양이에게 묻자 고개를 끄덕였다.

‘사막에서 바늘 찾기도 아니고……’

루운은 입술을 잘근 깨물었다. 저 중에서 불의 수정을 간직하고 있는 검은 단 하나였다.

“잘 찾아라. 잘못 짚을 경우 혼쭐이 날 테니.”

하지만 이곳까지 와서 선택의 권한은 루운에게 존재하지 않았다.

결국 루운은 길게 숨을 내쉬며 마음을 다잡은 뒤, 검들을 향해 걸음을 옮기는데 뒤에서 고양이의 짓궂은 목소리가 들렸다.

'혼쭐이 난다라……. 어쩌면 정말 힘든 퀘스트가 될지도 모르겠어.'

루운은 절로 인상이 찌푸려졌다.

한 번 실패할 때마다 고통이 뒤따른다는 말이다.

그런데 확률은 수천 분의 1이었다.

수천도 대충 짐작하는 것이지 어쩌면 그 이상이 될지도 모르는 수였다.

처억!

루운은 가장 눈에 띄는 붉은 검을 첫 번째로 잡고 살짝 힘을 주며 올려봤다.

묵직함이 느껴졌지만 검은 어렵지 않게 모습을 드러냈다.

화르르르륵!!

그와 함께 루운은 불꽃이 번쩍하는 것을 볼 수 있었다.

"커어어억!!"

루운은 사방으로 뛰어다녔다. 갑작스럽게 나타난 불꽃이 몸에 붙은 것! 그것도 더럽게 뜨거웠다.

데굴데굴!

결국 흙에서 굴러 불을 끈 루운은 이마에서 흐르는 식은땀을 닦으며 검들을 쳐다봤다.

그러다 고양이에게 은근히 시선을 던졌다. 혹시 답을 알고 있냐는 무언의 질문이었다.

하나 고양이는 알고 있어도 가르쳐 주지 않을 것이라는 판단이 들었고, 루운은 재차 검들을 향해 걸음을 옮겼다.

'도대체 뭘까?

루운의 시선이 사방을 움직였다. 각기 다양한 개성을 지닌 검들이었지만 불의 수정을 가졌을 것이라 확신을 주는 것은 존재하지 않았다.

한마디로 적나라한 운발 게임!

"좋아! 이번에는 너다!"

고민의 고민을 거듭하며 검 사이로 들어간 루운은 결국 두 눈을 감고 손을 뻗었다.

그리고 잡히는 손잡이 아무 거나 뽑아 들었다.

웨에에에엥!

꿈틀거리는 검날이 보였다. 동시에 벌레들의 날갯짓 소리가 들렸다.

"히이이이익!!"

수많은 파리가 루운의 몸을 뒤덮으며 간질였다.

그것뿐 아니라 얼굴에 끈적끈적한 똥까지 싸주는 센스!

10초 정도의 짧은 시간이 지나고 드러난 루운의 모습은 참담했다.

단지 검 두 개를 뽑았을 뿐인데 눈물이 글썽거렸다.

더욱 괴로운 점은, 끝을 알 수 없는 높은 산에 이제 첫 걸음을 내디뎠다는 사실.

"좋아, 얼마든지 받아주지! 으하하!!"

두 눈에 초점이 흐려진 루운은 광소를 터뜨리며 눈앞에 보이는 검들을 쉬지 않고 뽑았다.

어차피 맞아야 될 매라면 빨리 맞고 끝내 버리겠다는 심정이었으며, 하나씩 당할 바에야 한 번에 다굴을 당하는 것이 오히려 더 낫다는 판단!

그런 루운의 모습을 쳐다보는 고양이는 혀를 쯧쯧 차며 자리에 편하게 엎드렸다.

쉽게 끝나지는 않을 것이다.

정말 운이 좋다면 몇 분 안에 끝낼 수도 있겠지만, 반대의 경우라면 몇 달이 지나도 벗어나지 못한다.

"……."

루운은 멍하니 자신을 덮치는 그림자들을 주시했다.

벌, 모기 떼, 번개, 썩은 냄새를 풍기는 검은 구름, 화살처럼 날아오는 바늘…….

열 몇 개를 동시에 건드린 대가였다.

쩌저저저적!

루운의 육체가 얼어붙어 버렸다.

푸른색 검을 뽑아 들자 나타난 결과였고, 얼음은 20초가 지난 다음에서야 풀렸다.

"으으윽! 도대체 뭐냐고!!"

아지를 소환해 불을 피운 다음 몸에 붙은 얼음들을 녹이며 루운이 소리쳤다.

그 목소리에는 짜증과 답답함이 가득 담겨 있었다.

"하루가 지났어. 100개는 잡은 것 같은데."

루운은 아직도 까마득한 검들을 쳐다보며 진저리를 쳤다.

100개. 말이 100개지, 그동안 겪은 고통은 이루 말할 수 없었다.

고통은 짧은 것도 있었지만 1분부터 10여 분까지 긴 것들도 존재했다.

그렇다 보니 이제는 아예 잡는 것조차 두려울 정도.

"이봐, 만약 이들이 검을 뽑는다면 누가 당하게 되지?"

문득 잔꾀가 떠오른 루운이 묻자, 고양이는 실소와 함께 대답했다.

"당연히 네가 당하지."

"크윽."

진정 아쉬움을 담아 아지를 쳐다보는 루운.

그 눈빛에 아지는 온몸을 부르르 떨었다.

만약 잡은 이가 당한다면 주인은 분명 자신과 라지를 시켰을 것이다.

아픔은 꼭 함께 나누려는 사악함의 랭킹 1위!

"라지, 나와라!"

잠시 머릿속을 굴리던 루운은 라지까지 소환했다.

그리고 둘한테도 빠르게 검을 뽑으라고 부탁했다.

하루 동안 열심히 겪어본 결과 자신의 예상처럼 여러 개를 한꺼번에 뽑는 것이 더 낫다는 결론을 내렸다.

물론 밀려오는 아픔은 배의 배가 되었지만 지금은 그런 부분을 신경 쓸 상황이 아니었다.

어떻게든 최대한 많이 뽑으며 운에 맡긴 채 얼른 퀘스트 성공만을 바랄 뿐.

루운의 말에 라지와 아지는 안타까운 눈빛으로 고개를 끄덕였지만, 속에서는 진한 미소가 피어올랐다.

루운이 강해지면서 얼마나 자신들을 막대했던가!

드디어 간접적으로나마 복수를 할 수 있는 기회가 찾아온 것이다.

"주인, 열심히 뽑으마!"

"저도 최선을 다하겠어요!"

"그, 그래."

평소와 달리 너무나 적극적인 둘의 모습에 루운은 왠지 모르게 등골이 오싹했지만, 애써 무시하며 검들을 노려봤다.

그 후, 신호와 동시에 루운과 라지, 아지는 최대한 빠른 속도로 검을 뽑아내어 던지기 시작했다.

제발 나와라! 제발 나와라! 루운의 심정이었다.

제발 나오지 마라! 주인의 고통은 우리의 행복! 라지와 아지의 심정이었다.

극과 극의 마음을 품은 채 하나 되어 움직이는 화목한 셋!

그렇게 시간은 하루가 더 지났다.

"하아… 하아……!!"

루운은 쉬지 않고 검을 뽑아냈다. 어느덧 이제는 아픔조차 느껴지지 않는 것 같았다. 익숙해진 탓이다.

후덜후덜.

그렇지만 피로도는 어쩔 수 없었는데, 루운은 이겨냈다.

온몸이 눕고 싶고 이제는 손에 힘도 들어가지 않아 떨렸지만 그럼에도 젖 먹던 힘까지 짜냈다.

독이 몸에서 피어올랐다. 영향으로 입에서 피가 토해져 나왔다.

끔찍한 고통, 머릿속에서 종이 울리는 듯한 느낌.

하나 루운에게는 당연한 일상이 되어버린 아픔. 이틀 내내 쉬지 않은 결과물.

"괴물 같은 놈!"

루운을 쳐다보며 고양이는 혀를 내둘렀다.

어찌 사람이 저토록 지독할 수 있다 말인가!

분명 웬만한 정신력으로는 버티지도 못할 텐데.

한데 루운은 1분도 아깝다며 이틀 내내 휴식 한번 취하지 않았다.

'집념 하나만큼은 우리를 뛰어넘을지도 모른다.'

고양이는 인간의 존재를 무시하는 편이었다.

그들이 아무리 강해봤자 반신인 주인이나 수하인 자신에게는 상대가 되지 않았다.

태어날 때부터 애초에 그릇이 다르기 때문이다.

하지만 지금은 처음으로 인간을 인정하고 있었다. 왜 주인인 주작이 인간만큼 강한 존재도 없다고 했는지 조금은 이해가 되었다.

"하아암! 한숨 자야겠군."

루운을 한참이나 관찰하던 고양이는 밀려오는 졸음에 길게 하품을 하더니 두 눈을 감았다.

그러고 보니 루운을 만난 후부터 한숨도 자지 않았다.

"어어?"

고양이가 잠들고 20분 뒤, 루운의 비명과도 같은 외침이 터져 나왔다.

바람의 칼날에 온몸이 베어지고 있었다. 깊게는 아니었으나 살갗을 찢는 정도여서 치명상은 아니라도 출혈이 계속 발생했다.

그 와중에 루운은 희미하게 들을 수 있었다.

만약 지금보다 더 정신을 놓고 있었다면 그 알림 음조차 듣지 못했을 것이다.

―불의 수정을 획득하셨습니다.

스스스스스!

기뻐할 틈도 없이 몸 주위를 감싸는 빛!

루운은 쾌감에 젖어들며 두 눈을 감았다.

그 와중에 뭔가 잊어먹고 있다는 사실이 들었지만 깊게 파고들지 않으며 무시했다.

고양이가 주작에게 돌아간 것은 그로부터 1년이 지난 뒤였다.

루운이 주작의 퀘스트를 하는 도중 뉴 월드에서는 두 번째 이벤트까지 끝났다.

첫 번째 이벤트였던 커플 대회는 모두를 토하게 할 정도의 염장을 선사한 남남 커플이 우승했다.

그들은 우승을 위해서 한 행동들이라 변명했지만, 많은 유저들은 둘의 사랑을 축복해 주기에 이르렀고, 자신들의 의지와는 상관없이 뉴 월드 공식 게이 1호 커플이 되었다.

그리고 두 번째 이벤트는 바로 대륙전쟁이었다.

처음 가상의 자신을 만들 때 설정한 대륙으로 편이 갈라졌으며, 동대륙과 서대륙으로 나눠져 치열하게 전투를 펼쳤다.

방식은 간단했다. 참여를 원하는 이들은 모두 한곳으로 이동되었으며, 24시간 동안 적 대륙의 유저를 죽이는 것이었다.

다만 유저의 모습을 죽이지 못하는 이들도 존재하는 법이기에 모두 랜덤으로 외형이 바뀐 채 싸웠다.

서대륙의 유저들은 몬스터로, 동대륙의 유저들은 요괴로 말이다.

모습은 각자 선택할 수 있었으며, 만약 죽었을 경우에는 5분 뒤 부활해 전쟁에 재차 참여할 수 있었다.

대륙의 이벤트는 총 두 개의 우승이 걸려 있었다.

첫 번째 우승은 더 높은 점수를 확보한 대륙에게 주어지는 것이다.

각 대륙의 유저들이 적을 죽일 때마다 일정 점수가 올랐으며, 자신이 죽으면 깎였다.

그 점수는 모두 통합해 서대륙과 동대륙의 승패를 정했고, 동대륙이 승리를 차지했다.

승리한 동대륙의 유저들은 값비싼 포션을 획득했으며, 동대륙 자체에 일주일 동안 경험치와 드랍률 두 배라는 보너스가 주어졌다.

그로인해 참여하지 않았던 동대륙의 유저들도 혜택을 누리게 되었다.

더불어 두 번째 우승은 개인에게 주어졌다.

서대륙, 동대륙 통틀어서 가장 많은 점수를 획득한 유저의 몫이었는데, 바로 서대륙의 일원이자 다크스의 길드 마스터인 직월이 그 영광을 얻었다.

그렇게 두 개의 대회가 끝났고, 2주년 이벤트는 앞으로 두 개가 남아 있었다.

그중 하나는 이벤트 존재의 등장이었고, 다른 하나는 최강자를 뽑는 대회였는데, 먼저 모습을 드러내는 것은 이벤트 존재였다.

업데이트 하루를 남긴 시점에 공개된 정보에 의하면 보스 이벤트에는 그 누구나 참가할 수 있었다.

레벨의 제한도 없었으며 인원 역시 마찬가지였다.

그래서 강자들 몇이 파티가 가능했고, 레벨이 낮아 약한 유저들 역시 파티 인원을 많이 해서 참여하면 승리할 확률이 존재했다.

　마지막으로 대회 참가 신청은 6일 남았으며, 8일 뒤 대륙 곳곳에서 동시에 펼쳐진다.

　"꼭 그렇게 하자는 것인가?"

　대륙 이벤트가 끝난 저녁, 서대륙에 위치한 고급 주점에 자리한 쟈케가 미간을 찌푸리며 물었다.

　"겁나면 하지 않아도 좋아. 단, 모든 유저들에게 그랜드가 무서워서 패배를 시인했다고 확실히 밝혀두라고."

　그런 쟈케한테 라튼은 비웃음과 함께 대답했다.

　'질 경우 타격이 너무 크겠군.'

　쟈케는 아파오는 머리를 부여잡으며 글라스에 가득 채워진 주황빛 술을 넘겼다.

　비싼 술인 만큼 부드럽게 넘어갔으며, 화끈한 열기가 오르자 망설임이 사라지는 것 같다.

　쟈케가 오늘 라튼을 만나게 된 것은 두 길드의 대화를 위해서였다.

　그렇기에 주점에는 쟈케뿐 아니라 샤네를 비롯한 접속한 10성들, 다크스 쪽에서도 라튼 레니아를 비롯해 주축 멤버들이 참석해 있었다.

　단, 그랜드에서 루운이 빠진 것처럼 다크스 역시 적월이 참석하지 않았다.

　쟈케는 샤네를 쳐다봤다. 항상 중요한 결정은 그녀의 의견을 묻는 그였다.

한데, 이번 일은 샤네 역시 쉽게 결정하지 못했다. 그만큼 다크스에서 내민 조건이 부담스러운 것이다.

모두 전쟁을 피할 수 없다고 예측했다.

아니, 피해서는 안 되었다.

다크스에 그토록 당했고, 자신들 역시 보복을 시작했는데 막상 전쟁을 피한다면 우스운 꼴밖에 되지 않으니.

하지만 성이나 사냥터 일부를 예측했지 절반은 전혀 상상도 못했다.

현재 다크스에서는 전쟁의 전리품으로 50%를 원했다.

50%면 그 어떤 길드가 승리를 하더라도 뉴 월드 최고의 길드가 되는 일이었고, 그 누구도 범접하지 못할 힘과 부를 갖게 된다.

반대로 잃게 될 경우에는 수모를 떠나서 복구하는 데 적지 않은 시간이 들 것이다. 더군다나 길드의 인원 제한이 사라진다는 소문이 떠도는 지금, 패배한다면 격차는 더욱 커질 것이다.

그 어떤 유저도 같은 노력을 할 경우, 더 많은 보상을 주는 곳으로 가게 될 테니 말이다.

천상의 감로주, 혹은 지옥의 비릿한 독약.

50대 50의 확률. 그 누구도 승패를 장담할 수 없는 상황.

샤케는 샤네에게 생각할 시간을 주며 4성을 바라봤다. 현재 총 10성 중 6성이 참가해 있었다.

"저는 반대입니다."

일본인인 카케시가 고개를 저으며 자신의 뜻을 펼쳤다.

"저도 같습니다. 만약 졌을 경우 피해가 너무 큽니다."

미국 유저인 아스렐 역시 카케시의 의견에 동의했다.

50%면 상위 길드에서는 거의 나오지 않는 조건이었다.

특히 뉴 월드의 선두를 달리고 있는 그랜드와 다크스라면 더욱 나올 수 없었다.

즉, 다크스에서는 승리를 확신한다는 뜻이기도 했다.

"그렇지만 피했다가는 오해가 커질 수도 있습니다. 길드 내에서도 흔들림이 적지 않을 것이고요."

하나, 반대의 의견도 나오기 시작했다.

"제 생각도 그렇습니다. 오히려 기회라고 생각하고 본때를 보여줘야 합니다. 그동안 다크스들이 설친 것만 생각하면 이가 갈린다 말입니다!"

모두가 모인 회의이기에 존대를 하면서도 분을 참지 못하는 진상진 역시 한몫 거들었다.

'루운은 어떤 결정을 내릴까?'

쟈케는 친구인 루운을 떠올렸다.

며칠째 퀘스트로 인해 대화를 제대로 해보지 못했지만 이 자리에 그가 있었으면 좋겠다고 생각했다.

때로는 철이 없고 단순하며 다혈질이기도 했지만, 그래도 자신이 한 말은 꼭 해내는 놈이었고, 곧 펼쳐질 전쟁을 대비한 전략도 그가 내놨다.

"어?"

그랜드 길드원 사이에서도 의견이 통일되지 않고 있을 때 쟈케는 반가운 귓속말 신청을 받게 되었다. 루운이었다.

루운은 불의 수정 퀘스트가 끝나자 곧바로 로그아웃을 한 다음 잠을 자고 싶었다.

하지만 그전에 쟈케한테 귓속말 신청을 했다.

이벤트와 길드 상황이 어떤지 알아보기 위함이었다.

그래야 자신 역시 그 시기에 맞춰서 남은 각성의 퀘스트를 할지 아니면 기다릴지 결정하기 편할 테니.

곧 쟈케와의 귓속말이 연결되었고, 뭐라 말을 꺼내기도 전에 쟈케의 얘기를 전해 들은 루운은 귀찮지만 그들이 있는 서 대륙으로 향했다.

"그렌드는 겁쟁이들민 모였군. 크크."

확답을 내리지 않은 채 시간을 끌자 라튼이 적나라하게 비꼬았다.

그러자 10성이 울컥하며 라튼을 노려봤다.

"마스터가 오지 않은 것도 참았는데 그 태도가 뭐냐!"

7성이 분노한 표정으로 외치자 다른 성들이 고개를 끄덕였다.

길드 마스터와 주축이 모인 대화의 자리에서 한쪽만 마스터가 아닌 부마스터가 대표로 참석했다.

그랜드 길드에서는 충분히 기분 나쁠 일이었다.

"아아, 우리 마스터는 이런 곳까지 올 한가한 몸이 아니라서."

"저 자식이 정말!"

"그만둬!"

길드원들이 흥분하자 다급히 샤네가 손을 들어 올리며 제지했다.

그리고 자신 역시 애써 화를 진정시키며 방긋 웃는 얼굴로 라튼에게 얘기했다.

"현재 저희의 대화는 모두 녹화되고 있습니다. 그렇게 나오셔도 괜찮을까요?"

라튼의 얼굴이 붉어졌다. 기본적인 것을 놓치고 있었다니……

물론 라튼의 성격상 유저들이 뭐라 하든 말든 신경 쓰지 않지만, 적월이 알게 된다면 얘기는 또 달라졌다.

자신과 달리 적월은 매너에 있어서는 철저했으니.

"미안하게 됐군. 하지만 우리 입장도 생각해 줘야지. 언제까지 기다리게 할 거야?"

라튼의 발언에 샤네는 쟈케에게 시선을 주었다.

루운에게 귓속말을 해보라는 뜻이었는데, 그때 홀의 문이 열렸다.

"여어, 늦었군."

루운이 웃는 얼굴로 손을 흔들며 들어왔다.

그 후 주변을 한 번 둘러보며 참석한 이들을 확인했고, 아는 얼굴들한테는 고개를 살짝 숙여 인사했다.

"어? 저게 누구야? 전에 나한테 죽기 싫어 도망친 라튼님이 시군요.”

루운은 쟈케의 옆에 앉으며 라튼을 향해 큰 목소리로 말했다.

“내, 내가 언제?”

“전 항상 촬영 모드로 해놓고 뉴 월드를 플레이합니다. 누구처럼 허접한 히든클래스가 아니라서요. 그래서 그날도 찍혀 있는데… 방송국에 보낼까요, 아니면 홈페이지에 올릴까요? 굳이 증거를 보여줘야 한다면 그렇게 하도록 하죠. 저는 라튼 님 체면 때문에 배려했더니만…….”

“으으윽!!”

라튼이 이를 갈자, 뉴 월드의 길드원들은 애써 웃음을 참았다.

루운은 오자마자 부 길드 마스터이지만 대표로 참식해 깝죽대던 라튼에게 직격탄 세 방을 날린 것이다.

허접한 히드클래스와 도망친 것으로 두 방을 날렸으며, 증거로 인해 그를 거짓말쟁이로까지 만들었다.

처억!

루운을 향해 다크스 길드원들 몰래 손가락을 치켜세우는 쟈케!

루운은 그에게 윙크로 화답하며 분통이 터져 죽기 전인 라튼을 쳐다봤다.

“오는 동안 마스터에게 얘기를 전해 들었습니다. 가진 것의 절반이라……. 좋습니다. 하도록 하죠.”

"루운!"

루운의 발언에 샤네가 그의 손목을 잡았다.

"하나는 비난만이 들릴 테고, 다른 하나는 반반의 싸움이야. 피할 수 없는 싸움이라면 당연히 붙는 수밖에 없겠지."

루운의 확답에 샤네는 잠시 갈등하다가 손의 힘을 풀었다.

사실 루운의 말처럼 둘 중에 하나를 선택하라면 전면전이 정답이었고, 샤네 역시 그쪽으로 결심의 추가 기우는 와중이었다.

다만 길드의 미래가 걸려 있기에 쉽사리 입 밖으로 내지 못했던 것이다.

"좋아, 결정되었군. 날짜는 대회 4일 전이다."

며칠 내내 퀘스트만 했던 루운은 쟈케에게 대회가 언제인지를 물었다.

"그렇다면 4일 뒤라는 말인데… 이유가 있습니까?"

"마스터의 결정이다."

루운은 길게 한숨을 내쉬었다. 마스터라면 적월. 대략 의도가 파악되었다.

길드전으로 그랜드와 자신을 무너뜨리고 대회 날 일 대 일로 완벽하게 짓밟는다.

물론 단순한 추측일 뿐이었지만, 오랜 시간 자신에게 열등감을 표출한 그라면 충분히 가능한 시나리오였다.

"괜찮을까?"

길드전 방식까지 정한 뒤, 다크스 길드원들이 떠난 방 안.

쟈케가 루운을 향해 묻자 루운은 고개를 저었다.

"나도 확신은 하지 못해. 단지 그나마 기회가 있는 쪽을 택한 것뿐."

루운의 희망적이지 못한 대답에 모두는 동의했다.

그랜드의 전력에 자신있었다. 그렇지만 반대로 다크스 역시 마찬가지였다.

또한 유저들의 의견 역시 누가 우세라 할 것 없이 팽팽했다.

"일단 그날이 되어야 알겠지."

루운의 말과 함께 모두는 침묵에 휩싸였다.

'앞으로 4일.'

주점을 벗어난 루운은 약속의 땅에서 누군가를 기다리며 생각에 잠겨 있었다.

'4일 안에 남은 두 개를 모두 끝낼 수 있을까?

현무의 퀘스트는 하루도 걸리지 않았지만 주작의 경우는 며칠이나 시간을 잡아먹었다.

그렇기에 어찌 보면 너무나 촉박했다.

그래서 루운은 날짜 연장을 건의했으나 들려온 대답은 적월에게 시간이 없다는 것이었다.

"왔군."

사색에 빠져 있던 루운의 두 눈이 떠졌다.

등 뒤에 있어 얼굴은 보지 못했지만 누군지 알 수 있었다.

주점에서 나와 로그아웃을 하려고 할 때 귓속말 신청이 들어온 유저, 적월이었다.

"기다린 것이지?"

루운이 쓰게 웃으며 말하자 적월에게서는 대답이 없었다.

내심 적월을 경계하면서도 그의 뜻을 어렴풋이 느꼈다.

라튼이 지난번에 그러지 않았던가? 자신을 쓰러뜨려서 적월에게 별것 아니라는 사실을 보여주겠다고.

그런데 적월은 신경 쓰이면서도 방치했다.

물론 자신의 예상처럼 레벨이 낮은 탓도 있었을 것이다.

하나 입장을 바꿔 생각해 보니 루운은 다른 대답이 나왔다.

자신이 만약 적월이고 누군가가 자기보다 강해지는 것이 싫다면 그의 레벨이 낮든 말든 계속 방해를 할 것 같다고.

후환이 될 수 있는 불씨는 존재해선 안 되니. 그럴 힘도 충분하고 말이다. 하지만 적월은 그러지 않았다.

만약 자신을 계속 경계하면서 위협했더라면 아직도 라지와 아지의 전직을 시키지 못했을 것이고, 저 레벨에서 머물고 있었을 것이다.

그렇기에 얼마 전 그런 생각이. 스치고 지나갔다.

어쩌면 적월은 자신이 강해지기를 기다렸던 것인지도 모른다고.

그래서 모두의 앞에서 완벽하게 무너뜨리고 싶은 마음일지도.

"그토록… 나를 이기고 싶어?"

루운이 재차 말문을 열자 뒤에 서 있는 적월의 표정이 굳어졌다.

"너는 알지 못한다. 나의 마음을."

차가운 바람이 둘을 감쌌다.

"너에게 이해를 바라지 않는다. 다만… 나는 너에게서 잊을 수 없는 패배감과 치욕을 느꼈고, 그 후로 반복되는 패배 속에서 무너지고 무너졌다. 단 한 번일지라도 이기고 싶다. 그것뿐이다."

적월의 입가에 씁쓸한 미소가 새겨졌다. 그는 몸을 돌렸다.

"어쩌면 다른 이들에게 나는 미친놈일지도 모르겠다. 하지만 다수가 꼭 정답은 아니다. 단지 수의 차이일 뿐이지."

"형, 시간이 없다는 것은 무슨 뜻이야?"

적월이 떠나려고 하자 루운은 다급히 고개를 돌리며 물었다.

그러자 적월은 걸음을 멈추지 않은 채 대답했다.

"나는 대회를 끝내고 머지않아 뉴 월드를 떠난다. 현실의 내 삶을 위해."

적월의 발걸음 소리가 점점 멀어졌다.

루운은 멍하니 고개를 들어 하늘에 뜬 달을 쳐다봤다. 그 속에 적월이 보였다.

그를 이해하려고 노력했다.

과거와 현재의 그를 모두 알고 있으며 그 사이에 자신이 있으니.

자신의 주관은 자기의 것일 뿐이었으며, 그 어떤 명언도 모두에게 허용되는 것은 아니었다.

세상에는 수많은 사람이 있고, 그와 비례하는 각자의 주관이 존재했으며, 자신의 주관에 의해 삶을 살아간다.

달이 먹구름으로 인해 천천히 빛을 잃었다.

동시에 루운 역시 어둠에 서서히 잡아먹혔다.

한 치 앞을 볼 수 없는 지금의 상황과 관계처럼.

"아휴, 피곤해."

시아는 CF 촬영이 모두 끝나자 기진맥진한 얼굴로 소파에 눕듯 쓰러졌다.

곁에는 오늘 함께 촬영한 정미라가 웃는 얼굴로 있었고, 그런 시아를 토닥거렸다.

"아참, 언니. 이제 오빠한테 말해야 하지 않아?"

정미라에게 앙탈을 부리며 쉬던 시아가 문득 고개를 들며 물었다.

그 질문의 의미를 알아차린 정미라의 표정이 어두워졌다.

"그래야지."

"내가 말할까? 어쨌든 시작은 나로 인해서인데."

정미라가 난감해하자 미안함을 느낀 탓일까? 시아가 눈치를 보며 말하자 정미라는 고개를 저었다.

미안하더라도 자신이 직접 말하는 것이 나았다.

"그런데 오빠한테는 마음이 전혀 안 갔어?"

매니저가 준비해 온 도시락을 열며 시아가 말했다.

"글쎄… 나도 잘 모르겠어."

정미라는 애매한 대답으로 회피했다.

처음 시현을 만났을 때는 단지 유쾌하고 좋은 사람이라고 생각했다.

시아의 오빠였기에 거리감이 없었던 것인지도 모르겠지만, 시간이 지나자 시아의 오빠라는 사실은 뒤로한 채 단지 시현이라는 사람이 마음에 들었다.

또한 자신의 팬이고 좋아해서인지 유독 친절하고 배려했으며, 많은 것을 양보해 주는 모습도 좋았고, 뉴 월드에서의 그의 고집과 인내력도 남자답게 다가왔다.

하지만 거기까지였다. 시현에게는 말하지 않았지만 자신에게는 연인이 있었다.

물론, 언제부터인가는 연인과 함께 있어도 시현의 생각이 간혹 떠올랐다.

특히 다투거나 의견 차이가 발생했을 때 말이다.

그럴 때면 시현 씨는 이렇게 했을 텐데 하며 유독 많이 생각났다.

더불어 그에게서 매력을 충분히 느낄 수 있었고.

그러나 기존의 사랑보다 큰 감정은 아니었으며, 집안에서도 원하지 않을 것이다.

동생이 시아라는 점이 점수를 따겠지만 시현은 냉정하게 말하면 백수였고, 부모님의 반대가 뻔했다.

그래서 간혹 마음이 이상할 때면 애써 스스로를 다잡았다.

단지 오랜 시간 함께 알고 지내면서 생긴 정일 뿐이라며.

그리고 이제 10일 정도 후면 결혼 발표를 앞두고 있었기에 더 이상 숨길 수도 없었다.

기사나 다른 이를 통해 듣는 것보다는 자신이 말하는 것이 예의인 듯하니.

"아, 나 잠시 언니 집에서 지내야 하나? 오빠 감당하기 힘들 것 같다."

시아 역시 시현을 향해 미안한 마음이 들었다.

자신이 게임을 편하게 하기 위해 거짓말까지 하며 뉴 월드를 하게 만들었다.

모든 사실을 알면서도 1년이 넘는 오랜 시간 동안 말이다.

시현이 얘기를 들었을 때 받을 충격과 서글픔을 떠올리자니 차마 얼굴도 보기 힘들 것 같았다.

"일단… 길드전은 끝나고 말하자."

둘은 시현을 떠올리며 동시에 한숨을 내쉬었다.

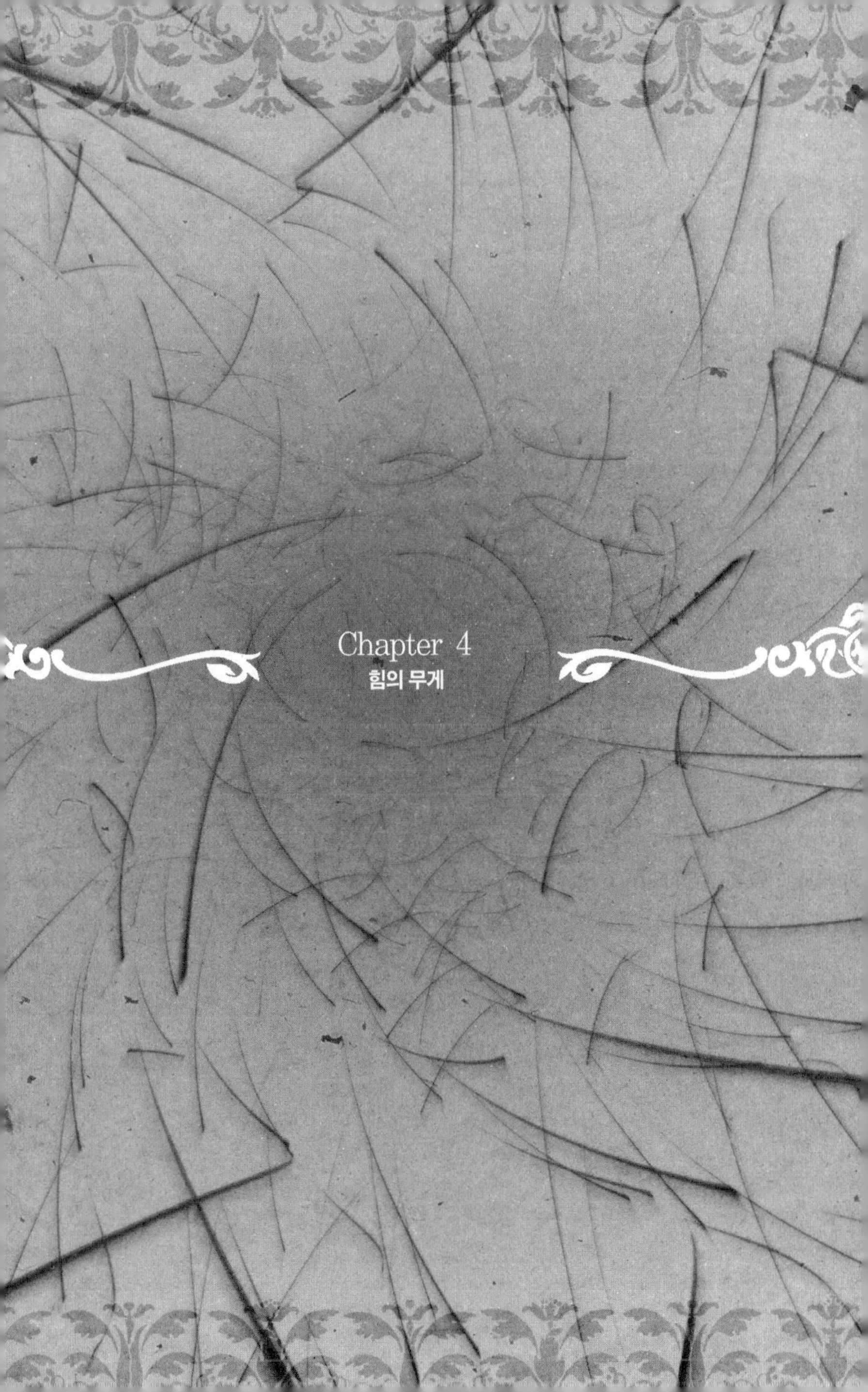
Chapter 4
힘의 무게

NEW
WORLD 뉴월드

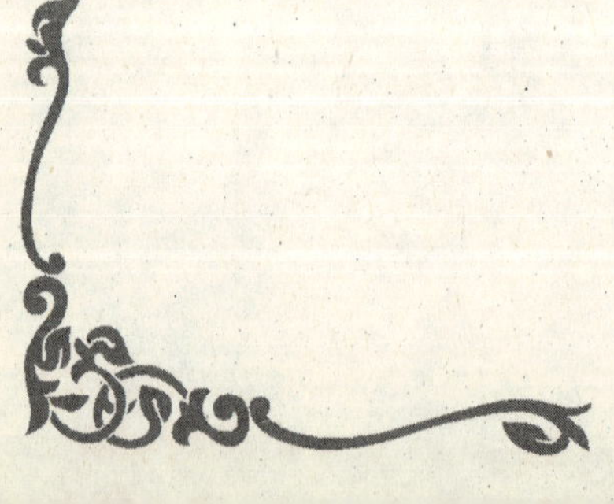

'이빈에는 백호.'

한숨 푹 자고 뉴 월드에 접속한 루운은 정보창을 확인하며 백색의 호랑이를 떠올렸다.

백호는 사방신 중 유일하게 현실에서도 존재하는 영수이며, 그 탓으로 친숙하게 느껴지기도 했다. 물론 외형으로만 따졌을 경우 말이다.

흰색 바탕에 검은색 줄무늬를 보유한 백호는 위용과 함께 신비스럽고 우아하기까지 하는데, 죽은 자를 다스리는 명부의 영수로 표현되기도 한다.

백호는 서쪽을 수호하고 금을 상징하며 가을을 관장한다.

스스스스.

문을 통해 퀘스트 공간으로 넘어간 루운은 주변을 둘러보다 이를 부딪쳤다.

하얀 눈이 가득 내린 세계. 그래서 주변 역시 백색의 공간과 다를 바 없어 보였는데 너무나 추웠다.

"이제 어떻게 해야 하지?"

특별한 정보가 나타나지 않았기에 루운은 갈피를 잡지 못하며 걸음을 옮겼다.

가만히 있는 것보다 찾아다니게 낫다는 판단이었다.

그렇게 다섯 걸음 정도 움직였을까? 루운이 다급히 바닥을 굴렀다.

쿼쿼쿼!

루운이 서 있던 곳의 지면이 높게 솟구쳤다.

공격은 거기에서 멈추지 않았다. 루운의 발이 닿기만 하면 땅이 무너지거나 폭발을 일으켰고, 루운은 적을 찾기 위해 황급히 주위를 살폈다.

그러면서 적의 기를 느끼기 위해서도 노력했다.

하지만 그 어떤 모습을 볼 수도 없었으며, 기운 역시 감지하기 어려웠다.

'백호인가?'

자신이 눈치조차 챌 수 없는 존재.

유저들에서는 존재할 일이 없었다. 하면 NPC라는 뜻이었고, 이곳은 백호의 영역.

루운은 답이 나오자 자리에 멈춰 서며 그를 소리쳐 부르려고 했다.

자신을 적으로 인지하는 듯했다.

그렇지 않고서야 이토록 무차별적인 공격을 하진 않을 테니깐.

그런데 루운의 추측은 판단 미스일 뿐이었다.

"네놈이군."

등 뒤에서 들려오는 목소리에 루운은 황급히 고개를 돌렸다.

그곳에는 어린 소년이 한 명 서 있었다.

흰색으로 이루어진 털이 풍만한 옷을 걸친 채 백색의 머리카락과 눈동자를 뽐내고 있었다.

그 소년의 이빨은 어금니가 드라큘라처럼 날카로웠으며, 적의에 가득 찬 시선으로 손을 풀고 있있는데, 온몸에서 뿜어져 나오는 살기가 무시무시했다.

"저, 저는……."

"아아, 누군지 알고 있으니 닥쳐."

루운은 백호의 까칠한 대답에 속으로 울컥하기는 했지만 입을 열지 않았다.

아무리 어린 소년의 모습을 하고 있을지라도 상대는 백호였다.

신수이자 자신과 비교할 수 없는 세월을 살아온 존재. 능력 또한 마찬가지.

그러니 괜히 개기다가 한 대를 열 대로 늘릴 필요가 없었다.

"내가 네놈만 생각하면 이가 갈려!"

뿌드드드득.

백호의 단단해 보이는 새하얀 치아가 날카로운 음을 만들어 냈다.

"너로 인해 잃은 손해가 얼마인지 아느냐!! 커헉!"

고함을 지르다가 혈압이 오르는지 뒤통수를 부여잡는 백호!

루운은 겉으로는 죄송한 표정으로 애써 웃고 있었지만, 속 에서는 죽을상이었다.

저 끝없는 뒤끝에 소심함. 앞날에 먹구름이 끼는 것 같다.

"후우! 그래, 좋게 생각할 수도 있지. 비록 내기에서는 졌지 만… 네가 쓸 만한 놈이고 가르칠 보람이 있을 테니. 하하, 하 하하! 안 그래?"

굳이 내기에서 강조를 하는 센스!

"으, 으하하! 그럼요! 잘 부탁드립니다!"

마음까지는 그렇지 않겠지만 어쨌든 좋은 쪽으로 판단하려 는 백호에게 루운은 맞장구쳤다.

그러자 순식간에 바뀌는 백호의 살벌한 눈빛.

"쪼개냐?"

"……."

루운은 황급히 고개를 저었다.

사실 변명할 여지는 존재했다. '그러면 인상 쓰면서 그렇지 않다고 해야 합니까' 라고 말이다.

하나 루운은 퀘스트를 가능한 편하고 빨리 끝내고 싶었다.

"아니라니 다행이군. 만약 그렇다고 했으면 최소 100년은 데리고 있으려 했더니만……."

'켁! 위, 위험한 놈이다!'

루운의 뒤통수에서 흐르는 식은땀. 백호의 눈빛은 진심이었다.

즉, 그렇게 되었더라면 자신은 각성의 퀘스트를 포기했어야 될 판.

"자, 네가 해야 될 일은 어렵지 않다."

본분을 떠올린 백호는 고개를 돌리며 말했다.

"어떤 일입니까?"

"별일 아니다."

'너한테나 별일 아니겠지!'

루운은 정확한 설명을 자제하는 백호로 인해 왠지 모를 불길함을 느꼈다.

저렇게 자신한테 불만을 가지고 있다면 한 가지로도 충분히 괴로울 것 같은데 세 개나 되다니? 쉽지 않을 퀘스트를 예상할 수 있었다.

"첫 번째 임무는 간단하다."

백호가 재차 몸을 돌려 루운을 똑바로 쳐다보며 말했다.

한데 이상했다. 조금 전까지만 해도 화가 단단히 나 있던 그의 표정이 밝아졌다.

두 눈에는 생기가 돌았고, 입가에는 진한 미소가 새겨 있다.

'서, 설마……'

그 태도에서 왠지 무엇인가를 떠올릴 수 있는 루운.

그리고 두려운 예감은 언제나 적중했다.

"바로 나와의 대련이다."

곧 대련을 핑계로 한 백호의 구타가 시작되었다.

훌쩍훌쩍.

야심한 밤이 내려앉은 백호의 세계.

그곳에서 누군가가 울음을 참지 못하며 자신의 처량한 삶을 한탄하고 있었다.

그는 바로 루운이었는데, 루운은 하늘에 외롭게 뜬 달을 자신처럼 느끼며 서글프게 쳐다봤다.

"울면 제 마음이 안 아프잖아요. 울지 마요."

"그래. 주인, 쪽팔린다."

곁에서 적절치 못하게 위로하는 라지와 아지.

평소의 루운이었다면 발끈했겠지만 그는 이제 그럴 기운도 없다는 듯 힘없이 주저앉았다.

열두 시간 동안 이어진 구타였다. 막을 수도 없었고, 치사하게 아픈 곳만 골라서 팼다.

특히 백호는 금, 쇠의 힘을 가진 신수. 힘 자체가 다른 사신수들과 레벨이 다른데.

나중에는 악이 받쳐서 자신 역시 공격했지만 백호는 비웃음을 날리며 가뿐히 피했다.

그 후 지금은 배가 고프다고 한 뒤 사라졌다.

아마 배를 다 채우고 나면 다시 때리러 올 것 같다.

저벅저벅.

그때 발소리와 동시에 셋은 뒤를 돌아봤다.

짙은 어둠 속에 누군가 접근하고 있었다.

백호는 아니었다. 루운의 귀가 파악한 그의 발소리는 거의 들리지 않는 정도였다.

어린 소년의 무게여서가 아닌 본인 스스로 조절하는 듯했다.

"누구지?"

아지가 궁금증을 참지 못하며 말문을 열었다.

하지만 아무런 대답이 들려오지 않았고, 결국 아지는 불꽃을 피웠다.

아지가 소환되어 있는 이유는 바로 추위 때문이었으며, 어차피 조금 전 불꽃이 꺼졌기에 새로 형성하려고 했다.

그러자 상대의 모습이 눈에 들어왔다.

흰색의 긴 머리카락을 허리까지 기른 예쁘장한 소녀.

소녀의 표정은 멍했다. 마치 자신의 의지가 없는 식물인간처럼 눈에 초점도 없이 걸어오고 있었다.

그런 소녀의 손에는 접시가 들려 있었는데, 백호가 보낸 음식이었다.

과일과 처음 보는 견과류로 이루어진 접시.

"먹으라고?"

루운이 자신의 앞으로 접시를 내민 소녀를 향해 묻자 고개를 끄덕였다.

토닥토닥.

소녀는 과일을 하나 집어 든 루운의 어깨를 토닥거렸다.

무언의 위로였으며, 루운은 그녀 역시 백호의 더럽고 소심한 성질을 잘 알기 때문이라 생각했다.

주르르륵.

과일을 입에 넣은 루운의 표정이 밝아졌다.

'뭐, 뭐냐!'

엄청난 육즙과 달콤하고 상큼한 향이 입 안 가득 퍼졌다.

거기에다가 귀에 울려 퍼지는 도우미의 알림 음.

—생명, 마나가 100씩 상승하였습니다.

루운은 기쁨을 감추지 못했다. 이전 피센이 주었던 차와 같은 효능!

서러웠고 백호가 너무나 미웠지만 지금만큼은 인자하고 자비로운 천상의 신처럼 느껴졌다.

'분명 다른 것들도 마찬가지겠지!'

과일을 다 씹어 삼킨 루운은 희망에 들떠 접시를 바라봤다.

개당 한 번씩 상승한다면 최소 5,000씩의 보너스 효과를 얻을 수 있었다.

5,000이면 절대 적은 수가 아니었다.

특히 PK에서는 생명과 마나가 큰 부분을 차지하기에 심하게 감사한 수준.

하지만 루운의 행복은 오래가지 못했다.

라지가 무엇인가를 열심히 씹고 있다. 한 가득 쌓여 있던 접시가 깨끗하게 비워져 있었다.

"꺼어어억!"

결정적인 라지의 트림!

소녀와 아지는 말없이 라지의 곁에서 물러섰다.

다음날 아침, 온몸과 얼굴이 상처투성이인 루운은 바닥에 누워 백호를 쳐다봤다.

라지를 죽기 전까지 팬 이후에도 수련은 아침까지 계속되었고, 아침이 되어서야 첫 번째 단계를 벗어난 것이다.

"죽어라 팼는데도 안 죽는군. 좋아!"

속이 시원해졌는지 흐뭇한 표정으로 외친 백호.

루운은 목구멍까지 욕이 치솟았지만 애써 누르며 그가 내민 견과류를 하나 받아 입에 넣었다.

과일처럼 생명과 마나가 100씩 늘어난다. 더불어 피로도 역시 모두 회복되었다.

'라지… 이 자식!'

견과류로도 똑같은 효과가 나타나자 루운은 재차 분노가 치솟았다.

만약 자신이 다 먹었더라면, 그랬더라면…….

'퀘스트가 끝나고 다시 밟아줘야겠군!'

소심함으로 치면 백호와 피장파장인 루운.

속으로 뒤끝의 칼날을 갈며 라지를 떠올리며 백호를 바라봤다.

"그러면 이제 두 번째로 넘어가지."

백호는 그 말과 함께 길게 숨을 내쉬었다.

그러다 자신의 오른손으로 바닥을 내려쳤다.

콰지지직! 사아아아아!

손바닥이 바닥을 파고들어 가자 흰색의 빛 무리가 터져 나왔다.

눈이 부신 빛의 기둥은 끝없이 넓고, 높이 솟구쳤다.

"보이느냐?"

몇 초의 시간이 지나고 백호의 목소리가 들리자 루운은 천천히 두 눈을 떴다.

그런 루운의 앞에는 이전까지 존재하지 않았던 거대한 성이 모습을 드러냈다.

백색과 투명함이 조화된 성은 뾰족하게 생겼으며 하늘이라도 찌르고 싶은지 대단히 높았다.

밑에서 고개를 올려 쳐다보니 어지러울 정도.

"그 누구도 찾을 수 없는 나만의 성이지."

"그렇군요."

루운은 여전히 감탄하면서 시선을 떼지 못한 채 대답했다.

그 태도에 백호는 흡족한 표정을 지으며 허공으로 치솟았다.

"올라와라."

"네?"

갑작스러운 백호의 말에 저도 모르게 되묻는 루운.

"저기로 올라오라는 말이다. 날아서는 안 되고 오로지 너의
두 다리로 움직여야 한다. 아참, 뒤에 있는 아이와 함께."

스파앗!

그 말과 함께 허공으로 높이 치솟더니 모습이 사라진 백호.

루운은 당황을 금치 못하며 천천히 고개를 돌렸다.

그곳에는 음식을 가져왔던 소녀가 자신을 빤히 쳐다보고 있
었다.

처음 루운은 자신있었다.

제아무리 높다 하더라도 언젠가는 끝이 나오는 법이다.

더군다나 자신에게는 스킬들이 있지 않은가? 비록 날아갈
수는 없었지만 빠른 속도로 움직이면 오래 걸리지 않을 것이
라 생각했다.

그런 기대를 품고 루운은 진월을 소환해서 버프를 시전했
다. 거기다가 각종 이속과 전체 능력 향상 스킬까지 발휘한 다
음 소녀와 함께 계단을 오르려고 했다.

한데, 여기서 첫 번째 난관에 부딪쳤다.

소녀가 도통 움직일 생각을 하지 않았다.

마치 발이 본드에라도 붙은 듯 소녀는 발을 떼지 않고 빤히
바라봤다.

그래서 처음에는 힘을 써서 소녀가 직접 가도록 하려 했으
나 무용지물이었다.

소녀에게 특별한 능력이 있는 것 같았다.

아무리 젖 먹던 힘까지 끌어내도 소녀의 몸을 움직이게 할 수 없었으니.

결국 루운은 체념과 함께 업어달라는 것이냐고 물었다.

그때서야 소녀는 고개를 끄덕였고, 루운은 소녀를 업은 채 계단을 올라야 했다.

그리고 두 번째 어려움이 나타났는데, 소녀의 무게였다.

처음에는 너무나 가벼웠다.

현실이라도 마찬가지였겠지만 이곳은 뉴 월드였으며 시현이 아닌 루운이었다.

육체 능력이 비교되지 않는 수준이었기에 소녀는 깃털과 다름없었다.

그런데 한 걸음 옮길 때마다 미세한 차이로 무거워지는 듯하더니 이제는 묵직했다.

"후우! 좀 쉬자."

30분 정도 걸어서 올라왔다.

결국 루운은 피로도와 소녀의 무게를 이기지 못해 바닥에 주저앉았다.

'멋지군.'

루운은 찬바람에 얼굴을 식히며 아래를 내려다봤다.

계단이 건물 외곽에 위치해 있기에 장관이 눈앞에 펼쳐졌다.

온통 새하얀 세상이 자신 아래에서 숨 쉬었다.

누군가가 그랬다. 사람에게는 날고 싶은 충동이 있다고.

그 말처럼 높은 곳에서 내려다보니 문득 뛰어내리면 어떨까 하는 호기심이 들었지만 루운은 고개를 저으며 시선을 뗐다.

"백호님이 새긴 것이야?"

루운이 소녀를 향해 말했다. 그러자 소녀는 벽면을 바라보며 고개를 끄덕였다.

'호오, 이런 취미를 가지고 있었다 말이야?'

루운은 흥미로운 표정을 감추지 않으며 벽을 응시했다.

그곳에는 사신수의 모습이 조각처럼 새겨져 있었는데 주변을 둘러보니 사신수뿐만이 아니었다.

각종 다양한 몬스터와 요괴들, 그리고 사람들도 있었다.

"에에?"

피로가 어느 정도 풀리자 다시 소녀를 업고 걸음을 재촉하던 루운이 반색했다.

벽을 바라보면서 가고 있었는데 낯익은 이들을 확인한 탓이다.

그중에는 호운을 비롯한 NPC들이 있었으며, 얼마 전 죽음을 맞이한 피센과 세화의 모습도 보였다.

특히 세화는 너무나 구분하기 쉬웠다. 온통 근육질의 할머니!

거기다가 은월의 모습도 보였으며, 현무와 주작 등 많은 이가 존재했다.

'여러 의미가 있나 보군.'

대륙의 역사이기도 했으며 백호 개인의 추억이기도 할 것이다.

"이제 얼마나 남았는지 알아?"

체감상 두 시간 정도가 지난 것 같을 때 루운이 자신의 등에서 차가운 숨결을 내쉬는 소녀에게 물었다.

하나 소녀는 모르겠다는 표정으로 고개를 저었다.

"너는 여기에서 살잖아?"

백호와 함께하고 있는 소녀였다.

사람인지 아니면 신비한 존재인지는 알 수 없지만 주작과 고양이의 관계일 것이다.

그러니 당연히 안다고 믿었는데 모르겠다니?

'백호가 시켰나?

업어달라는 점부터 충분히 가능한 일이었다.

그렇지만 루운은 더 이상 캐묻지 않았다. 소녀는 아무런 죄가 없으니.

백호가 시켜서 하는 것이니 자신이 말해봐야 달라질 일도 없었으며, 어차피 도착 지점이 얼마나 남았는지 알든 모르든 큰 차이는 없었다.

올라가야 하는 계단 수는 같을 테니까 말이다.

다만 심적으로 언제 끝나는지 아는 것과 모를 때의 차이가 존재했고, 반복되는 계단에 지치다 보니 위안을 얻기 위해 물어보았을 뿐이다.

"으으으… 정말 징하구나."

한 시간이 더 흘렀다. 이마에서는 땀이 흐르는데 입에서는 차가운 입김을 내뿜으며 루운은 고개를 들어 올렸다.

아직도 끝없이 높은 성의 꼭대기.

처음에 비하면 가까워졌다는 느낌을 확실히 얻었지만, 그럼에도 까마득하게 느껴졌다.

"너는 안 추워?"

루운이 지친 얼굴로 고개를 돌려 묻자 소녀가 여전히 대답 없이 고개를 끄덕였다.

자신이야 계속 움직이다 보니 체온이 올라가 견딜 수 있지만, 소녀는 처음부터 지금까지 업혀서 올라오고 있었다.

또한 하얀색으로 이루어진 얇은 원피스밖에 입지 않아 추위를 온몸으로 맞았다.

'하긴, 백호와 관계있는 아이이니.'

만약 평범한 사람이었더라면 절대 못 버틸 곳이었다.

백호가 눈과 추위와 관련된 존재는 아니지만 그가 데리고 있는 한 특별한 힘이 있어 지금의 추위도 별 탈 없이 견딜 수 있다고 봐야 했다.

톡톡!

그때였다. 갑작스럽게 소녀가 루운의 어깨를 쳤다.

계단에 올라오면서부터 먼저 반응을 하지 않았던 그녀라 루운이 의아한 표정으로 쳐다봤다.

그러자 소녀는 위쪽을 손가락으로 가리켰는데, 그 방향을 따라 고개를 들어 올리던 루운의 표정이 일그러졌다.

새하얀 호랑이 세 마리가 벽을 타며 달려오고 있었다.

콰아아앙!

한 남자가 거친 숨을 내쉬며 탁자를 강하게 내려쳤다.

그는 7성이었는데 무엇이 불만스러운지 화가 잔뜩 난 인상이었다.

"이 와중에도 나를 무시한다 이거지?"

7성은 분을 참지 못하며 이를 갈았다.

이제 다크스와의 길드전이 코앞에 닥친 상황이었다.

그런데 쟈케는 여전히 루운을 비롯한 측근들에 믿음을 기울이며 자신의 의견은 무시했다.

설령 억지가 있고 무리가 존재하더라도 이런 와중에 7성인 자신에게 그럴 수는 없었다.

거절을 한다 할지라도 생각해 보겠다며 길드전이 끝난 다음에 하거나 혹은 좋은 말로 설득할 수도 있는데 쟈케는 마치 필요 없다는 듯 일언지하에 거절했다.

그것도 루운을 제외한 10성 모두가 모여 있는 자리에서!

"그만 마셔."

"됐어. 너도 봤잖아!"

7성은 현재 홀로 있지 않았다.

그 곁에는 10성의 멤버이자 간혹 함께 술을 마셨던 동료인 9성이 있었는데, 그는 안쓰러운 얼굴로 7성을 말리려고 했다.

하지만 7성은 그의 배려를 거절하며 오히려 울분을 토해냈다.

"진짜 다크스로 가버릴라! 마음에 안 들어."

"지금 길드전을 앞두고 무슨 소리야?"

9성은 안타까운 시선으로 7성을 다독였다.

그가 그랜드에 특히 루운과 쟈케에게 반감이 심하다는 것은 자신 역시 잘 알고 있었다.

오랜 시간 곁에서 보고 들었기 때문에.

그런데 지금의 발언은 문제가 될 만한 소지가 존재했다.

두 길드 간의 경계심이 면도날처럼 날카로운 이 시점에서는 특히 말이다.

"뭐 어때? 전에 다른 녀석들도 갔잖아? 물론 그때는 지금처럼 상황이 급박하지는 않았지만. 아, 놈들이 부럽다. 잘 지내고 있겠지?"

"글쎄, 본인들만이 알겠지."

"처음에는 내가 그랜드를 집어삼킬 마음도 있었는데 샤네 때문에 힘들어. 쟈케는 단순 무식하지만 그 여우같은 계집이 자꾸 경계를 하거든. 그래서 쟈케와 루운을 비롯한 자신이 잘 아는 지인들에게 힘을 실어주는 것이겠지. 만약 일이 잘못 될 때를 대비해서 말이야."

7성이 씁쓸하게 말하자 9성은 천천히 고개를 끄덕였다.

그의 얘기처럼 현 그랜드 길드에서 가장 큰 세력은 쟈케였으며 그 뒤로는 그의 지인들이었다.

원래대로라면 1성, 2성, 3성의 서열대로 세력이 작아져야 했지만, 그는 언제나 최악의 상황을 대비해 그러지 않았다.

물론 쟈케가 아닌 두뇌라 불리는 샤네의 판단이겠지만.

"어쩌겠어. 다들 이해하는 분위기고 지인이 아니더라도 10성에게는 적지 않은 힘을 주었잖아."

"너는 참 순진해서 좋겠다."

7성은 짓궂게 말하며 잔에 술을 채웠다.

9성은 언제나 그랬다. 무슨 일이 생겨도 그러려니, 그리고 손해를 보아도 절대 티 내지 않으며 능글맞게 대처했다.

어떻게 보면 길드를 아끼는 마음이 큰 것이고, 또 반대로 생각하면 정말 바보 같은 성격이었다.

하지만 본인이 좋다는데 자신이 뭐라고 하겠는가.

"아, 생각하면 할수록 짜증나네."

안이 텅 빈 술병이 늘어날수록 7성은 분을 감추지 못했다.

워낙 당하고는 못사는 성격인지라 분하면 풀릴 때까지 계속해서 떠올렸다.

"역시 다크스를 가야겠어. 이대로는 못 참어! 쟈케와 루운의 뒤통수를 쳐버리자! 너도 같이 가!"

"에에? 나도?"

"그래. 우리 둘이 빠진다면 그들도 곤란하겠지, 우리를 따르는 이들도 어느 정도 되니."

"그럴 수는 없어."

9성은 단호하게 고개를 저었다.

"왜? 넌 정말 그랜드와 쟈케가 좋냐?"

"나도 그들의 관리 방식이 마음에 들지는 않아. 그리고 네가 간다면 아쉬운 마음도 크고. 그러나 당장 어떻게 그래? 길드전을 코앞에 두고 있는 상황에서."

"그러니 좋지! 쟈케와 샤네, 루운의 당황하는 모습을 볼 수 있잖아? 아, 왜 나한테는 꼬이는 놈들이 없지? 분명 스파이들도 있을 텐데."

7성은 마음에 들지 않는 표정으로 투덜거렸다.

스파이들은 그랜드를 마음에 들어하지 않거나 흔들리기 쉬운 상대들을 목표로 설득해 다크스의 힘을 키웠다.

한데 그 점에서 보면 7성이 가장 유력한 이였다.

원래 성격 자체가 단체에 속할 인물이 아니었지만, 루운으로 인해 자신의 소중한 이가 10성에 들지 못하자 폭발 직전이 되어버렸다.

그 후부터는 쟈케, 루운과 마찰도 많았고 말이다.

더군다나 그랜드에서 빼놓을 수 없는 10성의 위치에 있었다.

어쩌면 그 점으로 인해 스파이들이 건들지 않는 것일수도 있지만.

"술 많이 취했다. 가자."

방 안이라는 점을 확인하며 안도의 한숨을 내쉰 9성은 그를 다독거리며 일으켜 세우려고 했다.

여기서 목소리가 더 커졌다가는 밖에서도 듣게 될지 모른다.

그러면 괜한 오해와 추측이 난무해지면 좋지 못한 상황을 불러올 테다.

하나 그때 노크 소리와 함께 한 유저가 모습을 나타냈다.

그는 7성과 9성을 쳐다보며 고개를 꾸벅 숙이더니 자신을 소개했다.

"다크스 길드에서 찾아왔습니다."

남자의 말에 7성과 9성은 만감이 교차하는 눈빛으로 서로를 바라봤다.

"어떻게 생각해?"

샤네의 물음에 쟈케는 고기를 집다 내려놓으며 머리를 긁적였다.

"잘될 수 있다고 믿어."

"응? 어떤 면에서?"

"자기와 루운이 세운 전략으로 인해. 의심하지 않아."

"하지만 변수는 언제든지 생길 수 있어. 그들이 우리의 말을 전적으로 들어준다는 확신도 없고."

"그래도 나쁘게 생각해서 좋을 일은 없잖아? 만약 최악의 경우가 된다 해도 서로를 믿고 이겨 버리면 되지! 루운과 내가 워낙 단순 무식하잖아!"

루운까지 무식함으로 끌어가는 쟈케의 센스 발휘!

샤네는 그런 자신의 남자에게 사랑스러움을 느끼며 따스한 시선으로 쳐다봤고, 그 앞에 앉아 있는 이들은 한숨을 내쉬었다.

또 때와 장소를 구분하지 못하는 둘의 염장질이 발휘되려 하는 탓.

"그런데 오빠는 언제 퀘스트가 끝나?"

오랜만에 참석한 시아가 묻자 스윈은 고개를 저었다. 자신 역시 잘 몰랐다.

"네 개의 퀘스트를 받았는데 그중 두 개만 끝낸 것을 알아."

"그래? 과연 시간에 맞출 수 있으려나?"

"루운이 아무리 멍청하다 해도 그 정도는 맞추겠지."

둘의 대화에 샤네가 걱정하지 말라며 끼어들었다.

하나, 그 발언으로 인해 스윈의 얼굴이 뚱해지며 중얼거렸다.

"오빠는 멍청하지 않는데……."

"이냐! 루운은 멍청헤! 등신 같이!"

스윈의 옹호에 술 취한 진상진의 비난 작렬!

그러나 누구도 진상진의 말을 신경 쓰지 않으며 무시했다.

스윈도 마찬가지였다. 처음에는 저런 진상진의 태도에 울컥했지만 자꾸 반복되다 보니 그러려니 했다.

다만 아무도 들을 수 없을 정도의 작은 목소리로 혼자 변명했다.

"그렇다 할지라도 나에게는 달라. 쳇."

바로 곁에 앉아 있어서 그 얘기를 듣게 된 시아는 고마운 눈길로 스윈을 바라봤다.

물론 자신의 오빠가 매력은 있었다. 생긴 것이나 몸매도 그 정도면 나쁘지 않다.

그러나 직업이 없다는 단점이 너무나 컸고, 자신이 봤을 때는 철도 심하게 없었다.

그럼에도 스윈은 변함없는 애정을 품고 있다.

아니, 그 부분이 아니더라도 다른 여자에게 마음을 두고 있는 사람을 이토록 오래 변치 않으며 기다리는 것이 가능할까?

겉으로는 웃지만 자신의 마음은 하루하루 지옥 같을 텐데.

또한 스윈 역시 예뻤기에 진상진을 비롯해 좋다는 이들도 많았다.

하지만 스윈은 오로지 루운밖에 없다는 듯 일편단심을 버리지 않았다.

그런 스윈이 시아는 너무나 고마웠으며 미안했다.

만약 애초에 자신이 거짓말을 하지 않았더라면 루운 역시 마음을 빨리 접었을 테고, 스윈과 모두가 빨리 행복해졌을지도 모른다.

이어진다는 것이 꼭 행복한 결말만 기다리고 있지는 않지만 그것을 감수하더라도 불이 될지 모르는 정열에 자신을 태우는 것이 사랑이니.

"으응? 왜, 왜 이래?"

스윈은 깜짝 놀라며 시아에게 시선을 옮겼다.

그녀가 갑작스럽게 자신의 손을 잡더니 귀에다 입술을 갖다 대는 것이다.

"오빠… 잘 부탁해."

화르르륵!

스윈의 얼굴이 붉게 물들었다.

전혀 예상치 못한 발언에 머릿속이 혼미해졌다. 잠시 후 스윈은 천천히 고개를 끄덕였다.

시아가 그렇게 말했다고 루운이랑 이루어질 수 있는 것은 아니었지만 왠지 모르게 힘이 솟는 듯했다.

둘은 서로를 쳐다봤다. 각기 다른 이유이지만 서로에게 진심으로 고마워하면서.

퍼어억! 우당탕!

"이 자식들이!"

루운은 짜증을 내며 자리에서 벌떡 일어섰다.

호랑이들은 디찌고찌 공격을 했고, 몇 번은 피했으나 결국 앞발에 얼굴을 가격당했다.

밑으로 향해 굴러 떨어지면서 루운은 다급히 검을 소환했다.

"뒤로 물러가 있어."

소녀를 향해 말을 건넨 다음, 심결을 시전하는 루운.

호랑이들의 결이 들어왔다.

각기 다른 부위에 가장 큰 결을 보유하고 있는 놈들.

루운은 혀로 입술을 축이며 신형을 날렸다.

호랑이가 방해의 목적으로만 보낸 것 같았기에 죽이지는 못한다.

만약 죽여 버렸다가 어떤 봉변을 당할지 알 수 없다. 특히 소심한 백호라면.

그렇기에 루운은 치명상만 입히고 빠질 계획으로 검을 움직였다.

카아아앙!

루운의 얼굴이 일그러졌다.

자신의 검이 호랑이의 앞발에 막혔는데 힘이 놀라웠다.

힘이라면 그 어떤 유저보다 세다고 믿어 의심치 않았는데 역시 이곳의 NPC들과 관련된 존재들은 괴물이었다.

크르르릉!

호랑이의 거친 숨결이 바로 코앞에서 뿜어져 나왔고, 루운은 다급히 신형을 뒤로 뺐다.

힘도 문제였지만 나타난 호랑이들은 총 셋이다.

한 놈과 계속 붙어 있으면 두 놈이 빈틈을 노리며 기습하기 좋아진다.

다행이라고 할 수 있는 점은 호랑이들이 소녀를 노리지 않는다는 것이었다.

당연한 결과였다. 지금은 같이 올라가고 있지만 소녀는 백호의 동료였고 즉, 호랑이들하고도 동료라는 뜻이니.

"쿨럭!"

루운의 입에서 선혈이 토해졌다.

호랑이 한 마리가 땅을 내려치자 계단이 일그러지더니 마치 식물처럼 솟구쳐 올라와 몸을 감싸 안았다.

얼마나 세게 조이는지 살이 찢어지는 느낌이 들었고, 검은 달을 시전해 빠져나가 한 마리를 기습하는 순간, 옆에 있던 다른 호랑이에게 꼬리로 복부를 가격당했다.

그러자 피가 역류하면서 튀어나왔고, 루운은 애써 아픔을 참아내며 흐트러진 호흡을 가다듬었다.

마에스트로의 퀘스트가 짜증나는 점은 바로 여기에 있었다.

다른 직업도 일부 그런 경우가 있기는 하지만 대부분 자신이 고통을 조절할 수 있는데, 마에스트로는 대부분이 조절하지 못했다.

물론, 루운은 더욱 뛰어난 플레이를 하기 위해 평소 고통의 설정을 가장 높게 했다.

하나 제아무리 루운이라 할지라도 낮추고 싶을 때가 있는 법이다.

스스로 원해서 아플 때와 원하지 않아도 아플 때는 고통은 같다 할지라도 받아들여지는 부분에 있어서 차이가 존재했다.

'죽여 버릴까?'

처음 단순한 방해물이라는 예상과 달리 호랑이들은 무시할 수 없는 수준이었다.

상대의 목숨까지 배려하면서 싸울 수 있는 상대가 아니라는 뜻.

결국 루운은 한숨과 함께 변신을 시전했다.

힘겨운 싸움. 지는 것보다 죽이는 길을 택했다.

움찔! 변신과 더불어 루운의 눈빛이 변한 탓일까? 호랑이들이 강렬한 루운의 기세에 한 걸음 뒤로 물러섰다.

그렇지만 결심을 한 루운에게 망설임은 없었다.

사아아악!

바로 앞에 있는 호랑이한테 순식간에 접근한 루운은 불꽃과 번개의 힘을 사방에 퍼뜨리며 검을 높이 치켜 올렸다.

동시에 다른 손에는 마나의 검이 형성되었다.

"미안하다."

짧은 진심 어린 말과 함께 오른손에 들린 검은 위에서 아래로, 왼손에 들린 마나 검은 아래에서 사선으로 하나처럼 움직이는 루운.

그런데 전혀 예상치 못한 일이 발생했다.

호랑이에게 닿기 직전, 그 앞으로 누군가 나타나더니 보호막을 형성한 것이었다.

콰아아앙! 쩌저적!

보호막은 두 개의 거대한 힘을 이기지 못하며 금이 갔지만 부서지지는 않았다.

그로인해 나타난 이는 물론 호랑이 역시 무사할 수 있었다.

"네가 어떻게?"

루운은 당혹스러움을 감추지 않으며 물었다.

막아선 이는 바로 소녀였는데, 소녀는 어깨를 으쓱하며 호랑이들의 머리를 쓰다듬어 주며 뭐라고 속삭였다.

귀가 밝은 루운이 바로 곁에서 들리지 않을 만큼 입만 벙끗하는 소녀.

하지만 호랑이들은 알아들었다는 듯 고개를 끄덕이며 높이 솟구쳤다.

‘죽이지는 말라는 건가?’

그 상황을 지켜보며 루운은 속으로 추측했다.

자신이 진짜로 죽이려 하자 방관하던 소녀가 나선 것이다.

그와 함께 이제는 그만 해도 된다는 뜻을 전한 듯했고, 자신을 보며 살짝 웃는 소녀를 향해 루운은 어깨를 으쓱거렸다.

사실 죽이는 일보다 좋게 끝나는 편이 훨씬 나았다.

다만 호랑이들이 물러설 기세가 없었기에 최후의 선택을 했을 뿐이지.

‘올라가 볼까?’

상황이 정리되고 재차 계단을 올라가려던 루운은 문득 고개를 들어 올려다봤다.

자신은 현재 변신이 풀리지 않았기에 날 수 있었다.

또한 호랑이들 역시 날아서 올라갔다.

애초에 자신만 나는 것이 불가능할 수도 있을 테고, 날 수 있다 해도 백호에게 걸려 제자리에서 다시 시작할 테니 밑져야 본전이었다.

결심을 굳힌 루운은 비장한 표정으로 소녀를 끌어안았다.

그와 함께 허공을 향해 빠른 속도로 치솟았다.

변신이 풀리기 직전까지 오른 다음 높은 곳에서 내릴 계획이……

“으으응?”

루운은 어리둥절한 표정으로 주위를 둘러봤다.

분명 날아가고 있었는데 갑자기 공간이 일그러지는 느낌을 받았다. 그리고 자신의 발이 바닥에 닿아 있었다.

"……."

믿을 수 없다는 눈빛으로 한참을 주위를 둘러보던 루운.

그의 신형이 바닥에 무너졌다.

계단의 입구로 돌아왔다는 사실을 알아차렸기에.

"오오, 올라왔군!"

백호의 퀘스트를 시작한 지 이틀째 저녁이 되어서야 루운은 꼭대기에 도착할 수 있었다.

그러자 백호가 짓궂은 얼굴로 말을 꺼냈고, 루운은 속에서 부글부글 끓어올랐지만 애써 참았다.

이제 하나만 더 하면 세 번째 퀘스트인 백호도 종료였다.

그러니 다 된 밥에 재를 뿌릴 필요가 없었다.

만약 심기를 건드렸다가 퀘스트 기간이 길어지면 낭패였다.

벌써 이틀 째였다. 첫날은 하루 종일 구타를 당했고, 오늘은 계단만 끊임없이 올랐다.

길드전은 앞으로 이틀 남았으며 마음 같아서는 각성을 한 다음 참여하고 싶지만 시간적 여유가 존재하지 않았다.

오늘 안에 끝낸다 해도 이틀인데 아슬아슬했다.

운이 좋아 하루가 걸릴 수도 있지만 삼 일, 혹은 사 일, 그 이상 해야 될지도 모르기 때문이다.

특히 길드전에는 빠지고 싶지 않았다.

물론, 수많은 이들이 전쟁을 펼치는 길드전에서 한둘이 다른 유저들보다 더 강하다고 해도 전세를 흔들 정도는 아니었다.

아무리 히든 클래스에 여러 보상을 받으며 성장했다 해도 개인의 강함에는 한계가 존재하기에.

다만, 그럼에도 강한 유저는 많으면 많을수록 좋은 것은 사실이었고, 또한 사기의 문제도 존재했다.

전쟁에서 가장 중요한 것은 모두의 믿음이었다.

서로를 믿고 의지하며 절대 지지 않는다는 확신이 있어야 한다.

그 부분들을 생각해서 루운은 절대 빠질 수 없었다.

이번 길드전에서의 승패는 많은 것을 죄지우지하기에.

더군다나 자신의 앙금도 갚아줄 확실한 기회이기도 했고 말이다.

"자, 네가 원하는 것이다."

"네?"

루운은 눈앞에 놓인 수정을 보며 저도 모르게 반문했다.

제발 쉬운 것이기만을 바라고 있었는데, 백호가 금의 수정을 바로 꺼낸 탓이다.

'뭐지? 놀리는 건가?'

지금까지 백호의 태도를 봐서는 절대 쉽게 줄 인물이 아니었다.

“받기 싫으면 말고.”

루운이 의심스러운 눈길로 쉽사리 손을 뻗지 않자 백호가 소매로 수정을 감추려는 듯한 행동을 취하며 말했다.

그때서야 루운은 다급히 앞으로 나서며 수정을 손에 쥐었다.

여전히 의심스럽지만 준다는데 받아서 나쁠 일은 없어 보였다.

아니, 어떤 일이 기다린다 할지라도 피할 수 없었다.

“크윽!”

수정을 받자마자 루운의 입에서 비명이 터졌다.

손이 점점 아래로 추락했다. 이를 악물고 견디려 했지만 수정의 무게를 감당할 수 없었다.

점점 무거워졌다. 하염없이, 끝없이!

“네가 지금 느끼는 무게는 힘의 무게이기도 하다. 강해진다는 것은 그만큼 책임감이 따라야 하는 법이지. 이겨내라. 그렇다면 너는 금의 수정을 가질 수 있게 될 것이다.”

백호의 진지함이 섞인 발언에 루운은 고개를 끄덕였다.

자신은 무너지지 않는다. 지지 않는다. 지금까지처럼 어떤 어려움이 닥쳐도 이겨낸다!

루운과 수정의 힘겨루기가 시작됐다.

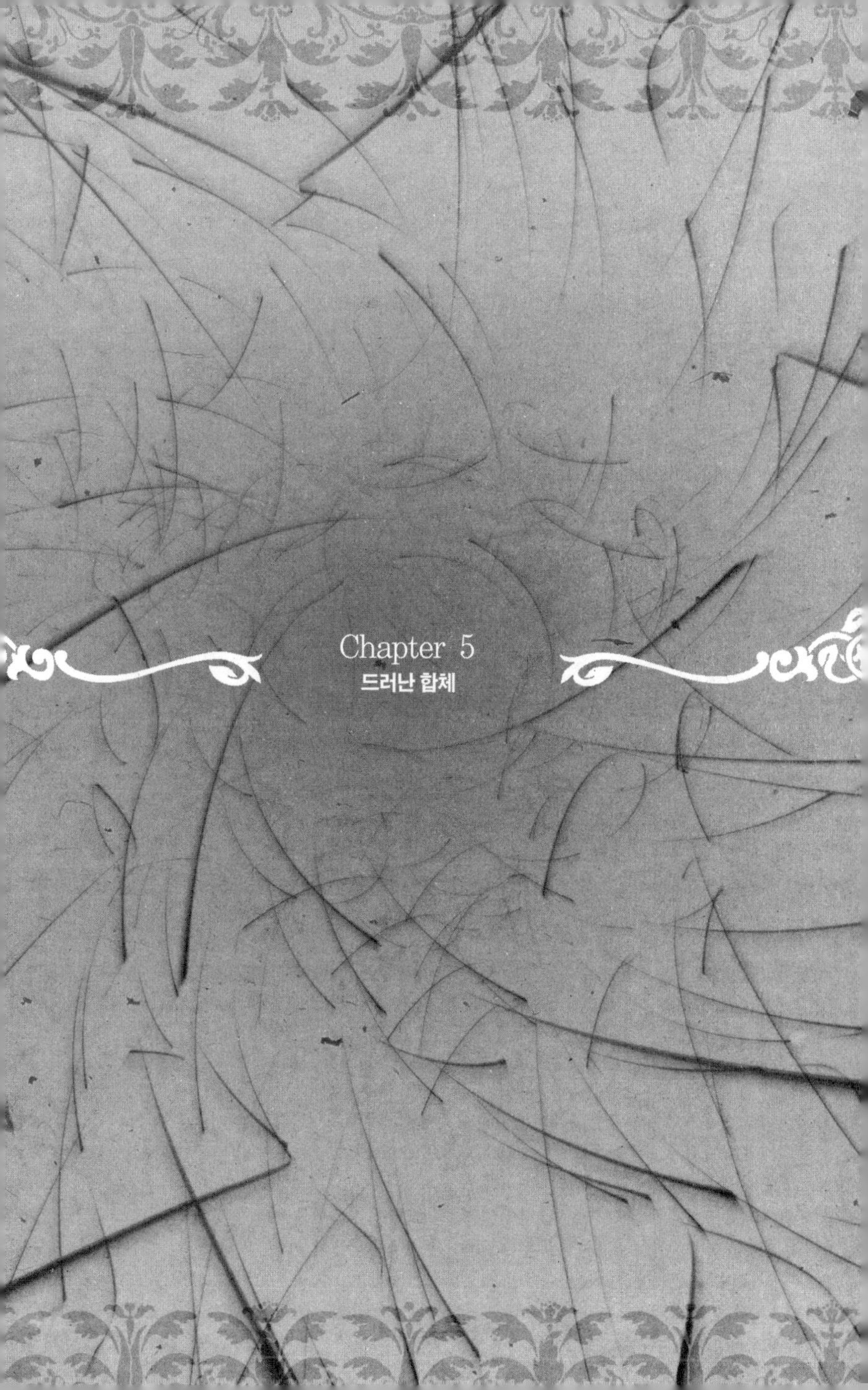

Chapter 5
드러난 합체

NEW 뉴월드
WORLD

"무슨 짓이지?"

시현이 조심스러움을 감추지 않으며 시아에게 물었다.

며칠 전부터였다. 시아가 갑자기 잘해주는 느낌이 들었는데 오늘은 대놓고 챙겨준다!

3차 퀘스트를 마친 기념이라며 차려진 진수성찬.

지금까지의 시아였다면 각성을 해도 개무시를 해야 정상인데!

'독을 탄 것인가?'

시현의 입장에서는 당연한 추측.

하지만 시아는 상큼한 미소를 지으며 손짓할 뿐이었고, 시현은 왠지 그 모습이 저승사자의 유혹과 닮았다고 생각했지만 배고픔을 참지 못하며 자리에 앉았다.

힘의 무게 퀘스트까지 마친 시간은 새벽 2시.

시현은 로그아웃을 하자마자 무게를 견디지 못하며 잠에 빠져들었고, 오전 10시인 지금까지 한 끼도 먹지 못했다.

그래서 더욱 시각과 후각의 유혹을 이기지 못했다.

"많이 먹어!"

"너 정말 왜 그러냐?"

혹시 몰라서 시아에게 한 가지씩 다 맛보게 한 다음 고기 튀김을 집어 든 시현이 고개를 갸웃거리며 물었다.

시아가 이토록 잘할 때는 단 한 가지 이유밖에 존재하지 않았다.

바로 자신에게 말하지 못한 잘못이 있을 때.

"뭐야? 솔직하게 말해."

몇 번 젓가락질을 했을 때 시현이 단도직입적으로 질문했다.

이유도 모른 채 먹으려니 왠지 속이 거북했다.

"동생이 오빠 밥 차려주는 게 잘못된 거야?"

그런 시현을 향해 시아는 속내를 티내지 않으며 오히려 다그쳤다.

시현의 예상처럼 정미라와의 일로 안타깝고 미안해서 잘해주는 것이었다.

하지만 자신의 입으로는 말할 수 없었다.

또한, 길드전이 하루 남았는데 정신적인 충격을 주고 싶지도 않고 말이다.

"너는 잘못된 거야."

그러나 시현 역시 쉽게 무너지지 않으며 파고들었다.

시아의 패턴을 잘 알고 있었다. 상대를 당황하게 만들어 은 근슬쩍 넘어간다!

평생 살아오면서 당하지 않았던가!

"체, 먹기 싫으면 치워. 나는 오늘 아침에 시간도 남았고 아빠, 엄마가 오빠 건강을 걱정해서 차렸건만. 그래, 솔직히 다 주문하기는 했지만 그래도 오빠 생각해서 한 것인데. 됐어. 평소처럼 못되게 굴게. 역시 잘해주면 안 돼!"

시아가 인상을 찌푸리며 다급히 음식들을 치우려 하자 루운은 온몸을 부들부들 떨며 시아의 손을 붙잡았다.

"내 사랑하는 동생!"

거짓된 정보를 그대로 받아들이는 단순한 뇌!

"알면 됐어! 맛있게 먹기나 해!"

"응! 응!"

그런 시현의 모습을 확인하며 시아는 속으로 안도의 한숨을 내쉬었다.

"역시 반응이 뜨겁군."

밥을 다 먹은 다음 시아가 촬영이 있어 나가자 시현은 뉴 월드에 접속했다.

마음 같아서는 각성의 마지막 퀘스트도 얼른 하고 싶지만, 길드전은 내일 저녁이었고 시간이 너무나 부족했다.

그렇기에 시현은 오늘 하루 쉴 생각을 하고 있었다.

한동안 휴식도 없이 게임만 했기에 몸 상태도 좋지 않았고, 길드전을 대비해 컨디션 조절도 할 겸 말이다.

그럼에도 지금 접속하는 이유는 시아가 나가면서 정보를 줬기 때문이다.

"하은님."

"루운님, 오랜만이에요."

뉴 월드에 접속한 루운은 귓속말로 하은에게 인사를 건넸다.

동시에 시아가 더욱 사랑스럽게 느껴졌다. 밥을 차려준 것도 모자라서 이렇게 알려주다니!

만약 시아가 아니었다면 오늘은 뉴 월드에 접속하지 않았을 것이다.

길드전에 관한 얘기는 통화로 얼마든지 할 수도 있으니까.

"저, 조금 있다 나가야 하는데 뵐까요?"

"그래요? 어디세요?"

하은의 말에 루운은 서둘러 물었다. 시간이 많지 않다는 뜻이었다.

"지금 사냥 중이에요. 마을로 가서……."

"아니에요. 제가 그리로 찾아갈게요."

자주 게임을 못하는 하은이기에 루운은 최대한 그녀를 배려해 주고 싶었다.

그런 루운의 마음을 알아차린 것일까? 하은은 고마움을 표시하며 위치를 알려주었다.

"날씨 좋네요."

"그렇죠? 현실도 뉴 월드처럼 아름다운 환경이면 좋을 텐데……."

정말 오랜만에 만난 둘은 강가에 앉아 주변을 둘러보며 대화를 나누었다.

뉴 월드는 언제나 황홀한 미를 갖추고 있었다.

따뜻하고 덥고 추우며 쌀쌀한 점은 현실과 다름없지만 자연 환경이 그대로 살아 있다.

현실은 과학이 발전하고 인간의 욕심이 커지면서 많은 부분을 잃었는데 말이다.

"잘 지내셨죠?"

루운은 고개를 끄덕이며 하은을 쳐다봤다.

기분이 좋았다. 단지 그녀와 함께 있다는 것 자체가 기뻤다.

매일 만나지 못했기에 더욱 크게 와 닿는 것인지도 몰랐다.

"미안해요."

"네? 뭐가요?"

뜬금없는 하은의 사과에 루운은 의아함을 느꼈다.

"그냥… 너무 자주 하지 못했고, 연락도 못 드린 듯해서요."

"아니에요. 괜찮아요. 바쁘면 그럴 수 있죠."

시현은 괜한 소리라며 손을 저으며 그녀에게 괜찮음을 보였다.

하나 하은의 마음은 더욱 짙은 미안함으로 차올랐다.

차라리 자신한테 못되게 굴거나 서운한 점을 드러낸다면 이렇게까지는 아닐 것이다.

그런데 루운은 언제나 괜찮다며 자신만을 생각한다. 그렇기에 더욱 마음이 아팠다.

숨길 수만은 없으며 조만간 루운에게 상처를 줘야 할 테니.

"아참, 길드전에는 참여하세요?"

"네. 그럴 것 같아요. 미약하지만 저도 힘을 보태고 싶어서요."

왠지 묘한 분위기가 형성되자 루운은 영문도 모른 채 다급히 화제를 돌렸다.

그러자 하은 역시 루운에게 맞장구를 치며 환한 웃음과 함께 대답했다.

괜히 벌써부터 티를 내서 득이 될 이유는 없었다.

"잘됐네요. 내일도 볼 수 있으니."

"네? 네. 한데 이길 수 있을까요?"

루운의 진심이 담긴 말에 하은은 살짝 당황했다가 이번에는 자신이 질문했다.

"글쎄요. 모르겠어요."

"그래요?"

"하지만… 이길 수 있다고 제 직감이 말해요. 제가 동물적인 감각 하나만큼은 타고났거든요."

루운이 팔까지 뻗으며 강조하자 하은은 품! 웃음을 터뜨렸고, 둘의 대화는 따스한 분위기에서 이어졌다.

"먼저 가볼게요."

만난 지 30분 정도가 지났다. 하은이 자리에서 일어서며 말하자, 루운은 아쉬움을 느꼈지만 웃으며 그녀를 보내주려고 했다.

그 순간이었다.

누군가의 목소리에 루운과 하은은 고개를 돌려 소리가 난 방향을 쳐다봤다.

그리고 루운의 표정이 일그러졌다.

전혀 보고 싶지 않은 인물이 나타났다. 라튼이었다.

"네가 여기에 웬일이지?"

루운은 경계심을 드러내며 하은의 앞에 섰다.

하필이면 하은과 함께 있을 때 만나다니, 최악이었다.

"아아, 지나가는 길에 우연히 보게 되었다고 한다면 거짓말 같지?"

라튼이 장난스럽게 말하자 루운은 그의 곁에 서 있는 다크스 길드원들을 쳐다봤다.

라튼은 혼자 오지 않았다. 동료 일곱 명과 함께였다.

저 멤버라면 절대 이곳 사냥터에서 놀 일이 없었다.

아직 각성을 하지 않았으며 무녀인 정미라가 솔로 플레이를 할 만한 곳이니 말이다.

그러니 대놓고 자신을 찾아온 것이다.

"굳이 말하자면 길드전 전에 네놈을 밟아주고 싶었다고 할까? 너무 설친다 말이야. 그래서 어떻게 찾을까 고민하는데 네 놈이 이곳 사냥터에 있다는 얘기가 들어오더군."

'그날 일 때문인가?'

루운은 속으로 한숨을 내쉬었다.

길드전을 결정할 때 라튼에게 창피를 줬었다.

아마 그때부터 오늘을 계획했을지도 모른다. 아니, 그렇지 않더라도 자신을 발견했다면 라튼은 이랬을 것이다.

'그 녀석이야.'

하은을 만나기 위해 사냥터에 찾아왔을 때 근처에서 한 유저가 사냥을 하고 있었다.

그는 자신을 발견하더니 모습을 감췄는데 다크스의 길드원이었다.

"시간을 끌게요."

루운은 하은에게 귓속말로 자신의 뜻을 전했다.

그렇지만 하은은 고개를 저었다. 이전에도 비슷한 일이 있었고, 그때도 자신만 도망갔다.

루운이 목숨을 희생하면서. 그런데 또 어떻게 도망을 친다 말인가.

"싫어요. 차라리 같이 죽어요."

"안 됩니다. 한 명이라도 살 수 있으면 살아야죠."

"안 가요!"

"하은 씨?"

루운은 당혹스러웠다. 분하지만 자신이 죽으면 된다.

물론 쉽지는 않을 것 같았다. 그때에 비하면 인원수가 너무나 많았다.

자신 혼자 감당하기에는 벅찬 숫자.

하지만 어떻게든 하은은 구해야 했다. 확률이 있다면 시도는 해야 한다.

한데 당사자가 안 가겠다고 버티니 어찌해야 될지 난감했다.

"귓속말이라도 하나? 왜? 전처럼 저 여자를 살리고 싶어? 하긴… 도와주고 싶은 얼굴과 몸매이군. 흐흐, 현실에서도 이 정도면 당장 내 여자로 만들 텐데."

어느새 루운과 하은을 길드원들과 함께 포위한 라튼이 음흉한 표정으로 다가왔다. 루운의 두 눈동자가 차갑게 가라앉았다.

"더 이상 짖으면 죽여 버린다."

"오우! 무서운데? 우리를 이길 수 있을 것 같아? 오호라! 너, 저 여자 좋아하는구나? 아니면 네 여자인 건가? 그러면 부러운데? 매일 밤마다 저런 여자를……."

"크큭! 현실에서도 저렇게 생겼다는 보장이 없잖아요."

"맞아. 폭탄일 수도 있어."

"아니야. 정말 예쁠지도 모르지! 그런데 어느 나라 사람이야? 이놈의 게임은 워낙 다국적이니……."

"아아, 솔로는 외롭구나."

라튼의 말에 다크스 길드원들 역시 농을 건네며 맞장구를

쳤다.

그 모습에 루운은 차갑게 웃었다.

만약 현실이었더라면 당장에 모두 짓밟았을 것이다.

오랜 시간 운동과 싸움을 하면서 여러 명과 붙는 일은 흔했으니 어렵지 않다.

그러나 이곳은 뉴 월드. 그 고생을 하고 레벨에 비해 대단히 강하다 할지라도 저 정도 인원을 상대하기는 힘들다.

만약 각성의 힘을 얻은 상태이고 변신까지 발휘한다면 또 모르지만 아직 각성 전이었다.

사실 각성을 했다 해도 이길 수 있을지 확신할 수 없었다.

루운은 고개를 힐끔 돌려 하은을 쳐다봤다.

그녀의 얼굴은 붉게 물들어 있었다. 수치심이 느껴질 것이다.

그럼에도 이를 악문 채 티 내지 않으려고 노력하며 당당하게 다크스 길드원들을 쳐다봤다.

그 모습을 확인하자 더욱 분노가 타올랐다.

"길을 만들 테니 빠져나가세요."

루운의 귓속말에 하은은 거부를 하려고 그를 쳐다봤다.

그러다 저도 모르게 고개를 끄덕였다.

왠지 오싹했다. 오랜 시간 알아오면서 처음으로 보는 무감각한 표정과 몸을 관통할 듯한 눈빛.

정말 화가 날 때 나타나는 루운의 표정이었다.

"저로 인해서 이런 일을 겪게 되어 죄송합니다."

루운은 진심을 말하며 라지와 아지를 소환했다.

저들은 당황하게 만들어야 했다. 그렇지 않으면 몇 명은 자신을 상대하고 남은 이들은 하은을 추격할 테니.

이전에도 한 번 놓친 적이 있는 라튼이 같은 실수를 반복할 리 없다.

그러니 지금 이 순간에 발휘해야 했다.

사실 이제는 알려줘도 큰 상관이 없다. 자신은 더 이상 라튼이나 적월이 무서울 만큼 약하지 않고, 각성이라는 또 다른 힘도 존재했으니.

"네놈만은 죽여주지."

루운이 살벌한 눈동자로 라튼을 노려보며 웃었다.

그 미소에 라튼은 왠지 모를 불안함을 느끼며 움찔했지만 길드원들을 확인하자 허세를 부렸다.

"하하하! 죽일 수 있으면 죽여봐라!"

"합체!"

스파아아앗!

라튼의 말이 끝나는 순간이었다.

모두는 경악성을 토해내며 루운을 쳐다봤다.

그 틈에 하은이 빠져나가고 있었지만 그 누구도 신경을 쓰지 못했다.

그 정도로 루운의 합체는 상상도 하지 못한 충격적인 사건이었다.

"라튼… 라튼……."

로그아웃을 한 시현은 이를 악물었다.

나오자마자 정미라에게 전화가 와 통화할 때는 괜찮다고 했지만 속에서는 화가 좀처럼 사그라지지 않았다.

변신과 함께 라튼을 죽일 수 있었다. 그러나 자신 역시 죽었다.

자신이 죽은 것은 괜찮다. 하지만 라튼이 정미라를 희롱한 것은 용서가 되지 않았다.

정말 마음 같아서는 현피라도 뜨고 싶은 심정이었다.

"갚아주마. 네놈이 뉴 월드를 하는 내내 날 피해 다니도록."

시현은 주먹을 불끈 쥐며 쓰게 웃었다.

이때까지는 라튼을 향해 복수하고픈 마음은 있었지만 이토록 분노한 적은 없었다.

시현은 자리에서 일어나 운동을 시작했다.

그리고 마음이 어느 정도 안정되자 샤워와 함께 뉴 월드 홈페이지에 접속했다.

라튼에게는 어떻게든 돌려줄 수 있었다. 혼자 열 내고 분해한다면 바보 같은 짓이다.

"도전을 받아준다라……."

홈페이지에서 그랜드와 다크스의 길드전을 검색하던 시현은 실소를 흘리며 라튼이 남긴 글을 읽었다.

그랜드가 도전을 했다는 형식으로 남겨져 있었다.

그 글의 조회 수는 놀라웠고, 코멘트의 개수 역시 폭발적이었다.

오랜 시간 맞수이자 적으로 싸워온 두 길드의 공식전이었으며 대단히 위험한 조건이었기에 당연한 결과였다.

승패로 인해 한 길드는 뉴 월드의 그 누구도 부정할 수 없는 최강이 될 테고, 다른 한 길드는 나락의 길로 빠져들 테니.

─시드:이야, 대박인데? 내일 저녁이라……. 일 끝나고 꼭 관람해야겠군.

─뉴스타트:그런데 누가 이길까? 다크스? 그랜드? 그러고 보니 두 길드는 여러 가지로 비교되네. 최대 규모의 길드라는 점, 히든 클래스의 최강자라 불리는 적월과 유일하게 그를 이긴 마에스트로 루운. 재미있겠어.

─하나씨:수많은 유저들이 기다린 매치지. 왜 이제야 붙는지는 모르겠지만 흥미진진해.

─마에스트로트:나도 참여하는데! 그랜드의 승리!

─요즘엔내가호세:어설프지 않기를.

코멘트들에는 각기 수많은 생각이 펼쳐져 있었다.

단지 대결만으로도 기뻐하는 유저들도 있었고, 각각 그랜드와 다크스의 편을 들고 내기를 하는 유저들도 존재했다.

또한 일부는 거대 길드들의 세력 나누기는 관심없다고 하기도 했다.

'가만히 있을 수 없지.'

사실 라튼이 뭐라고 하든 관심없었다.

누가 먼저 도전했다고 적어도 믿을 사람들은 믿고, 믿지 않는 이들은 무시할 테니.

중요한 것은 결과였고, 그 점은 누구도 부정하지 못했다.

그러나 라튼에게 경고장을 선사하고 싶었다.

자신의 화가 얼마나 깊은지, 또한 다크스는 절대 그랜드를 넘어설 수 없다는 점도.

시현이 떠올린 것이 바로 이벤트 퀘스트였다.

이벤트 퀘스트는 아직도 진행 중이며 지금까지 많은 유저들이 참여했다.

동시에 여러 팀이 할 수 있는 방식이기에 언제 어디서나 가능했기 때문이다.

그리고 적월도 이벤트에 참여했다. 지금까지 최소의 인원인 네 명으로.

그 네 명은 뉴 월드에서도 쟁쟁한 인원이었고, 그들은 퀘스트를 성공했다.

'지금 신청하자.'

이벤트 퀘스트 신청은 하루 전에 신청할 수 있었다.

그러니 지금 신청서를 올리면 내일 12시에 플레이할 수 있었다.

유저들은 원할 경우 신청 정보를 클릭해 시작되기 두 시간 전에 위치를 알아내어 직접 참여할 수도 있으며, 가지 못하는 이들은 떨어진 지역에서도 일정 라르크를 지불하면 영상을 통해 실시간으로 관람할 수 있다.

타타타탁.

시현의 손가락이 빠르게 움직이더니 엔터를 눌렀다.

글을 작성한 다음 여러 가지 생각으로 시간을 보내던 시현은 밖으로 나갈 준비를 했다.

장혜주 PD에게서 전화가 한 통 왔고, 만나기로 약속을 한 것이다.

"으응?"

그때 전화가 울려 확인해 보니 철준이었다.

"너 미쳤어?"

"무슨 소리야?"

전화를 받자마자 고함을 지르는 철준으로 인해 시현은 인상을 찌푸리며 되물었다.

"너, 신청서 뭐야? 혼자서 도전한다고? 그 보스 이벤트를?"

"어. 벌써 소문났냐?"

"난리가 아냐, 지금. 당연한 것 아니냐? 최근 들어 다시 주목받는 네놈이 그것도 혼자서 해내겠다고 신청했는데! 인마, 그건 불가능해. 포기해. 안 그래도 실패한다는 글이 대부분인데."

쟈케의 만류에도 불구하고 시현은 흔들리지 않았다.

자신 역시 잘 알고 있었다. 아무리 합체를 한다 해도 혼자서 해낼 수 없다는 사실을.

하지만 시현은 라튼을 향한 경고장 외에도 여러 가지 이유를 생각하여 판을 크게 벌린 것이며 많은 유저들이 보고 싶게 상황을 만들었다.

첫 번째로 기세가 등등해 있을 라튼과 다크스의 기를 죽이고 동료들에게 힘을 주기 위함이었다.

합체를 할 수 있다는 사실이 알려졌다.

분명 소문이 날 것이며, 적월을 비롯한 다크스 길드원들도 알게 될 터이다.

그렇기에 망설이지 않고 합체를 사용할 수 있게 되었고, 그 모든 유저들을 놀라게 할 사실은 그랜드의 사기에도 영향을 미칠 것이다.

두 번째는 인지도를 올리기 위해서다.

갑작스러운 레벨 업과 함께 처음처럼은 아니지만 어느 정도 유저들의 관심을 다시 받기 시작했지만 그 정도로는 부족했다.

장혜주 PD 역시 방송의 파괴력을 얻기 위해서는 지금보다 더욱 화제가 되어야 한다고 했다.

그리고 유명세가 오르면 오를수록 자신에게도 득이 되고 말이다.

'내일이 기대되는군.'

시현은 철준의 전화를 끊으며 장혜주 PD가 기다리는 곳으로 이동했다.

그동안 감춰온 것들에 대해 어떻게 말을 꺼내야 할지 생각하며.

"뭐라고?"

해산물 뷔페에서 만나 음식을 한껏 담아와 먹던 장혜주 PD는 귀신을 본 듯 놀라며 시현에게 물었다.

자신의 귀를 의심했다. 있을 수 없는 일이다. 도대체 어떻게!

"합체를 할 줄 안다고요."

시현은 예상했다는 듯 실소를 흘리며 재차 알려주었다.

"정말이야? 벌써?"

"한 지 꽤 오래되었는데……."

지금 하게 되었어도 충격적인 소식이었다.

한데 오래되었다니? 장혜주 PD는 자신의 볼을 꼬집었다. 아프다. 제대로 들은 것이다.

"언제? 자세히 말해봐."

장혜주 PD의 독촉에 시현은 펫을 얻은 이후부터 모든 정보를 전해줬다.

왜 레벨 업이 느렸고, 어느 순간부터 그리 빨리 레벨 업이 되었는지를.

"이거 대박이다!"

"그렇죠? 후후."

장혜주 PD가 진정 행복해하자 시현은 뿌듯함을 느꼈고, 합체에 대해 얘기를 나눴다.

먼저 장혜주 PD에게는 아쉽겠지만 방송 이전인 내일 합체를 공개한다는 사실을 밝혔다.

단, 합체와 관련된 영상 모두를 줄 것이며, 공개 이후에 새로운 사실이 발견되면 뉴 월드에서 알리기 전에 방송국에 먼저 건넬 것을 약속했다.

마지막으로 얼굴을 알리지 않는 조건으로 방송에 출연해 인터뷰를 해주기로 했다.

인터뷰는 시현의 계획이 아니었지만 장혜주 PD가 간절히 원해서 들어주었다.

시현의 입장에서도 출연하면 출연료도 들어오니 나쁠 일도 없었으며, 시현과 장혜주 PD는 훈훈한 분위기에서 애기를 끝내고 헤어졌다.

원래는 길드전과 시현이 보스 이벤트에 신청한 것에 관해 대화를 나누려고 만난 자리였는데 그의 폭탄 발언으로 인해 장혜주 PD는 찾아간 이유조차 잊어먹었다.

하나 그 이상의 수확을 얻었기에 뭔가 빠진 듯한 기분이 들었지만 가벼운 발걸음으로 방송국으로 돌아갔고, 홀로 남은 시현은 전화기를 꺼내 미진에게 연락했다.

현재 있는 곳이 그녀의 집과 가까웠기에 얼굴이나 보고 가려는 계획이었다.

곧 미진의 목소리가 들렸다.

"하아암! 여보세요?"

아침까지 게임을 하다 잠든 미진은 벨소리가 들려 잠에서 깨며 비몽사몽 상태에서 전화를 받았다.

그래서 목소리는 갈라졌으며 하품이 절로 나왔다.

"잤어?"

"네……."

"그래? 그러면 더 자."

"알겠어요. 그런데 누구에요?"

상대의 배려에 속으로 땡큐를 외치며 침대에 스르르 눕던 미진은 누구인지를 모른다는 사실과 함께 물어보았다.

동시에 상대가 대답도 하기 전, 자신의 휴대폰 액정을 바라봤다.

동시에 두 눈이 번쩍 떠졌다.

"나, 시……."

"캑! 오, 오빠?"

"응? 사레들렸나?"

시현은 기침과도 같은 미진의 비명에 속으로 웃음을 터뜨리며 농담을 건넸고, 미진의 얼굴은 빨개졌다.

세상에! 시현인지도 모르고!

미진은 잠시만 기다려 달라는 말과 함께 다급히 기침을 해 목소리를 가다듬은 뒤 좀전과는 비교도 되지 않을 정도의 고운 목소리로 얘기했다.

"헤헤, 오빠 웬일이에요?"

"아, 너희 집 근처에 들렀거든. 같이 차나 한 잔 하자고."

"그래요? 어디신데요?"

"여기가……."

시현의 설명이 끝나자 미진은 통화를 끝내고 벌떡 일어섰다.

졸음 따위는 더 이상 남아 있지 않았다.

좀 전에는 몸이 그렇게 무거웠는데 시현이라는 사실을 알자마자 날아갈 듯 개운했다.

'오빠가 기다리니 빨리 가자!'

두 눈이 집념에 불타는 미진!

그녀는 황급히 옷을 벗으며 욕실로 향했다.

달려가면서 탈의를 하는 놀라운 스킬! 그 후 뜨거운 물을 받으며 양치를 했고, 5분이라는 짧은 시간 동안 샤워를 다 마치자 이제는 몸을 닦으면서 방으로 향했다.

평소의 미진이라면 아버지인 철준이 없다 할지라도 절대 알몸으로 거실을 돌아다니지 않지만 오늘은 급했다.

"헤헤, 오빠가 나 찾아왔지요!"

그 와중에도 정희한테 전화를 해 자랑을 잊지 않는 센스!

모든 준비를 다 마친 미진은 두근거리는 심정으로 마지막 확인을 했다.

거울 속에 비춰지는 자신의 모습을 보며 주먹을 불끈 쥔 미진은 집을 빠져나왔다.

평소에는 거의 신지 않지만 오늘은 시현에게 예뻐 보이기 위해 하이힐까지 신고.

하지만 그것이 문제였다.

택시를 타고 목적지에 도착하자 기다리고 있는 시현이 보였
다.

미진은 다급히 시현을 향해 종종걸음으로 빨리 뛰었다.

그러자 시현 역시 미진을 발견하며 손을 흔들었는데, 그때
미진이 발목이 삐끗했고, 결국 앞으로 넘어져 버렸다.

불편한 하이힐에 서두르자는 욕심이 겹쳐지면서 사건을 발
생시킨 것.

쿠우웅!

시현의 앞으로 엎어진 채 도착한 미진.

그녀는 한참이나 일어나지 못했다.

다쳐서가 아닌 손발이 오그라들 만큼 쪽팔려서.

"여기야, 여기!"

"오빠, 오셨어요!"

길드전이 있는 당일 뉴 월드에 접속한 루운은 동료들의 초
대를 받았다.

길드전이 있기 전 낮에 루운이 보스 퀘스트를 펼치기에 응
원 겸 단합을 위해 자리를 만든 것이다.

그래서 루운은 시간적 여유도 존재했기에 식당으로 향했다.

도착하자 쟈케와 스윈이 가장 먼저 루운을 발견하고 손을
흔들었다.

그러자 루운 역시 반가운 얼굴로 둘에게 눈인사를 하고 스
윈의 곁에 앉았다.

"어제 잘 들어가셨어요?"

스윈이 귓속말로 묻자 루운은 고개를 끄덕였다.

어제 스윈과 민망한 만남을 시작으로 저녁까지 함께 시간을 보냈다.

원래는 간단히 차나 한 잔 마시고 돌아오려 했는데 시아에게서 연락이 왔고, 스윈과 같이 있다 하니 꼭 저녁까지 놀다 오라는 것이었다.

처음에는 거절했지만 시아의 협박에 결국 무릎을 꿇었다.

꼭 시아 때문이 아니라 미진과 함께 있으면 즐겁다는 것도 중요한 사실이었다.

영화관을 시작으로 저녁과 술도 가볍게 한잔 마신 뒤 집으로 돌아왔고, 오늘을 위해 푹 자고 일어나 접속했다.

"오빠! 오늘 기대할게예!"

쟈케의 동생 은하가 주먹을 불끈 쥐며 외쳤다.

그녀는 언제나처럼 밝은 표정이라 루운은 기분이 좋아져 함께 파이팅을 외치며 주위를 둘러봤다.

자신을 위해 많은 이들이 모였다.

쟈케와 샤네, 스윈과 루나, 아리스와 아로하, 마야와 은하, 저 레벨일 때 레이드를 진행했던 마야의 아는 오빠 진세까지.

시간대가 이른 편이라 일을 한다고 참석하지 못하는 이들도 적지 않았기에 루운의 입장에서는 지금의 멤버들도 과분했다.

고마웠고 힘이 났다. 이들을 위해서라도 꼭 좋은 결과를 만들어내고 싶었다.

실패를 하게 될지라도 후회없이 화끈하게! 모두의 기억에 각인되는 전투를 펼치고 싶었다.

"잘해내고 오늘 저녁 길드전도 즐기자."

쟈케가 엄지손가락을 펴며 말하자 루운은 눈웃음으로 대답을 대신했다.

만나면 항상 티격태격하는 루운과 쟈케였지만 공동의 목적을 눈앞에 뒀을 때는 그 누구보다 서로를 믿는 든든한 사이였다.

"오빠, 힘내세요!"

"진행 잘해줄 테니 걱정 말라고!"

"인마! 내 친구란 사실을 자랑스럽게 만들어봐!"

"그래, 루운. 나도 쟈케의 여자이기 전에 네 친구이니 기대할게."

"루운 오빠 파이팅!"

"쳇. 죽는 걸 잘 봐주마."

"오빠는 할 수 있어예!"

"루운님, 성공을 기원합니다."

"히히, 우리 길드의 명예를 띄워줘!"

시간이 다 되어 루운이 자리에서 일어서자 관람하기 위해 함께 몸을 일으킨 모두가 응원의 한마디를 남겼다.

스윈으로 시작해서 마야로 끝난 인사.

그 한마디 한마디에 어린 진심에 루운은 진정 고마움을 느꼈다.

물론 아리스는 변함없이 좋은 말을 해주지 않았지만.

그때 현재 다크스에서 활동하고 있는 플루와 일행에게도 귓속말이 들어왔고, 루운은 혼자 싸우는 것이 아니라는 든든함과 함께 보스 퀘스트를 위해 움직였다.

모래 바람이 휘몰아치는 넓은 평야.

경계선 밖에는 루운의 전투를 관람하기 위해 찾아온 수많은 유저들로 가득 차 있었다.

그들은 루운을 향해 응원을 하기도 했고 때로는 비웃음도 날렸지만, 루운은 흔들리지 않으며 스스로를 다독였다.

시간이 되자 루운은 길게 숨을 내쉬며 정면을 쳐다봤다.

드드드드득!

지축이 흔들린다. 그와 함께 눈앞에 요괴와 몬스터들이 나타났다.

그 수는 대략 잡아도 일천을 가볍게 넘겼다.

하지만 저들은 크게 걱정할 필요가 없었다. 정보에 의하면 있으나마나한 약한 존재들이었다.

넓은 평야에 긴장감이 흘렀다. 적의 등장과 함께 유저들은 침묵을 지키며 루운과 그들을 번갈아 쳐다봤다.

이제 모두를 경악하게 한 루운의 도전이 시작되기에.

"진월……."

루운은 손목을 향해 작은 목소리로 말했다.

손목에 존재하는 붉은 문신에서 빛이 터져 나오더니 진월이 나타났다.

세상의 아픔을 담은 붉은 빛깔의 몸체, 그보다 짙은 핏빛 활.

루운은 두 눈을 감고 주변의 소리를 들었다. 멀리 떨어져 있는 유저들의 웅성거림이 들렸다.

진행자 역할을 자초한 아로하의 흥분된 외침도.

수많은 이가 도전하는 보스 이벤트. 그중에서도 단연 으뜸의 관심을 받고 있는 루운은 주먹을 불끈 쥔 다음 진월을 받쳤다.

그때 거대한 크기를 자랑하는 보스 몬스터가 등장하며 명령을 내리자 수하들이 일사불란하게 움직였다.

동물들을 비롯해 괴상한 모양의 수많은 요괴와 몬스터들은 하늘과 땅, 지하에서 루운을 노리며 헛비닥을 날름거렸다.

'쇼타임!'

루운은 긴장된 가슴을 쓸어내리며 진월을 턱과 어깨로 받치고 활을 들어 연주를 시작했다.

평화로운 곡이 평원에 울려 퍼진다. 그 황홀함으로 인해 귀를 지배당한 유저들의 감탄성이 들렸다.

걸음으로 인해 유독 밝아진 귀. 아니, 귀가 밝지 않아도 족히 수천 명은 가볍게 넘어 보이는 유저들의 함성이 들리지 않을 리가 없다.

―적들의 이동 속도가 느려집니다.

―적들의 공격 속도가 감소합니다.

―적들의 방어력이 저하됩니다.

알림 음이 들리자마자 루운은 곡을 바꿔 재차 연주를 시작했다.

이전 곡이 봄에 피는 꽃과 바람처럼 따사로웠다면, 이번 곡은 폭풍을 연상시켰다.

천천히 비가 내리고, 순식간에 비바람이 몰아친다.

태양과 달빛이 자태를 감추며, 세상이 어둠으로 물들었다고 착각을 일으킨다.

빠르고, 강렬하다. 소름이 끼치면서도 전율이 끓어오른다.

―생명이 10% 증가합니다.

―마나가 10% 증가합니다.

―이동 속도가 10% 빨라집니다.

―공격 속도가 10% 상승합니다.

루운의 이마에 땀방울이 맺혀 흘렀다.

하지만 루운의 연주는 아직 끝나지 않았다.

'기다려라. 기다려라. 나의 연주가 끝나는 순간 너희들에게 아련한 장송곡을 들려주마. 잊혀진 그가 죽음의 순간, 저무는 달빛과 함께 마지막 연주를 했던 그 곡 말이다.'

스파아앗!

세 번째 연주가 시작되었다.

그러자 마나의 흐름이 일그러지더니 여러 형태의 정령들이 튀어나왔다.

정령술사도 동시에 부리기 힘들다는 최상급 정령들!

그들은 루운을 한 번 바라보더니 고개를 끄덕인다. 그리고 큰 소리로 일갈을 토해낸다.

그러자 하늘과 땅에서 정령들이 재차 소환되었다.

그들의 명을 받고 움직이는 중급과 하급 정령들이었으며, 현재 루운이 부릴 수 있는 최대치였다.

'새로운 힘을 깨달은 것인가, 아니면 백호가 말한……'

그 광경에 루운은 백호와의 퀘스트를 떠올렸다.

마지막 과제마저 통과하고 백호의 공간을 벗어나기 직전 그가 다가오더니 노력한 보답이라며 손가락을 갖다 댔다.

그때만 해도 그것이 무엇을 의미하는지 알 수 없었다.

정보에도 나타나지 않았고, 스텟의 변화도 없었다.

더군다나 스킬들을 써봐도 달라진 점이 없었으며, 라튼과 길드원들과 전투를 펼칠 때는 진월을 연주할 틈이 존재하지 않았다.

그래서 백호와 헤어진 이후 정령들을 처음으로 발휘한 것이었다.

'놀랄 때가 아니다.'

루운은 기쁨도 잠시, 재차 정신을 집중했다.

존재의 수하들은 육체가 이상해지는 순간부터 움직임을 멈춘 상황이다.

아니, 이런 상황에서 진월을 연주하는 루운의 모습에 존재가 호기심을 부리는 것이다.

어차피 자신이 이길 것이라 믿으니깐!!

"너희들 차례다."

정령들과 요괴, 몬스터들이 대치하고 있을 때 몇 걸음 앞으로 전진한 루운은 작은 목소리로 든든한 아군들을 불렀다.

붉은 바람이 불었다. 바람은 태풍이 되더니 점점 형상을 갖추기 시작했다.

어둠이 세상의 일부를 잠식했다. 어둠은 빛이 되더니 점점 형상을 갖추기 시작했다.

루운은 세상에 나타난 두 존재를 흐뭇한 눈길로 바라봤다.

불꽃보다 이글거리는 붉은 깃털과 아홉 개의 꼬리를 휘날리는 구미호 아지.

검으로도 벨 수 없을 듯 단단한 검은 비늘 위로 전류를 뿜어내는 흑룡 라지.

유저들의 목소리가 귀를 파고들고, 구미호와 흑룡이 신난 표정으로 루운의 곁을 호위했다.

오랜 시간 퀘스트의 임무를 하거나 두들겨 맞다 보니 전투에 굶주렸던 것.

루운은 짓궂은 표정으로 둘을 쳐다봤다.

그 시선에 뜻을 알아차린 아지와 라지가 인상을 찡그리지만, 곧 개기면 혼난다는 사실을 떠올리며 얌전히 고개를 끄덕였다.

그와 함께 경악의 비명이 사방에서 터져 나왔다.

루운의 합체에 모두는 자신의 눈을 의심했다.

하루 전부터 말도 안 되는 소문이 퍼졌다. 루운이 합체를 할 수 있다는 것!

하지만 그 소식을 접한 이들은 루머 중의 하나라고 판단했다.

워낙 많은 유저들이 플레이하는 뉴 월드라 헛소문도 수없이 존재했으니.

그 정보가 진실이라는 것이 확인되는 순간이었다.

스파아아앗!!

루운의 육체에 변화가 생겼다.

두 눈동자는 붉었지만 한쪽이 검게 변했다.

더불어 어깨에는 흑룡의 날개가 맺혔고, 구미호의 꼬리는 단단한 금속이 되어 갑옷의 부족한 부분을 채워줬다.

이로인해 방어력은 더욱 상승하며, 치명상도 덜 입게 된다.

이빨은 아지와 라지의 특성 때문에 날카롭게 변했다.

몸 주변에는 검은빛 전류와 붉은 빛깔의 불꽃이 조화되어 환상의 이펙트를 만들어냈다.

모든 준비가 끝나자 루운은 길게 날카로운 이빨을 드러내며 결음을 시전했다.

보였다. 놈들이 꼭꼭 숨겨놓은 결들이 확연하게 보였다.

"가자."

루운의 손짓과 함께 정령들이 순식간에 요괴들에게 쇄도했다.

정령들은 루운의 지휘대로 움직인다.

첫 번째는 가장 앞에 있는 소 요괴, 두 번째는 뒤편에 있는 개미 요괴.

전주가 흐른다. 결을 정확히 가격하자 결이 파괴되며 음을 만들어낸다.

순서대로 음을 만들어내면, 그 음은 곡이 되어 모두에게 흐른다.

지휘에 따라 정령들은 움직이고, 요괴들의 비명이 화음이 된다. 아름답다. 처절하고, 서글프지만 아름답다.

촤아아아악! 키에엑!!

루운의 검에 결과 가슴이 단번에 베어진 요괴가 피를 뿌리며 바닥에 쓰러진다.

그러면서도 루운은 머릿속으로 새로운 곡을 준비하고 떠올리며 정령들을 지휘했다.

이번에는 죽음의 서글픔을 담은 어두운 곡이다.

검의 지휘봉이 움직인다. 루운은 음악에 취해 있다.

요괴들을 죽이는 것인지 곡을 연주하는 것인지 알 수 없다.

하지만 한 가지는 확실하다. 여기서 멈출 수는 없다. 절대 말이다.

이 예술을 멈춘다는 것은 죄악이니까.

화르르륵!

루운은 마나를 끌어올리며 불꽃을 소환했다. 아지의 힘이다.

거기에 흑룡의 전류까지 더하자 꽤 위력적인 모습을 갖춘 마나들이 허공에 수십 개 떠올랐다.

어느덧 적의 수는 절반 이상 줄어 있었고, 루운이 소환한 정령들도 마찬가지다.

더불어 루운 역시 상처를 군데군데 입은 상태였다.

콰콰콰쾅!!

라지와 아지의 힘을 합친 마나들이 비가 되어 적들에게 죽음을 선사했다.

이번 공격에는 결을 노리지 않았기에 아쉽게도 잠시 음이 끊겼다.

'하지만 아직 끝나지 않았다.'

루운은 재차 결을 향해 검을 휘둘렀다.

가슴을 울려준다. 추억을 끄집어내 준다. 아픔과 기쁨의 강을 선사한다. 들어라. 느껴라. 그리고 즐겨라.

'나의 지휘를! 나의 곡을! 나의 투혼을!'

"하아, 하아……!"

20분이 넘는 치열한 사투.

숨 쉬는 것도 힘들었지만, 이전에 한 고생을 떠올리며 루운은 힘겹게 버텼다.

발휘할 수 있는 모든 스킬을 발휘했고, 정령들은 모두 사라졌다.

생명은 간당간당한 상태, 마나 역시 고갈되었다.

루운은 호흡을 가다듬으며 존재를 노려봤다.

자신이 큰 피해를 입었듯, 존재가 이끌던 수하들 역시 전멸한 상태였다.

루운은 고약한 피비린내로 가득한 대지를 천천히 걸었다.

지금 이 순간에도 회복되고 있다. 움직이지 않으면 놈이 공격할 것이다.

그러니 천천히, 더 천천히 움직여 최대한 회복한 상태로 붙어야 했다.

어느덧 루운은 놈의 바로 지척까지 접근했다.

그때 루운의 전투 능력은 30% 회복되어 있었다.

비록 존재와 맞설 수 있는 상황은 아니지만 피할 수도 없는 노릇이다.

그렇다면 이 상황을 즐기는 수밖에.

어차피 자신의 목적은 모두 이루어졌으니.

루운은 자연에 떠도는 마나를 검에 실어 넣었다.

이제 가장 어렵고 승률도 희박한 접전이 시작될 것이다.

남은 시간은 30초 정도였다.

스스슥!

루운의 신형이 존재를 향해 파고들었다.

이 귀찮은 전투의 마지막 지휘를 위해서!

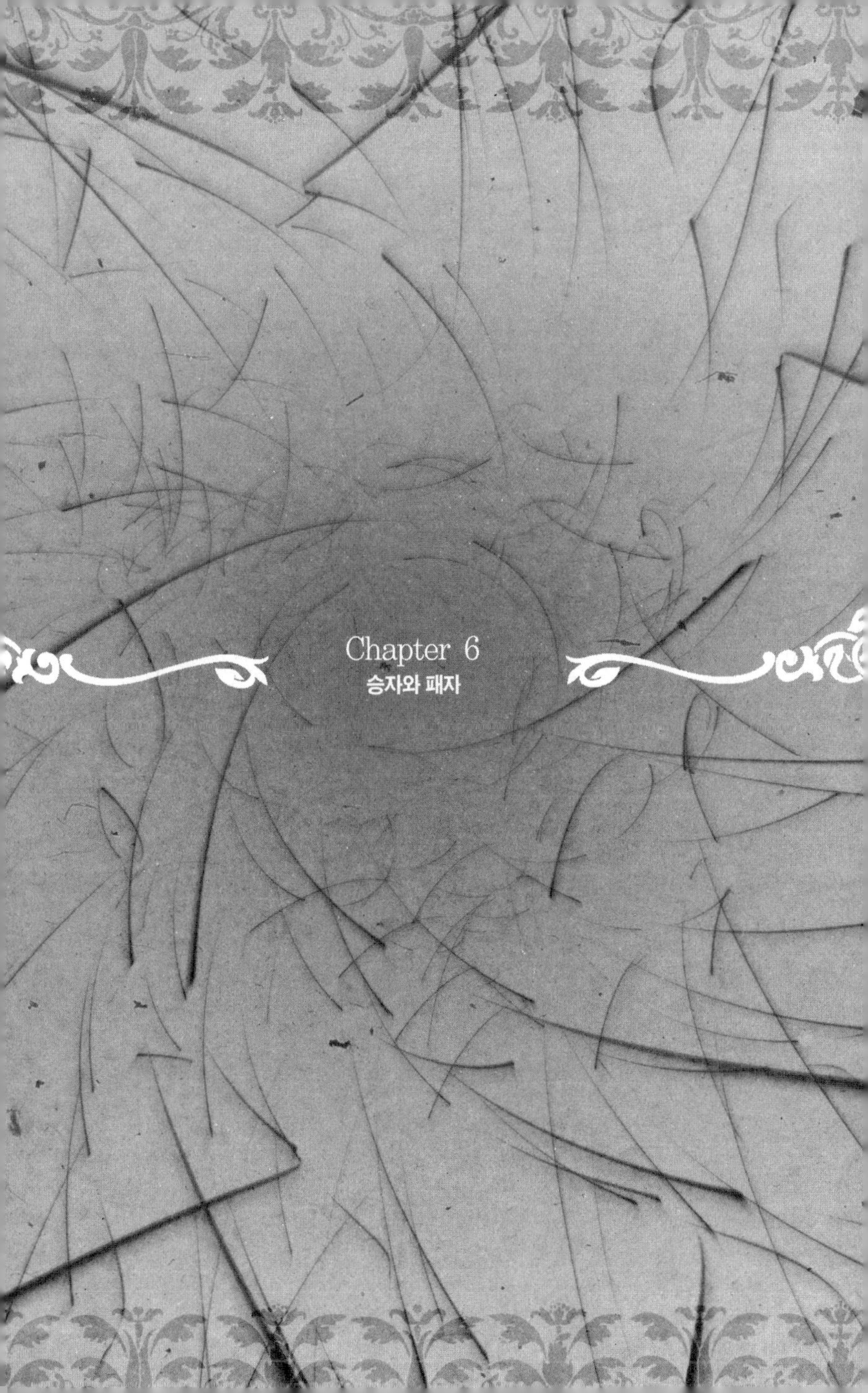
Chapter 6
승자와 패자

NEW WORLD

　루운의 퀘스트 이후 게시판은 접속 자체가 힘든 지경이었다.

　뉴 월드 최초의 합체 유저는 많은 유저들의 관심을 끌기에 부족함이 없었다.

　거기다가 안 그래도 화제가 되고 있는 그랜드와 다크스의 대립 중 빼놓을 수 없는 인물이 마에스트로 루운이 아닌가!

　유저들은 흥분에 들떠 언제, 어떻게 하면 이리 빨리 펫 합체에 성공했는지 관심을 가졌지만 해답을 알 수는 없었다.

　뉴 월드 기자들의 취재에도 마찬가지였으며, 친분으로 접근한 아로하 역시 특별한 답을 얻지 못했다.

　단지 고고! 뉴 월드를 보면 알게 될 것이라는 말뿐.

더불어 루운의 경고장에도 유저들은 주목했다.

루운은 퀘스트를 실패한 후 많은 이들이 보고 듣는 자리에서 라튼과 다크스에게 경고를 했다.

—길드전이 성립되기 전부터 비열한 짓도 마다하지 않았던 다크스. 너희들의 도전은 오늘 밤 결실을 맺게 될 것이다. 비록 패배의 쓴잔을 마실 테지만. 그리고 라튼, 너의 선물에 꼭 보답하마. 한 번이 아닌, 너와 내가 뉴 월드를 플레이하는 내내. 아, 오늘 저녁 선두전에서 볼 수 있었으면 좋겠군. 내가 무섭다면 피해도 좋다. 시비를 걸었다가 도망친 경험도 있는 네놈에게 그 정도 창피야 우습겠지만.

루운의 발언은 도전을 한 것은 그랜드가 아닌 다크스라는 점을 밝힘과 동시에 라튼에게 조심하라는 경고장이자 그에게 수모를 안겨주었다.

그로인해 현재 뉴 월드 홈페이지에서도 의견이 분분했으며, 그 영상을 직접 본 라튼은 이를 갈고 있었다.

감히 공개적으로 그딴 말을 지껄이다니.

동시에 라튼은 머리를 빠르게 굴렸다. 고민됐다. 루운은 선두전에서 보자고 했다.

현재 결정된 길드전은 1,000 대 1,000의 싸움이었다.

공평함을 위해 그 어떤 방해물도 없는 평원에서 치러지게 되었고, 함정도 만들 수 없었다.

한마디로 1,000명이나 되는 각 길드의 정예 멤버가 한 번에

격돌을 치르게 되어 있었는데, 선두전은 누가 먼저 돌격하는지를 결정하는 것이다.

유일한 이득을 얻을 수 있는 기회이기도 했다.

각 진영에서 대표 한 명씩 중앙으로 나서 싸운다.

승패가 결정되면 진 길드가 상대 진영으로 돌격하게 된다.

한데, 돌격하는 길드가 괴로운 점은 가다가 마법과 주술에 공격당한다는 사실이었다.

물론 거리가 아주 멀지는 않았기에 흔히 방패막이라 불리는 가장 약한 유저들을 희생해서 피해를 줄일 수는 있었다.

하지만 그 피해도 손해는 손해였으며, 시작부터 한 수 내주고 하는 것과 다름없었기에 선두전은 중요한 첫 접전이었다.

그 선두전에 루운이 자신을 지목한 것이다.

일 대 일로는 절대 이길 자신이 없는데!

그렇다고 피하자니 조롱할 것이 분명했고, 나아가 다크스의 수치가 될 수도 있었다.

루운은 그랜드의 10성 중 한 명이었다. 그리고 자신은 다크스의 부 길드 마스터!

부 길드 마스터가 길드 마스터도 아닌 10성이 무서워 피한다?

하나 자존심이 상해서 붙자니 그 또한 부 길드 마스터가 10성에게 진다는 것과 다름없었으니 답이 나오지 않았다.

"이 개자식!"

원만한 해결책을 찾지 못하자 라튼은 욕설을 내뱉었다.

그 모습을 곁에서 바라보던 적월이 자리에서 일어서며 말문을 연 것은 그때였다.

"형이 선두전에 나가."

"뭐라고? 내가 질 것이 뻔한데!"

라튼은 자신의 귀를 의심했다.

만약 개인적인 도전이라면 이해가 됐다.

그런데 길드의 사활이 걸린 길드전에서 피해를 감수하면서까지 나가라니?

"그로인해 우리가 불리해질 수 있어!"

"우리는 절대 지지 않아. 그리고 형은 이 싸움을 피하면 안돼."

"무슨 말이야?"

라튼은 적월의 뜻을 알아차리지 못하며 되물었다.

"지더라도 싸우는 것과 애초에 겁을 먹고 피하는 것은 달라. 아니, 그 점을 제외하더라도 어제 한 일을 떠올리면 내가 용납할 수 없어."

"무슨 일……."

라튼의 목소리에 적월이 차가운 시선으로 주시했다.

어제 라튼과 같이 나갔던 길드원에게 자세한 애기를 접할 수 있었다.

그의 애기에서는 합체에 관한 사실을 포함해 왜 루운을 죽였고 어떻게 찾아갔는지도 있었으며, 루운과 함께 있던 여자를 희롱한 발언도 포함되어 있었다.

만약 같이 갔던 길드원 중 한 명이 자신과 가까운 사이가 아니고, 그도 희롱을 한 이 중의 한 명이라면 듣지 못했을 얘기였다.

적월은 화가 났다. 아무리 게임이고 싫어하는 사람이라 할지라도 해선 안 되는 일이 있는 것이다.

자신과 직접적인 관계가 없는 여자에게 모욕감을 주다니?

그래서 적월은 지금 라튼이 진다는 사실을 알면서도 내보내려는 생각이었다.

라튼의 행동을 자신이 간접적으로나마 사과하기 위해서.

"형, 내 결심은 바뀌지 않아."

적월이 문을 열며 말하자, 라튼은 아무런 대답도 하지 못하고 이를 갈았다.

아직은 그가 다크스의 수장이기에.

많은 유저들의 폭발적인 관심이 그랜드와 다크스의 길드전에 집중되었다.

루운의 합체와 발언으로 인해 더욱 높아졌으며 영상에서 눈을 떼지 못했다.

길드전은 보스 퀘스트처럼 곁에서 관람할 수 없었다.

"후……."

차가운 바람을 맞으며 루운은 아쉬움의 한숨과 함께 맞은편을 쳐다봤다.

적월은 끝까지 변수를 허용하지 않았다.

원래 자신의 계획은 플루와 샤니아, 진조, 릴리가 길드전에 참여하기를 바랐었다.

그렇기에 그들을 오랜 시간 전부터 투입시켰다.

적월의 의심을 벗어나고 다크스의 정보 수집과 더불어 스파이를 밝혀내기 위해.

또한 적월 역시 의심을 풀었다는 정보를 얻었기에 기대를 품었다.

하나 적월은 그들을 길드전 참가 명단에서 제외시켰다.

'만에 하나 독을 품고 있을 각성자들보다 확실한 믿음을 택했다 이거군.'

스타트부터 계획이 어긋났지만 루운은 마음을 추스렸다.

아직 남아 있었다. 전세를 뒤엎을 수 있는 비장의 카드가.

"3분 남았다."

중앙에서 가장 화려한 말을 타고 있는 쟈케의 말에 루운을 비롯한 모두는 고개를 끄덕였다.

9성을 제외한 10성이 모두 참가했으며 루운이 아는 이들 역시 함께 자리하고 있었다.

시아는 물론 하은까지도 말이다.

"오빠, 이길 수 있지?"

선봉으로 나서기 위해 앞으로 이동하는 루운에게 시아가 묻자 루운은 엄지손가락을 치켜세웠다.

그 모습이 오늘따라 왠지 믿음직스러워 보이는 시아였다.

'비율은 비슷하다.'

다수 대 다수의 전쟁에서 중요한 것은 직업의 분배였다.

공격력이 강한 직업, 방어력이 뛰어난 직업, 체력이 높은 직업, 마법과 주술 직업, 치료가 탁월한 직업, 그 외 보조 직업.

각자의 장점을 발휘해 1+1=2가 아닌 1+1=3, 혹은 4 이상으로 만들어내는 팀플레이!

'이제 남은 것은 서로의 계략이 얼마나 먹히느냐인가?'

다크스도 바보가 아닌 이상 최선의 조합을 만들어냈을 것이 뻔했고, 지금 눈으로 확인할 수 있었다.

그렇다면 이제 두 개의 변수가 남아 있었다.

각 길드의 현재 레벨 차이와 서로가 미리 작업해 놓은 함정들이었다.

루운은 자신의 것이 완벽하다고 확신하지 못했다.

적월이 역으로 되받아칠 수 있는 법이었다. 그래서 길드전이 끝나기 전까지는 그 어떤 것도 장담할 수 없었다.

두근두근.

결전의 시간이 다가올수록 루운의 심장이 빠르게 뛰었다.

기분 좋은 흥분이었으며 긴장감이었다.

1분의 시간이 남았다. 루운은 고개를 들어 가장 앞에 서 있는 이를 확인했다.

적월이었다. 보통 후방에 빠지는 마스터들과는 다르게 선두에 서서 자신을 바라보고 있었다.

오랜 시간 이어온 그의 집념. 그는 자신을 통해 만족을 느끼고 싶어한다.

이유야 어찌 됐든 사랑하는 여자를 빼앗긴 어두운 감정을 자신에게 토하고 싶어 기다리고 기다렸다.

그리고 드디어 그토록 바라던 승부가 시작된다.

루운은 고마웠다. 더불어 안타까웠다.

자신이 강해질 때까지 기다려주어서. 그로인해 재차 패배를 맛보게 될 듯해서.

그를 위해서라면 져주는 것이 당연했지만 루운은 그러고 싶지 않았다.

거짓된 패배. 만약 적월이 그 사실을 알아차린다면 그는 정말 비참한 기분을 맛볼 테니.

그래서 루운은 길드전과 대회 모두 최선을 다할 것이다.

"루운! 너만 믿는다!"

"힘내! 10성의 힘을 보여주라고!"

"마에스트로! 낮에 완전 멋졌어! 그때처럼만 하면 돼!"

시간이 되었다. 모두의 눈에 선두전이라는 커다란 글귀가 들어왔다.

루운은 말에서 내리며 정중앙을 향해 걸음을 옮겼다.

그러면서도 시선은 적월에게서 떼지 않고 있었으며 그것은 그도 마찬가지였다.

'고맙군.'

루운은 상대편 선두 유저를 보며 만족스러운 미소를 지었다.

내심 걱정했다. 라튼의 판단보다도 적월의 머릿속이 문제
였다.

그가 과연 진다는 사실을 알면서도 내보낼까?

반신반의하고 있었는데 라튼이 인상을 구긴 채 걸어오고 있
었다.

표정을 보아하니 본인의 뜻은 아닌 것 같았고, 적월의 결정
이었다.

어떤 이유인지는 정확히 추측하기 힘들지만 적어도 한 가지
는 알 수 있었다.

선두전에서 패배해도 다크스가 이길 수 있다고 확신한다는
사실을.

"이번에는 도망칠 수도 없겠군."

루운의 말에 라튼의 얼굴이 더욱 흉측하게 일그러졌다.

분했다. 화가 치밀어 올랐다. 하지만 반박할 수 없다.

"도와줄 길드원도 없고."

루운이 검을 소환했다. 라튼의 얼굴에서 하은이 꾹 참던 모
습이 스쳐 지나갔다.

"네가 이긴다고 확신하지 마라!"

라튼은 소리를 치며 루운에게 달려들었다.

루운의 눈빛이 아무런 감정도 존재하지 않는 이처럼 돌변했
다.

푸슈우우욱!

땅에서 검은 돌풍이 형성되었다.

돌풍은 루운을 집어삼킬 듯 시커먼 혀를 날름거리며 달려들었다.

그러나 루운은 검은 달을 사용해 피함과 동시에 라튼의 등 뒤로 이동했다.

"너는 나에게 안 돼."

그의 급소를 노리며 검을 찌르는 루운.

라튼은 다급히 피했지만 어깨 끝 쪽에서 출혈을 봐야 했고, 상처 입은 짐승처럼 으르렁거리며 뒤로 물러섰다.

'나를 관찰하고 있겠지.'

루운은 라튼을 노려보면서도 정신은 적월에게 가 있었다.

그는 정확한 자신의 힘을 파악하기 위해 시선을 떼지 못하고 있을 것이다.

"죽어라!!"

라튼이 검을 번뜩이며 파고들었다.

그의 검에서는 돌풍이 형성되어 있었으며, 뒤로 물러선 루운은 라지와 아지를 소환해 잠시 라튼의 움직임을 제한하도록 만들었다.

그리고 진월을 꺼내 빠른 속도로 연주를 시작했다.

"와아아아아!"

아름다운 연주에 감탄한 유저들의 음성이 들렸다.

버프가 시전되었다. 정령들이 나타났다.

루운은 모든 준비를 끝내자 날카로운 눈빛으로 적월을 바라본 뒤 합체를 시전했다.

"우아! 진짜로 합체다!"

"눈앞에서 보기는 처음이야!"

"정말 멋진데? 저 모습 좀 봐!"

"어떻게 합체를 벌써!"

양측의 길드원들은 합체한 루운을 쳐다보며 놀람을 금치 못했다.

이들 중에서는 직접, 혹은 영상을 통해서 본 유저들도 있었지만, 소문만 듣거나 혹은 이제 와 처음 확인한 길드원들도 있었다.

"크으윽."

라튼은 루운의 합체 모습에 뒤로 주춤거렸다.

안 그래도 자신보다 강하다고 판단되는 루운이 더욱 완벽한 힘을 갖췄다.

"제대로 시작해 보지."

루운은 실소와 함께 2분이라는 시간을 떠올리며 라튼에게 쇄도했다.

짧다면 짧다고 할 수 있는 시간 동안 최대한의 고통을 준다.

"심결."

라튼의 결이 두 눈에 들어왔다.

"돌진! 전투!"

이번에는 두 가지 스킬을 발휘하는 루운.

이동 속도가 증가했으며 전체 능력이 솟구쳤다.

PK, 공성, 혹은 길드전에서 발휘되는 전투 스킬은 오늘 유용하게 사용될 듯했다.

"크으윽!! 나는 지지 않아!"

루운의 검과 맞부딪친 채 하염없이 뒤로 밀려나던 라튼이 비명과 가까운 고함을 질렀다.

쿠오오오!

그의 최대 스킬 중 하나인 흑룡이 솟구쳤다.

"파멸!"

콰아앙!

루운의 스킬과 맞부딪친 흑룡은 굉음을 남기며 사라졌다.

그러자 루운은 검은 달을 이용해 라튼의 뒤로 가 죽음의 검을 시전했다.

쉐에에엑!!

열여섯 개의 검기가 각기 다른 방향을 노리며 라튼을 위협했다.

하나, 죽음의 검은 라튼의 어둠의 갑옷과 장막을 넘어서지 못하며 사라졌다.

"폭주!"

"커어억!"

라튼은 폭주만큼은 막아내지 못하며 부상을 입고 뒤로 물러섰다.

"으아아악!"

라튼은 입에서 피를 토해내면서도 무너지지 않았다.

자신을 조롱하는 듯한 루운의 태도에 분노가 붙잡는 것이다.

콰지직!

라튼의 검이 바닥에 꽂혔다.

루운의 사방에서 돌풍이 형성되며 치솟아 올랐다.

더불어 라튼이 검을 사정없이 휘두르자 검은 바람의 칼날이 나타났다.

"이 쓰레기들이!"

그 와중에도 라튼은 데미지를 계속 받고 있었는데, 루운의 정령들 때문이었다.

그가 소환한 펫은 이미 정령들에게 무너진 지 오래.

"마나의 파편! 자연의 마나!"

루운은 자신을 파고드는 스킬들을 향해 마나를 발휘하면서 검은 달을 사용했다.

사아아악!

정령의 공격에 중심을 잃은 라튼은 오싹함을 느끼며 고개를 돌렸다.

본능이 달리라고 외쳤다. 돌아보지 말고 무조건 피하라 부르짖었다.

하지만 몸이 말을 듣지 않았고, 그런 라튼을 반기는 것은 새하얀 빛이었다.

결을 노린 루운의 마나 검이 적중한 것이다.

파아아앗!

장관이 펼쳐졌다.

합 1,999명이나 되는 유저들의 동시 버프!

이번 길드전의 규칙 중 하나가 죽으면 부활하지 못하고 끝이기에 루운에게 패배하며 죽음을 맞이한 라튼이 빠진 수였다.

쉽게 볼 수 없는 빛의 무리는 모두가 눈을 제대로 뜨지 못하게 할 만큼 강렬했다.

"죽여라! 우리는 다크스다!!"

"길을 열어라! 우리는 이길 수 있다!"

"젠장! 방패나 되다니!"

버프가 끝나자 다크스 길드원들은 그랜드 길드원들을 향해 돌격했다.

루운은 선두전이 끝나자마자 자신들의 길드원들이 있는 곳으로 자연스럽게 이동되었고, 길드원들은 환호했다.

"자, 이제부터 시작이다! 마법, 주술사들은 일정 거리까지 전방에서 공격을 멈추지 않도록!"

쟈케는 루운과 눈으로 대화를 마친 후 큰 목소리로 외쳤다.

길드전에서 마스터를 비롯한 마스터가 지정한 수장들은 자신이 원할 경우 참여한 전 길드원들에게 뜻을 쉽게 전할 수 있었다.

콰아아앙! 펴어엉! 화르르륵! 쩌저적!!

온갖 마법과 주술이 평원을 뒤덮었다.

폭발물이 하늘에서 떨어지기도 했고, 땅이 갈라지거나 솟구쳤다.

불꽃이 다크스 길드원들의 진로를 막는가 하면 땅을 얼려 진군 속도를 늦췄다.

그러다 다크스 길드원들이 일정 이상 다가오자 마법, 주술사들은 뒤로 빠지며 후방에서 공격을 지원했고, 근거리 격수들이 앞으로 나섰다.

"오호! 네놈이구나!"

"크큭, 키이라. 다크스는 이제 끝이다."

전투를 펼치는 이들 중에서는 서로 안면이 있는 유저들도 존재했는데, 사이가 나쁘면 다행이지만 아는 경우에는 난감한 표정으로 아는 사람은 공격하지 않으려고 노력했다.

"폭룡!!"

쿠쿠쿠쿠쿵!

다크스 유저들 사이로 파고든 루운은 범위 스킬 위주로 적들을 무너뜨렸다.

쓰러뜨려야 할 적이 많은데 한 방 데미지가 뛰어난 스킬들로 상대하면 마나가 금방 고갈된다.

그렇기에 최대한의 효과를 노리는 것이 효율적이었으며 하은이 그런 루운의 뒤를 따라다니며 상처를 입을 때 회복시키거나 마나를 채워줬다.

'마법, 주술사들을 처치해야 하는데.'

루운은 위험 지대에서 물러나며 다크스 길드의 뒤쪽을 바라봤다.

그곳에서는 그랜드처럼 마법, 주술사들이 후방에서 열심히 지원하고 있었다.

저들만 사라진다면 화력이 큰 폭으로 줄어들게 될 텐데.

"으아아아악!"

"뭐, 뭐냐, 넌!!"

"네가 감히! 커어억!"

그때 뒤에서 들리는 목소리에 루운은 다급히 고개를 돌렸다.

마법, 주술사들의 피가 솟구쳤다. 다행스럽게도 즉사를 당한 이는 몇 되지 않는 듯했지만 부상을 입은 유저들이 적지 않았다.

"무슨… 7성!"

루운이 괴성을 지르며 달려나갔다.

그런데 분명 그랜드 길드원임에도 불구하고 일부가 앞에서 루운을 막아섰다.

마치 7성을 호위하는 것처럼.

"죽여 버린다! 라지! 아지!"

루운은 다급히 라지와 아지를 소환했다.

하지만 그들은 마법, 주술사들만 최대한 빠르게 공격한 다음 전진하기 위해 노력했다.

이 안에 있으면 개죽음만 당한다는 사실을 알기 때문이었다.

사실 그것만으로도 전력에 차질이 생긴다. 1,000대 1,000의 싸움에서 한쪽이 수십에서 백이 줄어버린다면 전세는 말할 필요가 없었다.

그것도 그들이 아무런 피해를 주지 못한 채 죽을 때이고, 아군들의 목숨을 빼앗는다면 그 피해는 더욱 커진다.

"젠장!!"

루운은 짜증을 숨기지 않았다.

7성의 배신으로 인해 입은 피해는 대단히 컸다.

만약 배신이 둘만 한 것이라면 차라리 괜찮은데 문제는 그들을 따른 유저들도 많았다는 점이다.

천 명 중에서 100명에 가까운 인원이 배신했다.

그들 중에는 다크스의 첩자도 있을 것이며 회유를 당한 그랜드 길드원도 존재할 것이다.

거기다 다크스 진영으로 넘어가는 배신자들의 수를 많이 줄이지도 못했다.

그 와중에 다크스의 공격이 계속되었기 때문이다.

1,000명 중에 100명이 떠났다. 10%였다. 총 전력에 10%가 갑자기 사라졌다.

심리적인 부분과 구성이 흐트러진 점까지 계산하면 피해의 수치는 더욱 올라간다.

"수고했습니다."

너무나 갑작스러운 사태에 그랜드와 다크스는 소강상태에 접어들었다.

그때 건너간 이들 중 7성이 적월에게 고개를 숙이자 그가 따스한 표정으로 말했다.

"7성! 네놈이!"

루운이 앞으로 나서며 말문을 열며 7성을 비롯해 배신한 이들을 노려봤다.

"그러게. 나한테 잘하지 그랬어?"

루운과 쟈케의 노한 표정을 확인하자 7성이 비웃었다.

그날 다크스 길드원이 찾아오고, 배신을 결정한 7성은 9성에게 놀라운 사실을 접했다.

바로 그가 스파이였다는 사실이다.

하지만 그 점은 중요하지 않았다. 이미 그랜드를 배신한 자신이 무슨 상관이겠는가?

"사실 처음에는 당황했다."

루운을 향해 적월이 말했다.

"9성을 제외시켰더군."

적월의 말대로였다. 9성은 참석하지 못했다.

안 온 것이 아니라 쟈케와 루운이 애초에 길드전에서 제외한 것이다.

그뿐 아니라 9성의 수하로 있는 유저들도 마찬가지였다.

그들까지 의심하는 것은 아니지만 9성이 바로 다크스의 스파이 중 한 명이었기에 어쩔 수 없는 선택이었다.

루운이 9성의 정체를 알아차린 것은 보름 전이었다.

비록 이 자리에 참석은 하지 못했지만 플루를 비롯한 이들이 신임을 얻고 자신들에게 유혹을 건넨 다크스 길드원을 유혹해 알아낸 정보였다.

물론 그 길드원은 술에 취해 저도 모르게 한 말이었지만.

그래서 길드전에 참여시키지 않았다.

7성까지 배신한 마당에 9성과 그를 따르는 이들마저 넘어갔다면 전세는 도저히 역전할 수 없을 테니까.

"7성… 아니기를 바랐었는데……."

가장 요주의 인물이었다. 언제 돌변할지 알 수 없는.

"이제와 후회하면 무슨 소용이 있을까? 루운, 너의 패배다."

적월이 눈앞에 온 승리를 즐기며 차갑게 미소 지었다.

동시에 힘을 얻은 다크스가 그랜드를 향해 재차 공격을 시도했다.

'이제 기회는 많지 않다.'

적월은 앞으로 달려가면서 이를 악물었다.

10일 정도가 남았다. 자신이 뉴 월드를 플레이할 수 있는 시간이.

지금까지는 먹고사는 데 부족함이 없었다.

사업가로 중산층의 수입이 있는 아버지와 가정을 지켜주시는 어머니.

그러나 아버지의 사업이 붕괴되면서 화목하던 일상은 돌변했다.

아버지는 더 이상 수입을 내지 못했고, 빚까지 얻게 되었다.

그리고 어머니 역시 예전의 따스함과 온화한 미소를 찾을 수 없었다.

매일 짜증을 내거나 다퉜고, 표정도 밝지 못했다.

그 속에서 언제까지나 뉴 월드를 플레이할 수는 없었다.

사실 돈만 계산하자면 현재 뉴 월드로 인해 얻게 되는 수입도 적지 않았고, 일을 하면서도 접지 않은 채 시간 날 때마다 플레이할 수 있었다.

하나 집안에서는 미래가 없는 게임을 그만두기를 바랐고, 적월도 조금의 미련도 남기지 않기 위해 어려운 결심을 했다.

비전이 존재하지 않았다. 평생 게임만 하고 살 수도 없었다.

만약 잘생기거나 끼가 있었더라면 뉴 월드의 관심을 바탕으로 연예계에 진출할 수도 있을 것이다.

그런 제의도 많이 받았다.

하지만 자신은 그럴 재능과 자신감이 없기에 모두 거절했으며, 현재는 사업을 계획 중이었다.

소자본으로 창업할 수 있는 아이템인데 나쁘지 않는 듯했다.

오랜 시간 철저하게 시장조사도 마쳤으며 돈도 길드전을 며칠 앞두고 모두 모았다.

가능성이 있었으며 이제는 미래를 밝힐 때였다.

그렇기에 게임을 접어야 했고, 드디어 자신의 위치까지 올라온 루운과 만나게 되었다.

'지고 떠날 수는 없다!'

적월은 검을 휘둘렀다. 루운의 강함을 잘 알 수 있었다.

안타깝지만 지금의 자신보다 우위로 판단되었다.

그럼에도 적월은 포기하지 않았다. 자신에게는 알려지지 않은 비장의 힘이 존재했다.

비록 아직 습득하지는 못했지만 대회 전까지는 자신의 힘으로 만들 수 있을 것 같았다.

그리고 지금은 길드전이었다. 개인이 더 강해봐야 전체의 힘을 이기지는 못한다.

현재 전세는 다크스에게 완벽히 기울었으며, 길드전은 물론 대회까지 모두 자신이 승리하며 떠나게 될 테다.

콰지지직!

루운과 적월의 검이 부딪쳤다.

둘의 기세가 너무나 남다른 탓일까? 다른 유저들은 둘만큼은 공격하지 않으며 자신들만의 싸움을 펼쳤다.

그래서 둘은 방해를 받지 않으며 서로의 힘을 느낄 수 있었다.

“꽤 오래 걸렸군.”

“아아, 미안해.”

“뭐, 괜찮아. 기다리는 동안 나쁘지는 않았으니.”

적월의 말은 진심이었다.

강자의 입장에서 루운의 성장을 지켜보며 색다른 재미를 느꼈다.

또한 뉴 월드를 통해 돈 역시 많이 벌었으며, 집안이 시끄러울 때 도피처가 되어주기도 했다.

"그렇다면 다행이군."

루운은 힘을 끌어올리며 적월을 밀어냈다.

"미안하지만 승리는 나의 몫인 듯해."

뒤로 밀려난 적월이 어깨를 으쓱하더니 만족스러운 표정으로 주변을 둘러보며 말했다.

그러자 상황에 대해 심난함을 금치 못했던 루운의 입가에 진한 미소의 꽃이 피었다.

그는 시간이 되자 합체와 함께 허공으로 치솟아 올랐다.

"지금입니다!"

우레와 같은 루운의 외침!

그 순간 다크스 진영 뒤쪽에서 비명이 난무하기 시작했다.

"뭐, 뭐가 어떻게 돌아가는 거야!"

적월은 무서운 표정을 지으며 소리쳤다.

지금의 상황을 이해할 수 없었다. 아니, 인정하고 싶지 않았다.

루운의 말과 함께 7성과 그의 일행이 다크스의 원거리 부대를 공격하기 시작한 것이다.

치열한 전투가 펼쳐지는 와중이었기에 그들이 뒤로 천천히 빠져도 아무도 신경 쓰지 않았다.

민감한 적월조차 승리를 확신하며 루운에게 시선을 집중시키고 있었으니.

"미안하게 됐어."

루운이 씁쓸하게 말하자 적월은 주먹을 불끈 쥐었다.

7성을 비롯한 100여 명은 물론 다크스에 속해 있던 수십 명이 반란을 도모했다.

특히 7성이 이끌고 넘어온 유저들은 자신들의 희생도 감수하며 마법, 주술사들을 줄이는 데 최선을 다했다.

그로인해 힘의 저울추가 순식간에 기울었다.

"형은 조심한다고 믿었겠지. 정말로 그랬으니깐. 설마 각성을 한 그들을 참여시키지 않을 줄은 몰랐어. 그 오랜 시간 형에게 믿음을 얻기 위해 노력했는데."

루운은 상황을 인정하지 못하는 적월에게 다가가 말문을 열었다.

전력에 힘을 보태야 하겠지만 이렇게 적월을 붙잡고 있는 것만으로도 자신의 역할은 충분했다.

이제 재차 전세의 변화는 존재하지 않을 것이다.

"9성의 정체를 알아차리고 나는 쟈케에게 7성을 만나도록 권유했어."

루운의 말에 적월은 반문도 하지 않으며 들었다.

그 역시 싸워야 한다고 속에서 외쳤지만 몸이 말을 듣지 않았다.

어쩌면 은연중에 패배를 인정했기 때문인지도 모른다.

"다른 이들도 문제가 될 수 있지만 내가 형의 입장이라면 7성은 빼지 않았을 것 같았거든. 그만큼 배신을 하기 쉽고, 영향력을 가진 이도 많지 않으니."

루운은 7성을 힐끗 쳐다봤다.

그는 십여 명의 그랜드 길드원들과 다크스를 배신한 일부 유저들과 함께 진영으로 돌아왔다.

나머지 이들은 죽었다는 답이 나왔다.

하지만 의미있는 죽음이었다. 그 정도로 상대의 전력도 약화시켰으니.

"그래서 쟈케는 7성과 대화를 나눴어. 한데 그가 나와 얘기를 하고 싶다더군. 우리는 귓속말을 했지."

루운은 곁을 지나가는 7성을 향해 고개를 살짝 숙였다.

"쳇. 너 위해서 한 일이 아니다."

7성은 여전히 까칠했지만 루운은 그래도 고마웠다.

만약 7성이 아니었더라면 이 전략은 성공하지 못했을 테니.

다른 성들이 쉽게 넘어간다면 적월은 분명 의심할 테다.

조금의 여지가 존재한다면 자신들에게 넘어와 힘을 합치는 것이 아닌 차라리 자살부대가 되라 했을 것이다.

100명이 배신하면서 100명을 죽이고 자신들도 죽는다면 손도 안 대고 전력의 20%를 줄이게 되니.

하나 7성이었기에 의심을 품지 않았다.

그의 불화는 오래전부터였으며, 스파이로 잠입해 있던 9성이 그와 가까이 지내며 진실이라고 확신했기에.

"7성은 불만이 가득했어. 내가 10성인 점과 쟈케의 친분을 배려하는 모습들 등등에 대해. 그래서 내가 말했지. 당신의 불만을 사라지게 해주겠다고."

적월은 길게 한숨을 내쉬며 주변을 둘러봤다.

아직 다크스에는 많은 유저가 남아 있기는 했지만 원거리 부대가 거의 전멸한 시점에서는 의미없는 몸짓이었다.

"다행스럽게도 7성은 그렇게 투덜댔어도 의리는 있더군. 배신 따위는 하고 싶지 않다고 했어. 안도했지."

"그러면… 전부 조작된 거냐?"

"조작은 아냐. 7성은 그럼에도 불만이 가득했고 평소처럼 행동했으니. 다만 다크스에서 제안이 온다면 넘어가는 척하라고만 했어. 그리고 9성의 정체를 알게 되었을 때 사건을 터뜨리라 했지."

적월은 이를 꽉 깨물었다.

만약 큰 변화가 있었더라면 9성은 어색함을 알아차렸을 것이다.

그러나 가까웠던 그조차 알 수 없을 만큼 7성은 자연스러웠다.

"7성은 10성들이 있는 자리에서 결국 폭발하는 척했고, 9성한테 다크스에 가고 싶다며 불만을 털어놓았지. 그때 9성은 속으로 기뻤겠지. 만약 7성이 그러지 않았더라면 자신이 직접 제안을 했어야 할 텐데 먼저 다가온 것도 모자라 정체를 밝히지 않아도 되니. 정체를 밝혔는데 만에 하나 7성이 고의로든 실수로든 그 얘기를 다른 길드원에게 하면 낭패잖아."

루운은 길드전에서 제명되었을 때 9성의 표정이 떠올라 실소를 흘렸다.

"9성은 바로 다크스 길드원에게 귓속말을 했고, 그는 곧바로 찾아왔어. 그리고 7성은 형의 길드로 넘어가게 되었고."

전쟁은 어느덧 종료되어 가고 있었다.

다크스 길드원들은 점점 수의 차이가 벌어지자 속수무책으로 밀렸다.

"그런데 확신은 하지 못했어. 만약 7성의 그것마저 연기라면? 형이 시켜서 내 말을 듣는 척하며 처음부터 다 거짓이라면……. 언제나 최악의 경우도 생각하다 보니 불안하기는 했지. 조금 전까지 말이야."

루운은 이길 수 있다고 믿으면서도 걱정했던 부분이 바로 그 점이었다.

배신의 배신. 한데 또 배신이 나타날 수도 있다는 사실.

"하나 7성은 그러지 않았고, 나와 애기를 나눈 대로 움직여 줬어. 서로가 좋게 된 것이지. 우리는 길드전의 승리를 얻게 되었으며 9성이 비게 될 10성의 자리에 자신의 친한 동생이 앉게 될 테니. 또한 쟈케 역시 혜택을 약속했고."

"처음부터 네 목적은 원거리 부대였군."

루운은 고개를 끄덕였다.

이처럼 대규모 전쟁에서는 격수들보다 공격형 마법, 주술사들이 가장 무서우며 위협적이었다.

그렇기에 그들은 빨리, 많이 처치하는 쪽이 유리했다.

"피해를 감수해야 했지. 7성과 일행이 그냥 다크스 진영으로 가고, 우리 역시 보내준다면 형은 의심할 테니. 그래서 7성은 일부러 우리의 원거리 부대 일부를 공격한 다음 유저들 일부의 목숨까지 버리면서 이동한 거야.”

“그러면 다른 놈들은 뭐지?”

“간단해. 형이 쓴 방법이랑 똑같아. 다행히도 우리는 길드전 멤버에 그런 이들이 몇 없었다는 점이고 형은 운이 나빴어.”

“그놈들인가?”

루운은 플루를 비롯해 네 명의 길드원을 떠올렸다.

정보를 캐내고 스파이를 밝히는 임무도 있었지만 다크스 길드처럼 회유의 목적도 있었다.

물론 조심스럽고 천천히 진행할 수밖에 없었다.

만약 들통이 나면 고생이 모두 헛것이 되니.

그래서 다크스에 반감을 가지고 있지만 잘 티 내시 않는 이들만 찾아다녔다.

애초에 반감을 드러내고 있는 이들이라면 적월이 절대로 길드전에 포함시키지 않을 테니.

그리고 그들이 함부로 입을 열지 않고 뜻을 결심해 줬기에 작전이 성공했다.

사실 그들이 아니어도 승패는 변함없었겠지만 말이다.

“하하, 그랬군. 그랬어.”

적월이 웃음을 터뜨렸다. 오만가지 감정이 교차했다.

화가 났다. 어이없었다. 슬펐다. 멍했다.

지금의 현실을 받아들이고 싶지 않았다.

　그토록 조심스럽게 유혹했고 신중하게 멤버를 선택했는데
이런 결과를 얻을 줄이야.

　"그 넷이 오히려 연막탄이었어."

　루운은 부정하지 않았다.

　사람의 심리는 한곳에 신경 쓰면 다른 부분을 잘 보지 못한
다.

　그랜드에서 넘어온 네 명의 각성 유저.

　적월을 신경 쓰이게 시선을 집중시킬 최고의 미끼였다.

　"길드전은 졌군."

　적월이 주변을 둘러봤다. 자신 빼고는 다크스 길드원이 몇
보이지 않았다.

　그랜드는 아직도 300명 이상이 남아 있는데.

　도저히 손쓸 도리가 없는 상태였다.

　"하지만 아직 너와 나의 진검 승부가 남았다."

　적월이 돌아서며 말했다.

　그에게 있어 길드는 큰 관심이 없었다.

　어차피 자신은 길드 마스터의 자리를 버리고 떠나야 될 몸
이었기에 세력이 약해져도 상관이 없는 것이다.

　단지 루운에게 이기고 싶다는 목적만이 존재했는데, 끝난
것이 아니었다.

　비록 지금은 또다시 패배를 맛보고 말았지만 그 힘만 얻어
낸다면 대회에서 루운을 충분히 이길 수 있었다.

　"꼭 참가해라."

진월은 그 말을 남기며 걸음을 옮겼고, 패배를 선언했다.

길드전은 모두를 죽여도 끝나지만 길드 마스터가 직접 포기를 선택해도 됐다.

"이겼다! 이겼어!!"

쟈케가 루운을 향해 몸을 날려 끌어안았다.

우당탕!

그로 인해 루운이 넘어지자 샤네와 시아, 진상진을 비롯해 많은 유저가 그 둘을 덮쳤다.

한마디로 샌드위치를 만들었고, 일등 공신인 루운을 향한 아픔이 가득한 축하 선물이었다.

하지만 그 속에서도 루운의 표정은 밝지 않았다.

이겼지만 마음이 편치 않았다.

뉴 월드 홈페이지와 관련된 방송에서는 그랜드의 승리를 일제히 알렸다.

유저들은 흥분했으며, 이번 길드전에 대해 의견을 교환하기도 했고, 많은 이들이 그랜드의 승리를 축하했다.

더불어 아로하는 친분을 이용해 루운과 쟈케를 비롯한 주축 멤버들과 짧지만 처음으로 인터뷰를 따낼 수 있었고, 길드원 역시 술로 승리를 즐겼다.

"으하하! 오늘은 미친 듯이 먹고 마십시다! 돈은 제가 냅니다!"

큰 술집을 전세 낸 쟈케가 기쁨에 겨워 외쳤다.

뒤풀이에 참석한 유저들이 워낙 많은 탓에 현재 길드원들이 자리를 잡고 있는 술집이 한두 개가 아니었지만 획득한 전리품에 비하면 새 발의 피였다.

또한 이런 날에 다 같이 기쁨을 즐기지 않으면 언제 하겠는가?

"응? 루운은?"

자리에서 일어나 외치며 두리번거리던 쟈케가 샤네를 향해 물었다.

"아까 스윈이랑 나가던데?"

"에엥? 하여튼 그놈은!"

쟈케가 불만스러운 어투로 투덜거렸다.

오늘은 함께 꼭지가 돌 때까지 술을 마시고 싶었는데 계획이 틀어졌다.

'스윈 언니! 할 수 있어!'

그런 둘을 보며 시아는 스윈과 루운을 떠올렸다.

하은에게 양해를 구하고 일부러 먼저 보냈다.

하은이 자리하고 있으면 분명 자신의 멍청한 오빠는 스윈과 단둘이 있으려 하지 않을 테니.

그러자 하은 역시 시아의 뜻을 알아차리며 루운에게 인사를 하고 로그아웃을 했다.

그 후, 루운이 술병을 집어 들고 밖으로 나갔는데, 스윈이 뒤따라 이동했다.

하지만 시아의 기대처럼 둘의 분위기는 러브 모드가 아닌 진지했다.

"무슨 일 있어요?"

스윈의 조심스러운 질문에 루운은 술을 마시다 병을 내려놓고 고개를 저었다.

티 안 내려고 노력했는데 얼굴에 나타났나 보다.

스윈이 저토록 불안한 눈빛으로 쳐다보는 것을 보니…….

스윈을 제외하고는 아무도 알아차리지 못했지만 루운은 그 사실을 몰랐다.

"그러면 왜 혼자 마서요, 청승맞게?"

"왜 혼자야? 너랑 같이 있는데."

"그, 그거야 그렇죠."

입술을 살짝 내밀었던 스윈은 루운의 말에 언제 그랬냐는 듯 활짝 웃었고, 그 모습을 바라보던 루운은 술병에 남은 술을 모두 비운 후 자리에서 일어섰다.

"들어가시게요?"

"아니. 너무 시끄러워서 싫어."

"그러면?"

"퀘스트하러 가려고. 대회전까지 각성을 마쳐야지."

"아……."

스윈은 알겠다는 듯 고개를 끄덕이며 자리에서 일어섰다.

속에서는 자신과 조금 더 같이 있으면 안 되겠냐고 물어보라 했지만 차마 그러지 못했다.

루운을 방해하고 싶지 않았다.

“할 말 있어?”

왠지 쓸쓸해 보이는 스윈의 표정을 감지한 루운이 고개를 갸웃거리며 물었다.

그러자 다급히 손을 저으며 환하게 웃는 스윈.

그 모습에 루운은 알겠다며 퀘스트 끝나고 보자는 말과 함께 자리를 떴고, 스윈은 서글픈 웃음을 흘리며 자리에 힘없이 주저앉았다.

“내가 아닌 하은 씨가 있었다면 더 있으셨을까.”

왠지 오늘따라 달빛이 처량하게 느껴졌다.

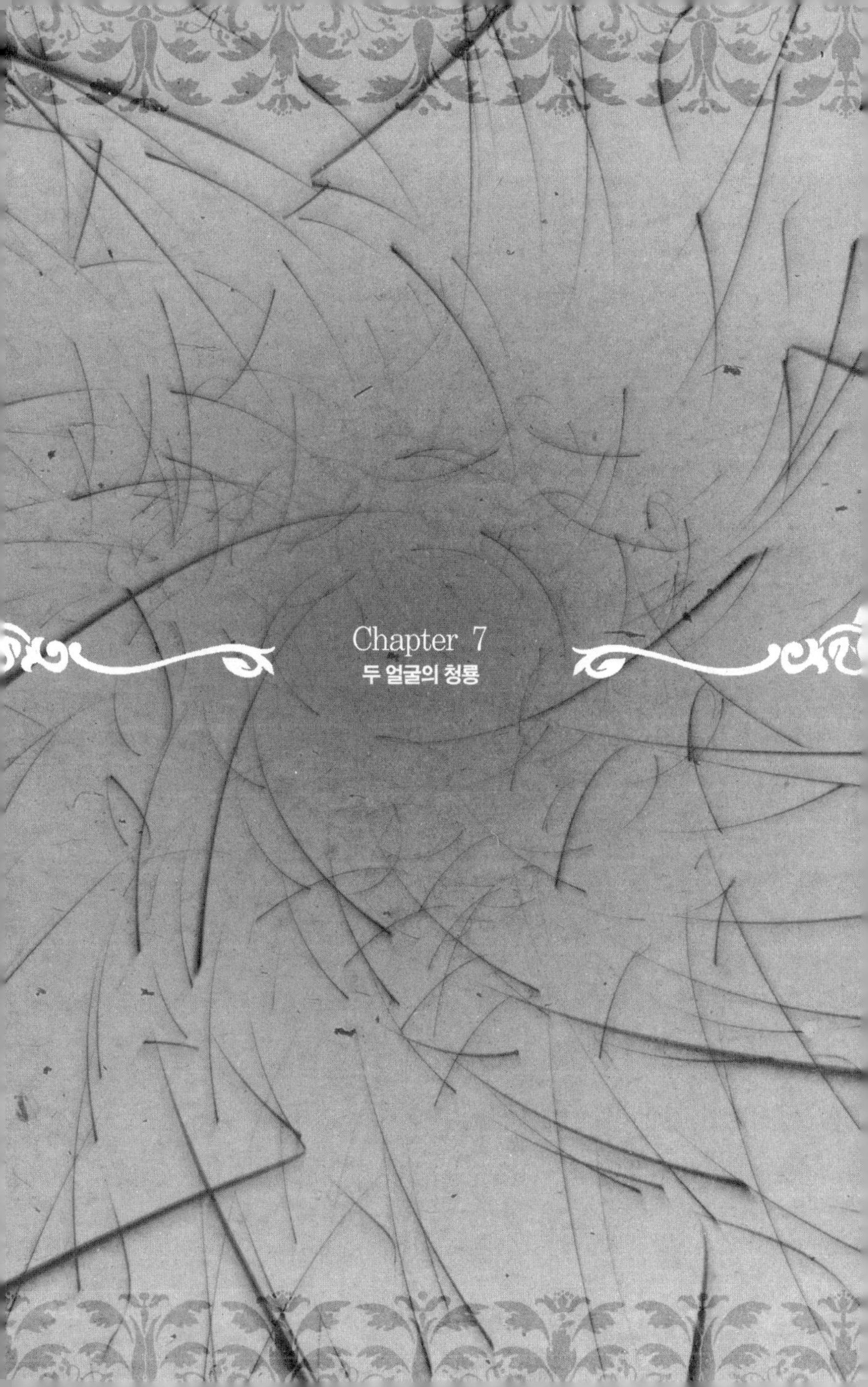
Chapter 7
두 얼굴의 청룡

NEW 뉴월드
WORLD

　이제 4일 뒤. 굳이 대회에 참가하지 않아도 되지만 루운은 그럴 수 없었다.

　대회의 상금도 탐이 났으나 그보다는 적월의 마지막 바람을 들어주고 싶었다.

　물론 그가 원하는 승리를 위해 일부러 져주겠다는 것이 아니다.

　단지 최선을 다해 힘껏 싸워주고 싶었다.

　그로인해 적월이 재차 패배를 하고 어떤 상처를 받을지라도. 적어도 둘 다 후회 없이 말이다.

　'마지막이구나.'

　루운은 퀘스트 존으로 향하는 문을 쳐다봤다. 사신수 중 이제 청룡만을 앞두고 있었다.

청룡은 흔히 모두가 알고 있는 용이었다.

사슴의 뿔과 말의 얼굴, 호랑이의 목털에 뱀의 몸통, 물고기의 비늘, 닭의 다리, 메기의 수염으로 이루어진 생김새는 신비스러운 위용을 자랑했다.

청룡은 청색의 몸을 가지고 있고 목(木)을 다스렸다.

백호가 죽은 자를 다스리는 데 비해 청룡은 생명의 탄생을 다스린다.

청룡은 동쪽을 수호하고 바람을 상징하며 봄을 관장한다.

숲이 화창한 곳이었다. 요정들의 세계에 초대받은 듯한 착각을 불러일으켰다.

높게 솟아오른 녹색의 나무들, 땅을 받침대 삼아 솟아 오른 여러 종류의 풀과 꽃.

하늘은 맑았으며 새들이 지저귀는 소리가 멜로디처럼 들렸다.

향긋한 향기와 더불어 루운은 밝은 표정으로 걸음을 옮겼다.

청룡의 영역에 들어왔음에도 아무런 정보창이 뜨지 않았다.

다만 숲 안쪽으로 길이 하나 존재했기에 그 길을 따라 움직이며 주위를 구경했다.

숨을 쉴 때마다 폐가 맑아지는 느낌을 받으며 2분 정도 걸었다.

루운은 물줄기 소리를 들을 수 있었는데, 조금 더 다가가니

폭포가 시야에 들어왔다.

자연이 만들어낸 기이한 형상의 석벽을 타고 흘러내리는 물은 태양을 받아 찬란하게 빛났으며, 바닥이 보일 만큼 맑았다.

그리고 폭포 앞쪽에 위치한 바위 위로 누군가 앉아 있었다.

푸른색의 비단으로 이뤄진 것 같은 한복 차림의 옷을 걸친 여인.

허리까지 내려오는 긴 머리카락이 바람에 흔들거렸는데, 그녀가 천천히 고개를 돌렸다.

숨이 막힐 듯한 미모였다.

주작이 도발적이고 색기가 흘렀다면 청룡은 단아하고 기품이 있었다.

그녀의 푸른색의 눈동자는 혼을 빨아들이는 것처럼 느껴진다.

"오셨군요."

"크윽!"

"왜 그러시죠?"

청룡이 말을 꺼냄과 함께 루운이 감격스러운 표정을 짓자 그녀는 의아한 듯 되물었다.

'처음으로 존댓말을 하는 사신!'

정말 별것 아닌 일에도 루운은 기쁨을 금치 못했다.

이때까지 사신수들은 전부 까칠했으며 자신을 함부로 대했다.

현무만 말을 놓음에도 잘 대해줬지만 그조차 퀘스트 때는 일부러 고생을 시키라고 소녀에게 명하지 않았던가?

주작과 백호는 말할 필요도 없었다.

하지만 청룡은 달랐다. 얼굴과 목소리도 예쁜데 저토록 감사한 성품까지.

물론 말투만 그렇고 성격은 괴팍할 수도 있겠지만 루운은 절대 그럴 일 없다고 믿었다.

아니, 믿고 싶었다. 마지막 각성의 퀘스트! 이번에는 제발 편히 가고 싶다!

"아, 아닙니다. 너무 예뻐서 그만."

"후후, 고마워요."

루운이 변명하자 청룡은 따스한 웃음을 지었다.

웃는 모습도 천사라고 생각하며 루운은 그녀에게 다가갔다.

"이곳까지 오시느라 힘드셨죠?"

길을 얘기하는 것이 아닌 듯했다.

아마 현무, 주작, 백호에게 고생하지 않았냐는 의미.

루운은 진실로 고개를 끄덕이고 싶었지만 애써 부정했다.

"다들 잘해주셔서 편히 왔습니다."

"그런가요? 그럴 리가 없는데……."

청룡이 놀랍다는 표정을 지었다.

그들의 성격을 잘 알고 있는 그녀였기에 믿기지가 않았다.

'내기에서 지셨다고 했는데… 좋은 분이라 다행이다.'

걱정을 많이 했었다. 내기에서 진 백호가 자신을 얼마나 두들겨 팼었나.

물론 정령들의 힘을 상승시켜 주는 보너스도 줬지만 그래도 심하게 아팠다.

그래서 청룡도 그런 타입이라 자신을 폭행하면 어쩌지, 퀘스트를 일부러 빨리 안 끝내주면 어찌할지 등등의 고민에 사로잡혀 있었다.

하나 직접 만나보니 괜한 기우였다.

"많은 대화를 나누고 싶지만 빨리 수련을 끝내고 싶으시겠죠?"

청룡이 단아한 자태로 자리에서 일어서며 묻자 루운은 고개를 끄덕였다. 만약 괜찮다고 했다가 퀘스트 기간이 길어진다면 큰일이었다.

"알겠습니다. 그러면 바로 시작하도록 해요."

청룡이 온화한 표정으로 루운을 향해 말하며 손을 잡았다.

그러다 마지막으로 다시 질문했다.

"정말 편히 오셨나요?"

"네, 그렇습니다!"

서로 사이가 어떤지는 루운이 잘 모른다.

다만 오랜 시간 함께한 가족과 같은 관계일 테니 최대한 험담을 피하고 칭찬만 남발하는 작전.

그런 루운의 수법이 적중했는지 청룡은 환하게 웃으며 말문을 열었다.

"그러면 제가 고생이 뭔지 가르쳐 드려야겠네요."

“…….”

그녀의 구타는 화려했다.

적월은 경계를 잊지 않으며 천천히 걸음을 옮겼다.

어둠이 자욱하게 내린 동굴 안은 고요했고, 침묵이 지배했다.

'마지막이다.'

적월은 주먹을 불끈 쥐었다.

일주일 전 어떤 퀘스트를 완료하자 발생한 블러드 소드의 비밀 퀘스트.

만약 대회전까지 퀘스트를 완료 못하거나 실패한다면 자신에게는 다신 기회가 찾아오지 않을 것이다.

루운을 넘어설 수 있는 기회 말이다.

화르르륵!

동굴 안을 얼마나 헤맸을까? 갑작스럽게 불빛이 숫구치면서 동굴 전체가 환하게 밝혀졌다.

하지만 그 무엇도 나타나지 않았으며, 어떤 기척도 감지할 수 없었다.

아무런 이유도 없이 지금의 현상이 벌어지지는 않을 텐데…….

적월은 검을 쥔 손에 힘을 주었다.

분명 무엇인가가 벌어질 것이다.

그런 적월의 예상은 적중했다. 몇 걸음 앞으로 전진했을 때였다.

땅속에서 무엇인가가 솟구쳤다.

키이익!

붉은 돼지 머리에 황금의 봉을 지고 있는 요괴가 귀가 아픈 소리를 내며 달려들었다.

콰지지직!

요괴의 봉과 적월의 검이 부딪쳤다.

적월은 이를 꽉 깨물었다. 요괴의 힘이 대단한 탓이다.

주르륵!

결국 힘을 이기지 못하고 뒤로 밀려나자 다급히 검을 비틀며 옆으로 굴렀다.

그로인해 요괴는 중심을 잃은 채 벽에 굉음과 함께 부딪쳤지만 적월은 방심하지 않으며 밀어붙였다.

대단한 보상이 있는 퀘스트였다.

그러니 나타나는 적들도 만만한 상대가 아닐 터.

적월의 검이 핏빛으로 물들었다. 피의 침이 요괴에게 피할 공간을 주지 않으며 덮쳤다.

케에엑!

요괴는 위급함을 느꼈는지 괴성을 지르며 주먹으로 땅을 내려쳤다.

트트특!

지면이 솟구쳐 올라 피의 침을 방어했다.

“크으윽!”

동시에 요괴는 쉴 틈 없이 밀어붙였다.

적월은 자신보다 두 배는 크고 두꺼워 보이는 요괴의 몸이 부딪치자 커다란 충격을 느끼며 벽에 박혀 버렸다.

덩치에 맞지 않게 대단한 순간 스피드였다.

놀라운 수준의 데미지가 들어왔다. 만약 황급히 피의 실드를 형성하지 않았더라면 위험했다.

“쉽게는 이길 수 없는 놈이군.”

적월의 말에 요괴는 어깨를 쫙 펴더니 킬킬거리며 웃었다.

말은 못해도 이해하는 것 같다.

“기쁨도 여기까지다.”

적월은 그 말과 함께 빠르게 움직였다.

타타탁!

적월의 발소리가 동굴 내부에 울려 퍼졌다.

요괴는 적월의 강력한 기세에도 불구하고 여전히 여유로운 미소를 머금고 있었다.

사아아악!

요괴의 옆으로 접근한 적월이 상체를 숙이며 검을 휘둘렀다.

날카롭게 빛나는 검은 정확히 요괴의 옆구리를 노렸는데, 요괴는 미처 피하지 못하고 적월의 검을 몸으로 막았다.

물커엉! 적월의 표정이 굳어졌다.

베어지는 소리가 들려야 하는데 전혀 예상치 못한 음이 귀에 전달되었다.

더불어 검을 통해 느껴지는 감촉 역시 베어짐과는 전혀 달랐다.

'뭐, 뭐냐, 저놈.'

적월은 한 걸음 물러서며 요괴를 쳐다봤다.

검이 배의 지방에 막히다니? 참으로 어처구니가 없었다.

하나 당혹함도 잠시, 적월은 숨을 길게 내쉬더니 냉정을 되찾았다.

그리고 검을 양손으로 잡은 채 머리 위로 올렸다.

베는 것이 효과가 없다면 한 번에 가루로 만들 결심과 함께.

곧 적월의 검에서 폭발하는 듯한 붉은 빛이 터져 나왔다.

"으아아아악!!"

동화에서나 나올 법한 환상적으로 아름다운 숲.

그 고요한 숲 속에서 루운의 비명이 울려 퍼졌다.

얼마나 많이 소리를 질렀는지 루운은 목이 쉬어서 소리가 갈라졌다.

쉐에에엑! 슈우우웃!

'이중인격자!'

루운은 자신을 노리며 달려드는 반월형의 바람을 보며 속으로 청룡을 욕했다.

그토록 다정하고 여신의 자애를 가지고 있던 그녀가 악마였을 줄이야!

청룡은 잔인했다. 청룡에게 자비란 없었다.

백호도 밥 먹을 시간은 줬는데 그녀는 하루 내내 쉬지 않고 두들겨 팼다.

패다가 지쳐 배가 고플 때는 분신을 만들어냈다.

그러면 청룡은 휴식을 취하며 배를 채웠고, 분신이 열심히 때렸다.

24시간 연중무휴의 편의점도 아니면서.

더욱 치가 떨리는 점은 구타는 시작일 뿐이라는 것이었다.

하루 종일 맞고 나서 그녀에게 치료를 받은 뒤 끌려간 곳은 언덕이었다.

위험을 느낄 정도의 경사가 진 언덕에서 청룡은 웃는 얼굴로 무엇인가를 내밀었다.

작은 돌이었다. 구슬 정도의 크기, 가벼웠다.

하지만 청룡의 명에 따라 등에 붙이는 순간 변화가 발생했다.

몸이 휘청거릴 정도의 크기와 무게.

루운은 설마하는 표정으로 청룡을 바라봤다.

그 눈빛은 너무나 간절했으며 살고 싶어하는 진심이 가득 담겨 있었다.

그러나 청룡은 냉정하게 눈빛을 씹었고, 루운을 밀쳐 버렸다.

데구르르르! 컥! 캑!

처음에는 중심도 잡지 못하며 구르고 또 굴렀다.

청룡의 주술로 인해 고통은 고통대로 느끼고 수없이 바위에 깔려도 죽지는 않았다.

한마디로 악질 중의 악질!

그렇게 구르는 시간이 반복되자 이제는 겨우 무게를 유지하며 뛸 수 있었는데, 그와 함께 새로운 시련이 닥쳤다.

절대 편함을 주지 않겠다는 듯 이제는 칼날 같은 바람을 발출한 것이다.

달렸다. 이를 악물고 뛰었다. 죽지는 않겠지만 분명 대단한 통증을 안겨줄 테니.

그렇지만 바람의 속도는 루운보다 빨랐고, 결국 루운은 울부짖었다.

피는 나오지 않았다, 분명 베였는데도.

생명도 여전히 줄어들지 않았다, 베인 느낌이 확실히 전해지는데.

'호운, 철후, 샤이린, 샤스라님!!'

루운은 뛰면서 그리운 NPC들을 불렀다.

청룡에 비하면 그들은 천사였으며, 자비로웠다.

"얼른 뛰지 않으면 또 맞아요?"

"이익!"

균형을 유지하면서도 최대한의 속도로 달리던 루운은 갑자기 옆에 나타난 청룡으로 인해 생각에서 벗어났다.

여전히 눈이 호강하는 얼굴이다. 그러나 이제는 요괴보다 더 징그럽게 느껴졌다.

"알거든요!"

숨을 헐떡거리면서도 대꾸하는 루운.

그녀는 자신의 말에 대답을 안 하면 무시한다고 느꼈다.

그래서 어떤 상황에서도 답변을 해줘야 했다. 안 하면 맞으니까.

'이제 그놈들의 영역이군.'

언덕 아래에 도착한 루운은 이전 경험을 떠올리며 이를 악물었다.

처음 겪었을 때 얼마나 끔찍했던가? 정말 다시는 상상도 하기 싫은 공격이었다.

하나 도망칠 수도 없다. 그럴 경우, 허공에 떠서 자신을 따라오는 청룡이 가만있지 않을 테니까.

어디에서도 청룡의 감시를 벗어날 수 없다.

스멀스멀! 촤르르르륵!

'젠장! 온다!'

여전히 돌을 붙인 채 뛰는 루운은 비장한 표정이 되었다.

눈앞에 한 가득 깔린 초록색의 식물이 줄기를 내뻗었다. 줄기는 강렬한 기세로 파고들더니 온몸을 간질였다.

어떤 줄기는 콧구멍을 찌르는 짓도 서슴지 않았으며 치사하게 코에 넣었던 것을 입 안에 쑤시기도 했다.

그것뿐만이 아니다. 항문까지 공략하는 치밀한 센스!

루운의 얼굴이 붉게 달아올랐다.

간지럽다. 미칠 것 같다. 온몸을 박박 긁고 싶다.

하지만 인내심을 버리고 손을 댔다가는 청룡이 또 때렸다.

참으란다. 힘을 얻는 일은 쉽지 않단다. 도대체 간지럼과 힘이 무슨 연관이 있다는 것인지…….

자기가 솔선수범이라도 해보든가!

"으읍! 크으흡!"

웃음을 심하게 참다 보니 마치 우는 것 같은 루운.

눈물이 맺혀 있었으며 콧물까지 흘러 입술을 적셨다.

그러나 루운은 닦지 않고 달렸다. 그럴 시간도 아까웠다.

얼른 이 인내의 수련이라 이름 붙은 식물들을 벗어나는 것만이 중요했다.

"드디어!!"

루운은 바닥에 주저앉았다.

언제나 식물들에서 처음으로 되돌아가는 과정이 반복됐다.

지금까지는 식물들의 섬세한 줄기로 인해 한 번도 웃음과 비명을 참지 못했다.

그때마다 힘겹게 언덕을 넘어도 처음부터 다시 시작해야 했는데 드디어 식물들마저 넘어섰다!

루운은 자신이 너무나 대견스러워 뒤늦게 열심히 긁어줬다.

"역시 대단하군요. 괜히 저한테까지 온 것이 아니었어요."

루운의 곁에 내려온 청룡이 진심으로 축하를 건넸다.

그러다 무엇인가가 떠오른 표정으로 재차 말했다.

"아… 그런데 인내의 수련은 끝나지 않았어요."

"무슨……?"

루운의 두 눈동자가 급격하게 흔들렸다.

저 여자가 무슨 말을 할지 벌써부터 겁이 났다. 그리고 볼 수 있었다.

순식간에 자신한테 꿀을 바른 청룡과 날아오는 수많은 벌을.

"아아아아……."

아름다운 노래가 들렸다.

귀를 유혹하는 그 목소리에는 신비함이 느껴졌다.

요괴를 해치운 적월은 자연스럽게 소리가 나는 방향으로 걸어갔다.

소녀가 있었다. 은발을 허리까지 길게 기른 채 동굴 안에 자연적으로 만들어진 듯한 작은 호수에 발을 담그고 있었다.

적월은 한참이나 침묵한 채 두 눈을 감고 있는 소녀를 쳐다봤다.

소녀는 자신이 온 것을 알아차리지 못했는지 시선을 돌리지 않은 채 변함없이 노래를 부르고 있었다.

슬펐다. 기뻤다. 눈물이 날 것 같았다. 행복했다.

왠지 방해하면 안 될 법한 노래를 계속 듣던 적월은 짧은 순간에 여러 감정의 변화를 느꼈다.

적월은 고개를 세차게 저었다.

지금 자신의 상태는 절대 자연스럽지 못했다.

분명 소녀의 노래가 영향을 주는 것이다.

"너는 누구지?"

적월이 소녀에게 다가가면서 말을 꺼냈다.

그때서야 소녀는 노래를 멈춘 채 뒤를 돌아봤다.

'장님?'

소녀는 여전히 두 눈을 뜨지 않고 있었다.

다만 보이지 않음에도 얼굴은 적월을 정확하게 향했다.

특별한 능력이 있든가, 아니면 눈이 없어 귀가 발달한 것일 수도 있었다.

"누구시죠?"

소녀의 반문에 적월은 뭐라고 대답해야 할지 잠시 망설였다.

현재 소녀가 적인지 아니면 퀘스트의 도움이 되는 존재인지 알 수 없었다.

그래서 선공을 하지 않은 채 정체를 파악하려는 중인데, 갑작스러운 질문이었다.

"나는 적월이다. 너는 누구지?"

결국 적월은 가볍게 이름만을 말한 뒤 재차 물었다.

그러자 소녀는 자신이 원하는 답이 아닌 듯 불만스러운 표정으로 어깨를 으쓱했지만 곧 적월이 바라는 답을 했다.

"샤이니라고 해요."

"샤이니라……. 여기에는 왜 있지?"

"네? 저는 여기가 어디인지도 모르는 걸요?"

적월은 턱을 매만졌다. 맞는 말이었다.

태어날 때부터 이곳에 있었다면 알 수 없을 것이다.

하지만 그래서 이상했다. 굶고 살 수는 없었다.

그러면 분명 누군가 음식을 챙겨줄 것이고, 샤이니는 그 존재와 많은 대화를 나눴을 확률이 높다.

아무런 이유 없이 납치되어 감금당했거나, 이곳에서 태어났지만 음식을 먹지 않아도 살 수 있다면 말이다.

적월은 칼끝을 샤이니에게로 향했다. 의심이 확신으로 돌변했기 때문이다.

이곳에는 아까 자신과 맞닥뜨린 요괴도 있었으며, 쓰러뜨려야 할 정체 모를 이도 존재했다.

한데 그녀는 살아 있으며 노래까지 불렀다.

즉, 자신의 적과 한패이거나 당사자라는 뜻이다.

물론 그들이 목적을 가진 채 데리고 있는 것일 수도 있으나 정황상 그럴 확률은 미약했다.

더불어 정신이 혼미해지던 노래까지.

그 순간 샤이니가 방긋 웃으며 말했다.

"장난은 여기까지."

"또 인내의 테스트입니까?"

"어머, 잘 아시네요."

루운은 활짝 웃는 청룡을 쥐어박고 싶었다.

이곳에 와서 이틀 내내 한 일은 두들겨 맞고 고문당하는 것밖에 없었다.

그리고 3일째인 오늘, 청룡이 나무의 수정에 관해 얘기를 꺼냈는데 왠지 심상치 않았다.

겉으로 보기에도 온갖 위험 요소가 가득한, 인위적으로 만들어진 숲.

그 숲의 끝에 수정이 있으니 가지라 했다.

그래서 혹시나 하고 물었더니 역시나였다.

'이제 하루밖에 없는데……'

루운은 숲을 쳐다보며 길게 한숨을 내쉬었다.

고통은 익숙했기에 참을 수 있었다. 하나 시간이 부족했다.

내일부터 대회가 시작된다.

며칠 동안 이뤄질 대회는 대륙 100개의 경기장에서 한 번에 치러진다. 유저가 워낙 많은 탓이다.

그리고 레벨에 따라 분류된다.

견습 급은 견습 급, 카오스는 카오스 급, 각성 유저는 각성 유저끼리.

각성 유저들도 급은 카오스였지만, 같은 레벨 200이라 할지라도 각성 유무에 따라 실력의 차이가 컸기에 나눠졌다.

그로인해 그 수가 많지 않은 각성 급은 3일 만에 우승자가 결정된다.

'하루 안에 끝내야 할 텐데……'

시합의 시작은 저녁부터였다.

오늘 자정까지는 퀘스트를 끝내야 여유를 가질 수 있고, 최소 내일 오전에 마쳐야 잠을 자며 휴식을 취할 수가 있다.

약을 먹으면 졸음은 크게 상관이 없겠지만 현실의 컨디션이 좋으면 득이 되면 됐지 실은 없었다.

아름다운 음이 흘렀다. 루운이 진월을 소환해 연주를 시작한 것이다.

그 음에 청룡조차 두 눈을 감고 음미했지만 루운은 버프가 끝나자 다급히 연주를 멈춰 버렸다.

청룡이 좋아하는 일은 하고 싶지 않다.

이제 가져오면 된다고 했으니 어차피 퀘스트도 마지막이다.

그와 함께 루운은 초월과 돌진을 사용해 빠르게 달렸다.

연주를 끊은 이유를 알아차렸을 청룡한테 맞기 싫으니.

"오는구나!"

첫 번째로 모습을 드러낸 방해꾼은 나무들이었다.

눈과 입, 팔이 달린 나무는 날카로운 이빨을 들이대며 성큼성큼 다가왔다.

"히익!"

나무의 거대한 팔이 허공에서 내려쳐졌다. 열 개의 나무는 모두 수백 년을 산 듯 크기가 대단했다. 만약 저기에 맞는다면 몸이 무사하지 못할 것이다.

아니다. 청룡이라면 또 고통만 느끼게 할지도 몰랐다.

'일단 부딪쳐 봐야겠군.'

루운은 재차 자신을 노리며 파고드는 팔을 확인하고도 움직이지 않았다.

퍼어억!

루운의 신형이 뒤로 나가떨어졌다.

루운은 통증으로 인해 배를 잡고 일어났지만 입은 웃고 있었다.

예상대로 생명에 변화가 없었다. 고통만 전해진다는 뜻이었다. 그러면 굳이 조심히 싸울 필요가 없다.

이리저리 도망치며 기회를 노리고 공격해도 이기는 것은 같았다.

하나 맞으면서도 무조건 두들겨 패는 것과 시간에서 차이가 났다.

현재 자신에게 가장 중요한 것은 퀘스트를 언제 끝내느냐는 것이지 얼마나 아프냐가 아니었다.

"캐애액! 쿠어억!"

루운의 비명이 끊이질 않았다.

나무들이 팬다. 다 맞았다. 그러면서 자신 역시 검으로 난도질을 했다.

서로 문 상태에서 누가 먼저 포기하느냐의 싸움!

그 승리는 루운의 것이었다. 당연했다. 루운은 아플 뿐이지 죽지는 않았으니.

하지만 나무들은 공격을 계속 당하자 흐릿하게 변했고, 이내 사라졌다.

"이 죽일 놈의 퀘스트!"

루운은 다시 앞으로 전진하면서 소리를 질렀다.

두려웠다. 시작부터 이렇게 두들겨 패는데 앞으로는 또 얼마나 남아 있을까?

"넘어야 하나?"

나무들에 이어 식물들의 간지럼까지 이겨낸 루운은 눈앞에 펼쳐진 강을 확인했다.

길은 여기 하나뿐이며 강 너머로 이어져 있다.

한데 뛰어서 넘기에는 거리가 멀었고, 헤엄을 치자니 강 안에 무엇이 있을지 불안했다.

"라지! 아지!"

결국 루운은 합체와 함께 날아서 넘기로 결정했다.

"에에?"

루운의 표정이 당혹으로 물들었다. 라지와 아지가 나타나지 않았다.

'여기서는 소환이 안 되나 보구나.'

루운은 청룡의 치밀함에 치를 떨었다. 그러다 좋은 아이디어가 떠올라 진월을 소환했다.

다행스럽게도 진월은 들어와서도 나타났는데 연주를 하자 정령들이 모습을 나타냈다.

첨벙첨벙!

루운의 명대로 강 안으로 들어가는 정령들.

루운은 유심히 그들을 지켜봤다. 만약 무엇인가가 안에 있다면 정령들을 공격하겠지.

한데 시간이 지나도 그 무엇도 나타나지 않았고, 정령들은 유유히 강 건너편으로 건너가 손짓했다.

'이상하네?'

하늘을 날지도 못하게 했다. 그러면서 강에 들어가게 만들었다.

분명 청룡이 무슨 함정을 만들어놨다고 생각할 수밖에 없었다.

결국 루운은 뒤로 몇 걸음이나 물러섰다.

고민해 봤자 답이 나오지 않는다. 부딪치는 것만이 현재 할 수 있는 유일한 일.

뒤로 거리를 벌린 이유는 만약을 대비해 최대한 멀리 뛰어 짧은 시간에 강을 건너려는 것이었다.

"마나의 파편!"

루운의 검에서 마나가 발출되었다.

퍼퍼펑!

마나는 강에 닿자마자 흩어지며 연쇄 폭발을 일으켰고, 그럼에도 아무런 적이 나타나지 않자 루운은 움직였다.

타타타탁! 풀쩍! 풍더엉!

루운의 신형은 강 절반이나 지나서 추락했다.

"푸아!"

밑바닥까지 내려갔던 루운은 강 위로 얼굴을 내밀며 안도했다.

빠졌을 때 아래를 살펴봤는데 그 어떤 것도 존재하지 않았다.

더불어 물 역시 아무런 문제가 없었다.

촤아악!

루운은 시간을 생각하며 허겁지겁 헤엄쳤다.

이번 퀘스트는 앞으로 얼마나 남았는지 알 수 없었기에 뭐든지 최대한 빠르게 움직이려는 판단.

"으응?"

그때 루운은 이상한 느낌에 고개를 돌렸다.

무엇인가가 다가오는 듯한 기분이다. 그런데 아무것도 보이지 않았다.

'잘못 느꼈나?'

너무 긴장해서 착각할 수도 있었다.

그러나 재차 같은 기분이 들자 루운의 얼굴이 굳었다.

'혹시……'

아직 강을 건너기에는 거리가 어느 정도 남아 있어서 당장 벗어날 수 없었다.

그렇기에 무엇인가가 나타났다면 확인을 하려고 루운은 물속에 잠수했다.

그와 함께 볼 수 있었다.

엄청난 물고기 떼가 물속에서 자신을 향해 헤엄쳐오고 있었다.

조금 더 거리가 좁혀지자 뱀장어의 형태를 하고 있다는 점을 깨달았다.

'피, 피해야 한다!'

무시무시한 기세로 지척까지 접근한 뱀장어들!

루운은 황급히 물 밖으로 머리를 내밀고 헤엄쳤다.

하나 뱀장어의 속도가 더 빨랐고, 뱀장어들은 루운을 중심으로 원을 만들었다.

그리고 온몸에서 강력한 전기를 발출했다.

루운의 비명은 한참 동안 끊이질 않았다.

번쩍! 샤이니가 두 눈을 떴다.

머리카락과 같은 은색의 눈동자는 반투명했으며 모든 것을 관통하는 듯했다.

"나를 찾으러 온 듯한데… 어떻게 죽여줄까? 흐음."

샤이니가 손가락으로 입술을 매만졌다.

외형만 보면 참으로 귀엽고 예뻤지만 적월은 긴장으로 인해 침을 꿀꺽 삼켰다.

눈을 뜬 샤이니의 전신에서 소름 끼치는 기운이 새어 나왔다.

'마지막이다.'

적월은 느낄 수 있었다. 자신의 찾던 그 존재가 샤이니라는 사실을.

"아저씨, 우리 재미있는 놀이 할까?"

분위기와 말투가 바뀐 샤이니가 고민하더니 환하게 웃으며 말했다.

그리고 양손을 붙잡고 주문을 외우기 시작했는데, 적월은 위기감을 느끼며 검을 휘둘렀다.

본능이 경고했다. 막아야 한다고.

퍼퍼퍼펑!

적월의 검에서 둥근 핏빛 기운이 발출되었다.

그 스킬은 정확히 샤이니의 몸에 닿았고, 연속적으로 폭발을 일으켰다.

먼지가 사방을 가득 채웠다. 적월은 멈추지 않고 다음 스킬을 준비했다.

지금의 공격으로는 절대 죽지 않았을 테다.

"아저씨, 너무하잖아!"

적월은 등 뒤에서 한기를 느꼈다. 언제 자신의 뒤로 온 것일까?

이를 악물며 신형을 돌리는 적월. 그곳에는 샤이니가 입술을 삐죽 내민 채 노려보고 있었는데, 검이 그녀의 목에 닿기 전 적월을 봤다.

샤이니의 펼쳐진 손바닥에 나타난 괴기한 문양을.

"커어억!"

적월은 알 수 없는 통증에 뒤로 물러났다.

맥박이 빨라졌다. 호흡이 가빠왔다. 온몸의 피가 역류하는 기분이다.

스스스스.

적월은 깜짝 놀랐다.

샤이니의 몸이 점점 커졌다. 잠시 후에는 그녀의 손가락 하나가 자신의 전신을 덮을 정도였다.

“헤헤, 내 마법 실력이 어때? 뭐, 나는 마녀라서 마법사들과 근본
적으로 다른 마법을 발휘하지만.”

‘마녀……’

적월은 입술을 잘근 깨물었다.

이런 적은 처음이기에 어떻게 대처해야 할지 애매했다.

그러다 문득 이상한 점을 느꼈다. 샤이니뿐만 아니라 주변
에 있는 돌덩이들도 자신보다 컸다.

‘내가 작아진 것인가?’

그때서야 상황을 정확히 파악한 적월.

“아저씨, 이제 즐겁게 해줘!”

샤이니가 발을 번쩍 들자 적월의 주변은 어둠으로 가득 찼
다.

쿠우우웅!

그냥 작은 소녀의 발이 땅에 닿은 것인데 적월은 진동을 느
꼈다.

저 발에 밟힌다면 목숨을 부지할 수 없을 것이다.

“재빠르네. 히히.”

샤이니는 기뻐하며 지금의 상황을 즐겼다.

마치 아무것도 모르는 어린아이가 동물을 죽이면서도 좋아
하듯 말이다.

차이가 있다면 샤이니는 알면서 그런다는 점이다.

피의 바람이 형성되었다. 피의 검도 허공에 소환됐다.

그러나 적월의 표정은 밝지 않았다. 위력은 그대로이지만

육체처럼 스킬마저 크기가 줄어들었다.

적중한다 할지라도 범위가 너무나 좁았다.

'치명상을 노려야 한다.'

방법은 하나였다. 작아진 자신의 스킬로도 한 번에 죽일 수 있는 공격.

심장과 목이 가장 유력했는데 베어지는 것이 아닌 정확히 관통해야 했다.

기능 자체를 하지 못하도록.

적월의 입장에서 어마어마한 크기의 불꽃들이 떨어졌다.

적월은 다급히 거리를 벌리고 피하며 그녀가 더욱 방심하기를 기다렸다.

"어머? 도망밖에 못 쳐? 공격 좀 해봐! 아니면 얘들이랑 놀게 한다?"

'작아지니 모든 게 괴물처럼 보이는군.'

적월은 쓴웃음을 흘렸다. 샤이니는 벌레들을 소환했다.

그냥 작은 바퀴벌레부터 시작해 10여 마리였다.

그런데 적월한테는 모두 자신보다 큰 거대한 괴물들이었다.

스스스슥!

바퀴벌레가 빠르게 달려들었다.

적월은 스킬을 시전하며 허공으로 솟구쳤다.

바퀴벌레의 등이 보였다.

크다. 하나 샤이니에 비하면 훨씬 작았고, 스킬의 데미지도 크게 들어갈 것이라 믿었다.

콰지지직!

바퀴벌레의 등에 칼이 꽂혔다.

그 후 적월이 칼을 뽑아내자 피가 회오리처럼 솟구치며 바퀴벌레의 신형이 말라 버렸다. 오래된 미이라처럼.

"어머, 우리 벌레 한 마리가 죽었네. 하지만 아직 많아. 빨리 처리해."

그 광경을 지켜보던 샤이니가 손뼉을 치며 말하자, 적월은 인상을 찌푸렸다.

그녀의 말처럼 벌레들은 아직 많이 남아 있었다.

저들을 하나하나 모두 쓰러뜨리면 자신의 마나는 고갈된다.

샤이니는 얼마든지 벌레를 계속 소환하거나 다른 마법을 쓸 수 있지만 말이다.

그러니 눈앞에 위기가 급하다고 벌레들과 계속 싸운다면 결과는 죽음이다.

'무시하자.'

적월은 결심과 함께 샤이니를 목표로 삼고 움직였다.

지네와 모기 등 여러 벌레들이 그 뒤를 무섭게 쫓았지만 적월은 신경 쓰지 않았다.

살아야 했다. 퀘스트를 완수해야 한다.

타타탁!

적월의 신형이 샤이니의 몸을 밟고 올라가기 시작했다.

샤이니는 그런 적월을 귀엽게 쳐다보다가 번개를 내리쳤다.

"크아악!"

적월의 입에서 비명이 터져 나왔다.

자신의 몸보다 몇 배는 큰 벼락을 정통으로 맞았다.

정신이 혼미했다. 의식이 사라져 가는 것 같다.

하나 적월은 피가 날 정도로 입술을 깨물며 자신을 붙잡았다.

그와 함께 떨어질 것이라는 샤이니의 예상을 벗어나 어깨 위로 숏구쳤고, 검을 양손으로 잡고 머리 위로 들어 올렸다.

현재의 마나면 지금의 기술을 두 번 발휘할 수 있었다.

그 첫 번째 타격 지점은 눈이었다.

만신창이가 된 루운은 저녁이 되어서야 목표 지점에 도착할 수 있었다.

'내 언젠가 사신수를 삼신수로 만들어버리겠다.'

삼 일 동안 만신창이가 된 루운의 무서운 결심.

청룡만 생각하며 피곤한 것도 사라졌다. 얼른 강해져서 밟아버리고 싶다.

"그래도 지금 끝나서 다행이군."

루운은 나무의 수정을 보며 만족스러운 미소를 지었다.

나무의 수정은 푸른빛을 내며 허공에 둥둥 떠 있었는데, 지금까지의 경험으로 봤을 때 이제 손에 쥐면 끝이었다.

백호 때에 변수가 생기기는 했지만, 그때와는 사정이 달랐다.

백호는 3단계 퀘스트 중 수정이 그 3번째였고, 청룡은 이 숲의 끝에 도착하면 수정을 가지라 했다.

'자, 드디어 각성이다.'

각성을 할 때 유저는 전직처럼 한 단계 성장한다.

루운은 기대를 감추지 않으며 수정에 손을 뻗었다.

그러자 수정에서 눈이 부신 푸른빛이 발출됐다.

"크으윽."

밝기가 너무나 셌다. 결국 루운은 두 눈을 감은 채 뒤로 몇 걸음 물러섰다.

몇 초가 흘렀다. 빛이 사라진 듯하자 루운은 두 눈을 떴고 망연자실한 표정으로 수정이 있던 곳을 쳐다봤다.

용이 나타났다. 특이하게도 용의 머리만 존재했는데, 푸른 청룡은 입을 벌린 채 들어오기를 기다리고 있었다.

루운은 주변을 둘러봤다. 수정이 사라졌다.

"아아악! 청룡!!"

결국 또 다른 퀘스트가 있다는 사실을 파악한 루운은 머리카락을 쥐어뜯었다.

용의 입 안쪽에 나무의 수정이 걸려 있었다.

정말 원하지 않지만 결국 수정을 얻기 위해서는 들어가야 한다는 뜻이었다.

결국 루운은 용의 입을 향해 힘겨운 발걸음을 뗐다.

'찝찝하군.'

용의 입 안은 대단히 미끄럽고 심한 악취를 풍겼다.

루운은 힘겹게 중심을 잡으며 수정을 향해 손을 뻗었다.

목구멍에 아슬아슬하게 걸려 있는 수정에 손끝이 닿을 때,
루운은 어둠을 느꼈다.

'컥! 뭐야!'

용의 입이 천천히 닫히고 있었다.

루운은 서둘러 수정에 재차 손을 내밀었다. 그리고 비명을
질렀다.

실수로 툭! 쳐버린 것. 한마디로 목구멍으로 사라졌다.

'일단 나가자.'

용은 머리만 존재했다. 그러면 밖으로 떨어졌을 확률도 있
었다.

더군다나 용의 입이 닫히면 나가는 방법을 알지 못했다.

밖으로 떨어진다는 사실은 단순히 자신의 추측.

만약 잘못되면 용 아가리에 갇혀 대회에 참가하지 못하게
된다.

루운은 필사적으로 몸을 날렸다. 하지만 용의 입이 더 빨랐
다.

"……."

루운은 멍하니 주변을 둘러봤다. 그 무엇도 보이지 않았다.
짙은 어둠.

'막다른 길이군.'

어둠이 시야에 익숙해질 즈음 루운은 길게 숨을 내쉬며 미
끄러운 혓바닥을 타고 목구멍을 향해 걸었다.

다른 좋은 아이디어가 떠오르지 않았다.

유일한 통로. 그 무엇이 기다리고 있을지는 모르겠지만 부딪쳐 보는 수밖에 없다.

곧 루운은 목구멍을 향해 뛰었다.

그 시각 적월은 미친 듯이 웃고 있었다.

드디어 해냈다. 새로운 힘을 얻게 되었다.

'위험했어.'

적월은 자리에서 일어섰다. 힘든 퀘스트였다. 실패할 확률이 높다고 스스로도 생각했다.

그러나 다행스럽게도 하늘은 자신의 편이었다.

샤이니는 오른쪽 눈이 폭발하자 이성을 잃었다.

화가 난 그녀는 빈틈이 많아졌으며, 자신에게는 기회였다.

그때를 놓치지 않고 심장에 마지막 한 빙을 날렸다.

스킬은 그녀의 가슴을 관통했는데, 범위는 좁았지만 심장에 구멍이 생기면서 그녀는 죽음을 맞이했다.

제아무리 마녀라 할지라도 불사신은 아니었다.

'루운… 나는 이제 완벽해졌다.'

적월은 루운을 떠올렸다. 루운이 각성을 했는지 안 했는지 장담할 수 없었다.

실력으로만 봐서는 후자일 확률이 높지만 적월은 부정했다.

최강의 직업 마에스트로. 고생한 만큼 쌓인 스텟들과 합체 능력!

적월은 루운이 아직 각성도 하지 않은 상태에서 그 정도의 힘을 발휘한다고 추측했다.

하지만 어떤 쪽이든 상관없었다. 만약 대회 날, 루운이 더 강해져서 돌아온다 하더라도 자신있었다.

이제는 루운이라 할지라도 다시는 자신을 이길 수 없으리라.

'내일이 기대되는군.'

적월의 신형이 퀘스트 존에서 모습을 감췄다.

"에에?"

루운은 황당한 표정으로 눈앞에 나타난 청룡을 쳐다봤다.

분명 또 다른 고난이 존재하리라 의심치 않았다.

한데 목구멍을 통해서 내려오니 처음 청룡과 만났던 곳이 나타났다.

나무의 수정 역시 하늘에 뜬 채로 자신의 손길을 기다리고 있었다.

"놀라셨어요?"

"네."

루운은 고개를 끄덕이며 대답했다.

"그럼 수련은?"

"네, 끝났습니다. 잘 견뎠어요."

"그렇군요. 드디어……."

루운은 나무의 수정을 손에 쥐었다.

수정은 저항 없이 자신의 손에 들어와 빛을 발했고, 루운은 여러 감정이 교차해 긴 숨을 내쉬었다.

드디어 끝났다. 시간에 쫓기고 온갖 아픔을 느꼈던 각성의 퀘스트가.

"그러면 저는 이만……."

긴장이 풀리자 피곤이 밀려왔다.

루운은 얼른 로그아웃을 해 잠들고 싶었다.

그래서 청룡에게 인사를 하고 가려 했다.

"아직 끝이 아니에요."

"네?"

퀘스트 존을 빠져나가려는 루운의 신형이 멈췄다.

분명 조금 전에는 끝났다고 했는데……?

"그녀의 퀘스트는 끝났지만 끝이 아니다."

그때 등 뒤에서 여인의 목소리가 들렸고, 루운은 돌아봤다.

그리고 눈을 크게 떴다. 그곳에는 무녀가 하늘에서 자신을 내려다보고 있었다.

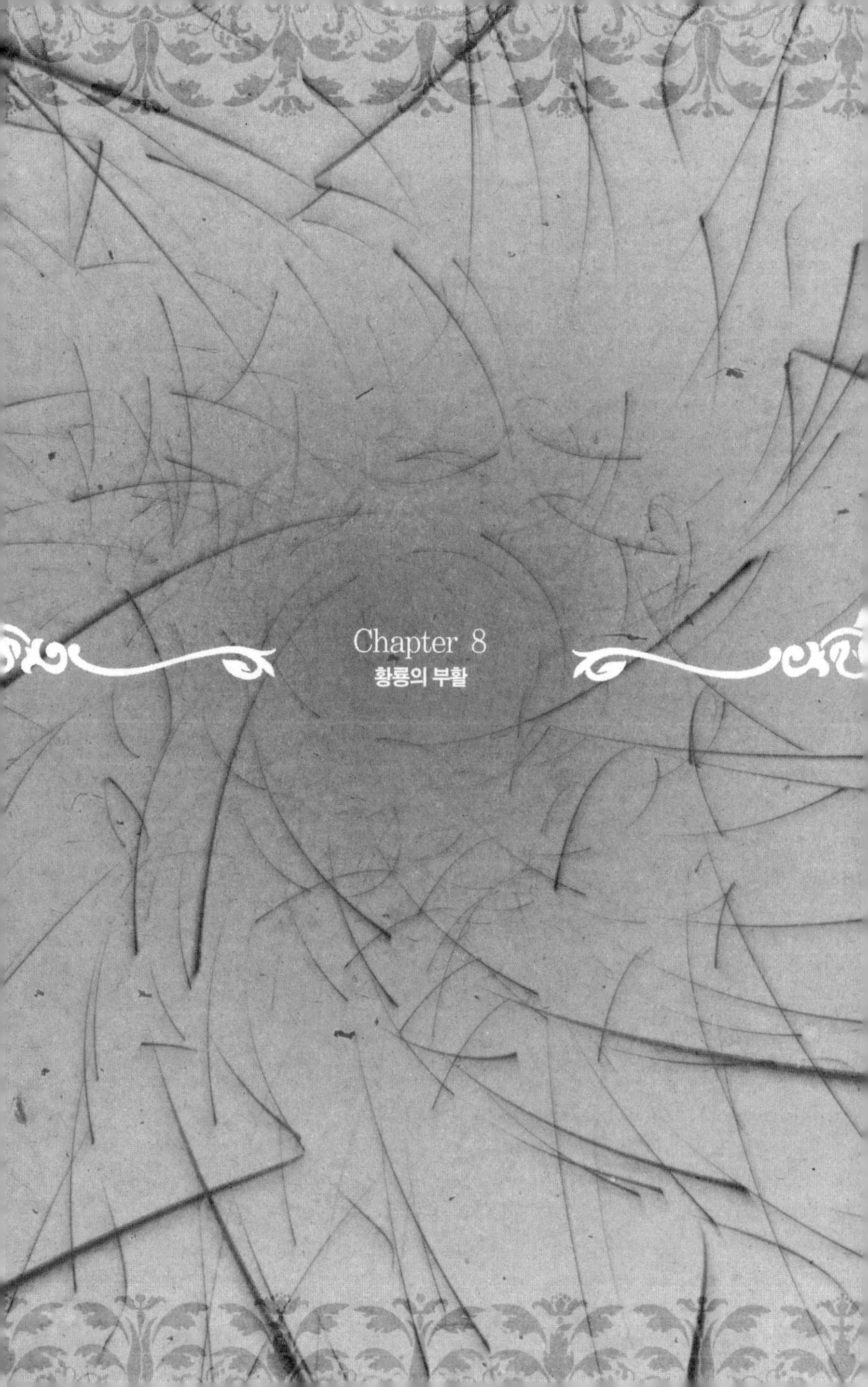

Chapter 8
황룡의 부활

NEW 뉴월드
WORLD

　루운은 무녀와 함께 돌로만 이루어진 버려진 세계에 와 있었다.

　그런 루운의 눈앞에 커다란 화면이 나타났고, 영상이 눈에 들어왔다.

　생전 은월의 기록이었다.

　"꼭 그래야 했습니까."

　은월이 서글픔이 가득한 눈빛으로 황제에게 말했다.

　황제는 차마 은월의 맑은 두 눈을 마주치지 못하며 고개를 돌렸다.

　은월의 주먹이 불끈 쥐어졌다. 가슴속에서 분노와 연민이 함께 느껴졌다.

그는 침대가 있는 곳으로 천천히 걸음을 옮겼다.

침대 위에는 황제의 어머니이자 은월의 마음속에 언제나 살아 숨 쉬던 황후가 누워 있었다.

그녀의 상태는 좋아 보이지 않았다.

깨어나지 못하는 의식, 핏기가 사라지는 얼굴.

"난 자네가 두렵다네."

뒤에서 들린 황제의 말에 은월은 쓴웃음을 흘렸다.

그래… 인간이니까 당연한 감정이지. 질투지. 공포지.

지상의 모든 이보다 높은 자리에 있어야 하는데 나로 인해 그럴 수 없게 되었으니.

어쩌면 나 스스로 자초한 일인지도 모르지.

은월은 웃는 얼굴로 몸을 일으키며 황제에게 살포시 미소를 지었다.

그리고 거대한 문을 열며 그를 향해 부탁했다.

황제의 입장에서는 경고로 들렸지만.

"그녀가 죽는다면… 후회하시게 될 것입니다."

감히 황제에게 할 수 있는 발언이 아니었다.

그러나 황제는 아무런 대꾸도 하지 못한 채 가만히 서 있었다.

그의 곁에 있는 신하들도 마찬가지였다.

은월이었다. 루엔대륙의 가장 큰 힘이었으며 그가 있어 지금만큼 성장할 수 있었다.

또한 본인만 원했더라면 언제든지 황제가 될 수 있었고, 훗날에도 빼앗을 수 있는 실력을 갖추고 있었다.

　모든 이의 사랑을 받으며 황제와 황후에게 누구보다 사랑을 받았던 친구이자 신하.

　그 은월에게 어찌 뭐라고 할 수 있단 말인가.

　물론 지금의 황제에게 이간질해 은월을 쳐내려는 배후도 자신들이었지만 뒤에서 할 뿐이다. 절대 은월 앞에서는 티를 낼 수 없다.

　목숨은 하나다. 알려지면 수많은 이가 자신들을 노릴 테다.

　끼이이익.

　은월은 천천히 문을 닫았다.

　공간이 바뀌었다. 은월은 황궁이 아닌 계곡의 바위에 기대 앉아 있었다.

　은월의 손에는 진월이 들려 있었으며 그 앞에는 사신수들과 무녀가 행복한 표정을 지으며 그의 연주에 홀렸다.

　"쿨럭!"

　그러다 은월의 입에서 피가 터져 나왔다. 모두의 표정이 굳어졌다.

　"어, 어째……."

　무녀가 사색이 되어 은월의 손을 잡았다.

　은월이 자신보다 많은 깨달음으로 더 높은 곳에 있다는 사실을 잘 안다.

　하나 눈앞에서 그가 피를 토하자 그 점도 망각한 채 몸 상태를 확인하려는 것이었다.

만약 좋지 않은 부분이 있다면 치료할 생각으로.

"괜찮아."

그런 무녀의 손을 은월이 거절했다.

무녀는 사신수들을 쳐다봤다. 도움을 원하는 눈빛이었다.

그러나 냉정하게 사태를 파악한 그들은 고개를 저었다.

은월이 저런다면 이유가 있다. 그의 고집을 꺾을 수 없다. 더불어 병에 걸린 것이라면 치료할 수 없다.

그는 모든 면에서 자신들보다 뛰어났으니.

"날씨가 좋구나."

은월이 하늘을 쳐다보며 말했다. 그러면서 걱정으로 눈이 붉어진 무녀의 어깨를 매만져 줬다.

"때로는 그런 생각이 들더구나. 먼저 이 세상을 떠난 친우들이 그립다는……."

"무슨 말씀을……."

무녀의 얼굴에서 핏기가 사라졌다. 흘려듣기에는 내용이 심상치 않았다.

"아, 배가 고픈데? 뭐 좀 먹으러 갈까?"

무녀의 마음을 알아차린 은월이 환한 미소와 함께 자리에서 일어섰다.

그렇지만 무녀는 그의 뜻을 이해할 수 없었다.

아니, 이해하고 싶지 않았다. 이해해서는 안 됐다.

"질 때는 내가 결정하고 싶구나."

"은월님……."

무녀는 그의 눈동자를 쳐다봤다.

흔들림이 없었다. 굳건했다. 저럴 때의 그는 누구의 말도 듣지 않았다.

"저도… 안 됩니까?"

은월은 무녀의 물음에 한참을 대답하지 않았다.

그러다 짧게 숨을 한 번 내쉰 다음 그녀를 끌어안고 말문을 열었다.

"고맙구나, 그리고… 미안하구나."

결국 무녀는 흐느낌을 참지 못했다.

루운은 침울한 얼굴이 되었다.

자신이 그였고, 그가 자신이었다. 영상으로 봤을 뿐이지만 그의 결심이 가슴을 찔렀다.

날카로운 창, 눈물을 머금은 창, 그러면서도 하염없이 기쁨을 느끼는 창.

괴로웠을 테다. 사랑하는 여인의 아들이 자신을 경계하다니…….

은월 그는 변함없이 신하로서 충성을 맹세하고 그녀를 위해서라면 무슨 일이든 해왔는데…….

단지 그녀의 아들이라는 이유만으로 평생을 지켜줄 그인데…….

하나 새로운 황제는 너무나 나약했다.

자신의 고집과 줏대도 존재하지 않았으며 신하들의 말에 이리 휩쓸리고 저리 휩쓸렸다.

결국 그의 선택은 은월의 죽음이었다.

은월만 죽으면 자신은 이 제국의 가장 높은 위치에 서게 된다.

그 누구도 두려워하지 않을 수 있다.

결심과 함께 그는 해서는 안 될 선택을 했다.

독을 먹였다. 자신의 친어머니한테. 그것도 황제를 제외하고는 회복시킬 수 없는.

은월의 말에서 충분히 추측이 가능했다.

죽으면 후회하게 된다고 했다. 즉 은월은 고칠 수 없는데 황제는 할 수 있다는 뜻이었다.

그가 고칠 수 없다면 그 외의 존재들은 말할 필요가 없었다.

어떤 독이기에 은월과 무녀, 사신수들조차 힘이 되지 못했는지는 알 수 없지만 내용만 봐도 절대 인간이 만든 종류는 아닐 테다.

그들은 인간의 위치를 벗어난 지가 오래이니.

'나라면……'

루운은 화면 속의 은월을 구슬프게 바라봤다.

해독 이후 황제를 죽이자니 황후의 심장이 무너진다.

제아무리 못난 자식이라도 부모의 마음은 하늘조차 어쩌지 못한다.

물론 자신이 죽어도 마찬가지겠지만 과거의 사람과 혈육, 무엇이 더 소중할지 답은 뻔했다.

그리고 자신 역시 이제는 그만 쉬고 싶었다.

하루하루 숨을 막아오는 슬픔에 익숙해진 스스로가 싫었다.

결국 그는 황후를 위해 삶을 마쳤다. 어쩌면 그토록 바라던 평온일지도 모른다.

인간을 넘어선 위치에서 한 여자만을 사랑하며 평생을 함께 하려 노력한 사람.

매일 심장이 유리창처럼 깨질 텐데도 황후와 친구인 황제를 위해 웃어줬던 사람.

피와 전쟁을 좋아하지 않지만 그들의 부탁은 거절하지 못했던 사람.

너무나 지독한 운명과 바보 같은 자신으로 어쩌면 그는 죽음을 기쁘게 맞았을지도 모른다.

자신은 이제 생명의 고리를 끊고 안식에 들 수 있으며 황제는 불안과 걱정 없이 살 수 있다. 황후 역시 살아날 테고.

그는 마지막 순간. 무녀를 만났다.

부탁했다. 그 둘을 지켜달라고.

사신수를 만났다. 간청했다. 제국을 지켜달라고.

그 후 은월은 동료들의 품에서 죽음을 맞이했다.

소설, 혹은 영화나 드라마에서 볼 수 있었던, 자신의 목숨을 버리는 진심. 바로 그였다.

무녀가 화면에 나타났다.

그녀의 모습이 지금과는 많이 달랐다.

언제나 고귀하고 위엄 있는 모습만 보여주던 무녀가 흐트러져 있었다.

울었다. 머리는 산발이 된 채 세상을 저주하며, 자신을 원망하며, 그를 그리워하며 울었다.

그리고 황궁으로 향했다.

아무도 무녀를 막을 수 없었다.

은월의 마음처럼 그만 바라보며 슬픔을 가면에 가린 채 웃어줬던 무녀의 진심도 너무나 가여웠으니.

황궁은 산산조각이 났다. 무녀의 힘을 막을 이는 존재하지 않았다.

무녀는 황제의 멱살을 쥐었다. 그 곁에서 영문을 모르는 황후가 믿을 수 없다는 눈동자로 무녀를 말렸다.

가깝지는 않은 사이였다. 하지만 멀지도 않은 관계였다. 절대 지금처럼 죽일 듯 노려보는 원수는 아니었다.

무녀는 이를 갈았다. 황제를 쳐다봤다. 황후를 바라봤다.

무녀의 두 눈이 붉게 충혈되었다. 은월이 떠올랐다. 그의 부탁이 귀에 맴돌았다.

결국 무녀는 황제를 한참이나 노려보다가 웃으며 황궁을 빠져나왔다.

입은 웃지만 표정은 살아갈 이유를 잃어버린 사람이었다.

거대한 존재가 나타났다.

전신에서 황금빛을 발출하는 용.

보는 것 자체만으로도 영광스러울 만큼 아름답고 위엄이 넘쳤다.

용은 은월에게 패배하고 자취를 감췄던 황룡이었다.

무녀는 황룡을 없애 버릴 계획이었다.

은월도 없는 지금 황룡이 힘을 회복한다면 위험해졌다.

세상에는 비명의 연주만이 울려 퍼질 테고.

그래서 지금 해치워야 했다. 아직 힘을 회복하지 못한 이 시점에.

무녀는 손을 저으며 허공에 진을 새겼다. 그녀의 곁에는 사신수가 함께하고 있었다.

그만큼 황룡의 힘은 높디높았고, 무녀의 진이 완성되는 순간 황룡의 몸이 솟구쳤다.

동양 용의 모습인 황룡이 일직선으로 치솟자 금색의 화살을 보는 듯한 착각을 느꼈다.

무녀와 사신수는 달아나는 황룡을 뒤따랐다.

오늘의 기회를 놓친다면 다시는 황룡을 상대할 수 없다.

곧 그들의 대륙의 생사를 건 치열한 전투가 펼쳐졌다.

"우리의 힘으로는 역부족이었다."

모든 영상이 끝나자 무녀의 목소리가 들렸다.

루운은 고개를 들어 그녀를 바라봤다.

"그래서 봉인하기로 결심했다. 죽일 수는 없었지만……."

루운은 다음 말을 기다렸다.

머릿속으로 추측이 가능했다. 무녀의 등장과 영상, 발언.

그리고 끝나지 않은 퀘스트. 한데 루운은 아닐 것이라 애써 믿었다.

자신은 약했다. 유저들 사이에서는 강하다 할지 몰라도 무녀를 비롯한 NPC들한테는 상대가 되지 않았다.

더군다나 황룡은 그들조차 막지 못한 존재다. 사신수와 무녀가 힘을 합쳤음에도 불구하고.

"오랜 시간… 황룡은 잠들어 있다. 바로 이곳에서."

'하아……'

루운은 속으로 길게 한숨을 내쉬었다. 설마가 사람 잡는다더니 그 꼴이었다.

"그러나 저의 힘으로는……"

무녀를 쳐다보며 루운이 드디어 말문을 열었다.

어떤 장치가 있으니 무녀가 저러는 것이다.

뉴 월드에서 단순히 유저를 죽이려고 퀘스트를 만들지 않을 테니.

그 해결책이 무엇인지 알려달라는 질문이었다.

"너는 그 힘겨운 날들을 이겨내고 여기까지 왔다. 너라면 할 수 있다."

스으으으.

무녀의 육체가 허공에서 천천히 내려와 착지했다. 그녀는 루운에게 손을 내밀었다.

'하이파이브를 했다가는 맞아 죽겠지?'

저도 모르게 손바닥을 내려치려던 루운은 그녀의 의미를 알아차리고 손바닥 위에 자신의 손바닥을 포갰다.

무녀가 두 눈을 감았다.

따스한 바람이 무녀의 몸에서 형성되어 루운의 신형을 감쌌다.

그와 함께 루운의 인벤토리에 있던 수정들이 밖으로 소환됐다.

루운이 한 일이 아니었다. 자신들 스스로의 의지로 움직였다.

수정은 각기 다른 색깔의 마나를 발출하며 루운의 몸을 뱅뱅 돌았다.

그때 무녀가 두 눈을 번쩍 떴다.

"잘 들어라. 지금부터 너에게 모든 힘을 건네준다. 청룡, 백호, 주작, 현무와 나의 모든 것을."

루운은 고개를 끄덕였다.

처음 마에스트로의 전직 퀘스트를 마쳤을 때 이와 비슷한 경험을 한 적이 있다.

그때 놀라운 힘을 얻으며 일만의 요괴를 쓰러뜨렸다.

그 힘은 퀘스트가 끝나면서 사라졌다.

"해일이다. 그 해일에 집어삼켜지면… 너는 죽는다. 이겨내라."

무녀의 경고! 곧 루운은 비명을 질렀다.

그랜드와 다크스의 길드전 열기가 식지도 않은 시점.

뉴 월드는 또 다른 이벤트로 재차 흥분의 기운이 감돌았다.

최강자를 가리는 대회 개막 날이 찾아온 것이다.

"적월이 우승할까?"

"아니야. 루운이 하지 않을까? 적월은 길드전에서도 졌잖아."

"길드전과 개인전이 같냐?"

"루운이 합체하고 전투하는 모습을 못 봤어? 그 정도면 개인전에서도 지존이야."

"혹시 모르지. 변수가 있을지도. 그들도 합체를 했는데 숨기고 있는지 어떻게 알겠어?"

"하긴, 그렇다면 얘기는 달라지겠지. 랭킹 2위인 플루닉도 요주의 인물이고, 루운의 친구인 쟈케도 무서운 실력이니."

스윈을 비롯한 일행이 군것질을 하기 위해 가게에 들렀는데, 옆자리에 앉은 유저들이 토론을 펼치기 시작했다.

"그런데 루운 오빠는 각성을 마친 거야?"

토론을 듣던 마야가 스윈을 향해 물었다. 그녀의 질문에 스윈은 고개를 저었다.

접속을 한 상황이지만 귓속말이 되지를 않았다.

불안한 마음에 시아에게 연락했더니 로그아웃을 하지 않았다고 했다.

즉, 퀘스트를 아직 못 마쳤다는 뜻이다.

"큰일이네. 오늘 저녁에 각성 급의 시합이 시작인데? 그 전에는 마치겠지."

함께 어울리던 아로하가 어두운 표정을 감추지 않았다.

대회가 시작되기 전 당연히 내기도 활성화됐다.

아로하는 루운에게 전 재산을 배팅했다. 무슨 일이 생겨도 그가 이겨야 했다!

"뭐, 루운 오빠는 각성하지 않아도 우승할 수 있지 않을까? 변신을 성공시켰잖아. 보스 퀘스트 때 보여준 힘은 압도적이었고."

마야는 상황을 낙관적으로 바라봤다.

각성을 하면 더 좋겠지만 그렇지 않아도 루운이 진다는 일은 상상할 수 없었다.

"하긴, 그렇겠지? 정말 대단했잖아!"

혹시나 하는 불안감을 느끼던 아로하는 밝은 표정으로 외쳤다.

그날의 전투력을 떠올리니 걱정이 사라지는 듯했다.

"그럼요. 루운 오빠는 지지 않아요!"

스윈은 힘차게 대답했다.

루운이 이겼으면 했다. 그가 지는 모습을 보고 싶지 않았다.

믿었다. 그 오랜 시간 힘들게 지금까지 온 루운이 우승하리라고,

절대 자신이 루운한테 돈을 걸어서가 아니었다.

"크으으윽!"

루운의 육체가 바닥을 뒹굴었다.

몸의 색깔이 여러 번 변했다. 사신수의 힘이 작용한 탓이다.

바닥을 굴렀다. 목이 탔다. 춥다. 살이 찢어진다. 속이 뒤틀린다.

'이런 뭐 같은…….'

루운은 정신을 놓지 않으려고 노력했다. 뉴 월드를 하면서 가장 끔찍한 고통이다.

그러나 잠깐의 아픔이 괴롭다고 여기서 포기한다면 모든 게 수포로 돌아간다.

이겨내야 한다. 물러서면 안 된다!

주르르륵.

루운의 입에서 액이 흘러나왔다.

속에서 전쟁이 벌어진 것 같다. 모든 것을 역류시킨다.

그런데 시간이 지날수록 아픔은 더욱 선명해졌지만 횟수는 줄어들었다.

조금 더 흐르자 아픔 역시 흩어지기 시작했고, 정신이 맑아졌다.

루운은 고개를 들어 무녀를 바라봤다. 깜짝 놀랐다.

그녀가 웃고 있었다. 언제나 차갑고 관심을 주지 않던 여인이다. 은월의 후예가 되었어도 그 사실은 변하지 않았다.

하지만 지금은 달랐다. 진심으로 따스하게 쳐다보고 있었다. 아이가 훌륭하게 성장했을 때 바라보는 어머니의 시선이었다.

"이제 가거라. 그리고 돌아오너라."

무녀의 그 말과 함께 루운의 오른쪽 팔에 문신이 새겨졌다. 사신도의 형태를 띠고 있었다.

동시에 루운의 전신에서 붉은빛의 기운이 몸을 감싸 안았다. 옷과 머리카락이 기운과 함께 펄럭였다.

넘쳤다. 감히 인간의 몸에 담길 만한 힘이 아니었다.

그러나 자신은 그 힘을 가지고 있다.

꽈아아악!

루운은 주먹을 꽉 쥐며 정면을 노려봤다. 뒤에서 무녀의 목소리가 귓속으로 흘러들어 왔다.

"깨어난다."

번쩌어억!

시야가 닿는 거리에서 황금빛의 기둥이 솟구쳤다.

얼마나 밝은지 순간적으로 빛 외에는 그 어떤 것도 보이지 않았다.

"진월! 나와!"

루운의 문신에서 진월이 모습을 드러냈다.

순간적으로 폭발한 빛은 이제는 소용돌이쳤다.

그리고 루운과 무녀가 있는 곳으로 빠르게 전진했다.

대지가 흔들렸다. 소용돌이가 움직이는 방향으로 지진이 일어난 듯 땅이 갈라졌다.

단단한 땅은 소용돌이 앞에서 두부와 다름없었다.

바람은 황룡과 루운의 기운을 이겨내지 못해 갈 길을 잃어 사방으로 휘몰아쳤다.

그 광경에도 루운은 침착함을 잃지 않으며 진월을 연주했다.

세상에 존재할 수 없는 음색이 천천히 부서진 대지를 위로했다.

바람을 상냥하게 다독거렸다. 루운과 무녀의 마음에 평온을 가져다 줬다.

하나 황룡은 더욱 광포해졌다.

기억난다. 자신에게 치욕을 안겼던 단 한 명의 인간. 그의 연주다.

스파아아앗!

버프가 끝났다. 루운의 주변에 정령들이 나타났다.

정령들은 예전과 완전히 달랐다. 완벽한 육체를 갖추고 전력을 갖춘 정령들!

사신수와 무녀의 모든 힘을 잠시 전수받은 루운. 변화는 그뿐만이 아니었다.

"어떻게 이리 강해졌지?"

"놀랍구먼. 놀라워."

"아무래도 일시적으로 힘을 받은 것 같군."

최상급 정령들의 목소리가 들렸다.

퀘스트 때를 제외하고는 불가능했다.

단지 자신의 머릿속에 들어와 있는 것처럼 방향을 정하면 그들은 알아차리고 실행에 옮겼다.

한데 지금은 말을 했고, 장난도 걸었다.

“너희들 차례다.”

루운은 그들에게 눈웃음으로 인사를 대신하며 자신의 지원군을 불렀다.

번쩍! 콰아아앙!

예전과는 비교가 되지 않는 이펙트와 함께 라지가 모습을 드러냈다.

이전과는 달리 하얗고 푸른 빛깔의 불꽃으로 전신을 두른 아지가 당당한 자태를 뽐냈다.

루운은 느낄 수 있었다.

정령들처럼 라지와 아지 역시 자신이 급격하게 강해진 지금 파워 업을 했다는 사실을.

“모든 게 걸린 싸움이다.”

루운의 말에 라지와 아지, 징령들이 고개를 끄덕이며 눈앞의 소용돌이를 쳐다봤다.

전신을 파고드는 살기, 숨 막히는 위압감, 현기증이 일어날 정도로 측정하기 힘든 기운.

그들 역시 여유를 부릴 수 없는 상황이란 것을 체감하고 있었다.

드디어 때가 왔구나! 나를 죽이기 위한! 그러나 너희들이 잡아먹힐!

엄청난 힘이 담긴 외침이었다. 주변의 지형물은 견디지 못하며 금이 가거나 박살이 났다.

단지 기운을 실어 넣은 목소리에 의해서.

그와 함께 소용돌이가 재차 폭발하더니 빛의 안개가 형성되었다.

태양이 내려앉은 듯한 밝은 안개가 서서히 걷혔다.

그리고 루운은 대면했다.

하늘에서 자신을 내려다보고 있는 황룡과.

"이길 자신은 있는 거야?"

라튼이 불안함을 감추지 못하며 물었다.

길드전 이후로 감정이 좋지는 않다. 그러나 적월이 물러나기 전까지는 잘 보여야 했다. 자존심 따위는 중요하지 않았다.

"나는 지지 않아."

그런 라튼에게 적월은 확신에 찬 어투로 대답했다.

하나 라튼의 입장에서는 수긍하기가 힘들었다.

적월이 강하다는 사실은 누구보다 잘 알고 있다.

객관적으로 봐도 PK 랭킹 1위인 적월은 뉴 월드에서 최강의 유저였다.

그렇지만 루운의 합체는 그 최강마저 흔들어 버릴 진실이었다.

"그런데 루운이……"

"합체를 애기하는 거야?"

"그래. 너도 봤잖아."

적월은 아무런 말을 하지 않았다.

달그락, 쪼르륵.

곁에서 상황을 주시하던 레니아가 컵을 내려놓으며 빈 잔에 차를 따랐다.

레니아 역시 적월의 영문을 알 수 없는 자신감이 의아할 뿐이었다.

"그 힘도 두렵지 않아."

"왜? 설마 퀘스트를 통해 그보다 뛰어난 힘을 가진 거야?"

적월이 최근 퀘스트에 매진했다는 사실을 알고 있었다.

라튼이 눈을 크게 뜨고 묻자 적월은 고개를 끄덕였다.

"무슨 힘이지? 내가 볼 수 있어?"

라튼의 표정에서 다급함이 보이자 적월은 속으로 쓴웃음을 흘렸다.

그의 속셈이 뻔히 보였다.

내기에 참여하려는 것이다. 그러니 확실하게 알아야겠지.

자신이 더 강한지 루운이 더 뛰어난지를.

"루운과의 결승전에서 볼 수 있을 거야."

적월은 그 말과 함께 자리에서 일어섰다.

좋아하는 형이었지만 지금은 많은 부분이 바뀌었다.

온라인에서의 그는 현실과 전혀 다른 사람이었다.

그렇기에 굳이 더 이상 친하게 지내고 배려하고 싶지 않았다. 어차피 자신은 이제 뉴 월드를 떠난다.

'결정은 형에게 달린 거야.'

적월은 등을 돌리며 짓궂게 웃었다.

지금 퀘스트의 성과를 보여준다면 그는 100% 자신에게 돈을 걸 것이다.

하지만 보지 않더라도 믿는다면 결과는 같다.

신용하지 못한다면 루운한테 배팅하겠지만 말이다.

"야! 너 왜 그래?"

그런 적월의 태도에 라튼은 당황스러움을 금치 못하며 일어서 소리쳐 불렀다.

그렇지만 적월은 손을 흔들며 밖으로 나가 버렸고, 라튼은 이를 갈며 자리에 거칠게 앉았다.

분했다. 화가 치밀어 올랐다. 나이도 어린 놈이 자신을 쥐었다 폈다 하다니.

"이제 떠날 놈이야. 신경 쓰지 마."

라튼의 기분 상태를 파악한 레니아가 위로했다.

"그런데 우리도 문제네? 최소 10위권 안에는 들어가고 싶은데 적월이나 루운 등을 만나면… 에휴."

레니아는 한숨을 쉬었다.

대회는 각 급마다 10등에게까지 혜택이 주어졌다.

물론 1등과 비교하면 너무나 초라하겠지만 없는 것보다는 나았다.

더불어 10등까지는 명예의 전당에 이름도 올릴 수 있고 말이다.

그럴 경우 홍보 효과는 물론 유명세도 얻을 수 있다.

한데 괴물이 너무나 많았다. 특히 싸울 의욕을 없게 만드는 두 괴물은 끔찍한 수준이었다.

"첫 판부터 우리 둘이 만날 수도 있지."

레니아를 품에 안으며 라튼이 농담을 했다. 그러자 레니아
는 기겁을 하며 손을 저었다. 그 모습에 라튼은 웃음을 터뜨렸
다.

그날 저녁 무슨 일이 벌어질지 모른 채.

트트특!! 콰아아앙!

장관이 펼쳐졌다. 대지에서 생명이 창조되며 나무들이 치솟
았고, 먹구름이 밀려온 하늘에서는 수십 개의 벼락이 내리쳤
다.

청룡과 라지의 힘을 발휘한 것이다.

쇄아아아악!

먹구름은 비를 불렀는데 일반적인 빗물이 아니었다.

그 하나하나에 엄청난 폭발력을 지닌 현무의 힘.

거기에 주작과 아지의 힘이 합쳐진 지옥도 불태울 듯한 불
꽃의 소용돌이까지.

하지만 루운의 표정은 밝지 못했다.

사신수와 무녀의 힘, 놀랄 만큼 강해진 정령들과 라지와 아
지의 능력.

이길 수 있다고 믿었다. 충분히 승산이 있는 전투였다.

그러나 황룡은 절대 밀리지 않았다.

합체까지 하고 쉬지 않고 공격을 퍼부었것만 황룡은 보호막
을 형성하거나 혹은 그 커다란 몸집을 순식간에 이동시켜 피

했다.

맞아도 큰 데미지가 없다고 느껴지는 힘은 피하지 않고 몸으로 막아버렸다.

황룡의 육체는 웬만해서는 타격을 입지 않는 것 같았다.

더군다나 정령들은 황룡의 힘에 이미 역소환된 상황이었다.

그의 전신에서 터져 나온 금빛의 비늘은 현재의 루운조차 위협을 느낄 정도였다.

루운은 초조해졌다.

자신과 라지, 아지의 힘이 모두 상승한 탓일까? 이때까지는 변신의 시간은 변하지 않았다. 하나 지금은 10분의 시간이 주어졌다.

그럼에도 시간이 부족했다. 10분 안에 황룡을 무너뜨리지 못한다면… 자신의 패배였다..

지금으로도 충분히 벅찬데, 합체가 풀렸을 때의 능력으로는 답이 없었다.

쿠쿠쿠. 그 녀석은 나를 살려둔 것을 후회하게 될 것이다. 또한 무녀 계집 역시 나를 깨워 통곡하리라.

루운의 미간이 좁혀졌다.

그는 은월이었고, 자신이 승리한다는 확신이었다.

무녀가 말했다. 황룡을 해치우기 위해서는 잠에서 깨워야 한다고. 그 순간 황룡을 잡고 있던 결계는 사라질 것이며, 지금 없애지 못한다면 기회는 없다고.

루운은 호흡을 가다듬었다. 아직 시간은 남아 있다.

서두르지 말자. 초초해하지 말자. 냉정을 잃는 순간 패배와
다름없다.

"네놈은 잠에서 깨어난 사실을 한탄하게 될 것이다."

루운은 황룡을 도발했다.

그러면서 심결을 시전하며 돌진했다.

돌진과 초월은 이미 발휘되고 있는 중이었다.

"검은 달!"

쉐에엑! 슈우웃!

황룡의 그림자 뒤로 이동한 루운은 꼬리에 검을 휘둘렀다.

예전과는 비교가 되지 않는 속도.

하지만 전처럼 갑작스럽게 상승한 속도에 힘들어하지 않았
다.

첫 퀘스트 때처럼 마치 자신이 가지고 있던 힘처럼 느껴졌
다.

지금도 마찬가지다. 처음 합체 때와는 달리 순식간에 적응
했다.

아무래도 무녀가 도움을 주는 듯했다.

파아아악!

루운의 검이 꼬리에 부딪쳤다. 황룡의 육체가 휘청거렸다.
다만 큰 타격은 입지 않았다.

루운의 힘이 워낙 강대하기에 밀린 것일 뿐.

우르르르룽! 파아아앗!

황룡의 두 눈이 번쩍이자 하늘에서 금색의 구들이 떨어졌다.

구들의 목표는 루운이었지만, 루운은 검은 달을 시전해 피했다.

그로인해 길을 잃은 구들은 땅을 산산조각 냈고, 최후의 힘을 남겨놓은 채 주술로 몸을 보호하며 사태를 관람하던 무녀의 신형이 비틀거렸다.

꽤 먼 거리에 있고 공중에 떠 있으며 주술진 안에 있음에도 육체가 중심을 못 잡는다.

지금 벌어지고 있는 싸움은 신들의 전투라 해도 무방했다.

"죽음의 검!"

황룡의 이마 뒤로 나타난 루운이 검을 찔렀다.

열여섯 개, 아니, 160개의 검의 기운이 흩날렸다.

라지와 아지, 정령들처럼 루운의 파워 업은 스킬조차도 변모시켰다.

"네놈이 나를 이길 수 있다고 생각하느냐!"

피할 곳 없이 덮치는 죽음의 검을 보며 황룡이 고함을 질렀다.

동시에 그의 거대한 신형이 사라졌다.

퍼퍼퍼퍽! 스으으윽.

목표를 잃은 죽음의 검이 지형을 변형시켰다. 루운의 머리 위에 거대한 그림자가 생겼다.

쿠우우웅!

루운은 고개보다 검을 먼저 들어 올리며 자신의 육체를 보호했다.

본능이 먼저 알아차린 위협!

머리 위로 황룡의 꼬리가 내려쳐졌고, 루운은 추락했다.

쿠오오오오!

황룡이 포효했다. 한곳으로 모든 힘이 집중됐다.

얼마나 잠들었는지 모른다. 하나 상관하지 않는다.

이제는 인간들에게 죽음을 선사할 수 있다는 사실만 떠올렸다.

오랜 시간이었다. 지옥을 넘나들었다. 자신은 질 수 없다. 특히 인간한테는 더욱더.

푸슈우웃!

루운이 떨어진 곳을 향해 거대한 황금빛 폭풍이 덮쳤다.

용과 요괴의 변형된 자식. 언제나 따라붙던 꼬리표이다.

용들은 더러운 피가 섞였다며 외면했다. 요괴들 역시 사정은 다르지 않았다.

비웃었다. 침을 뱉었다. 살을 잘랐다. 피를 마셨다. 자신은 원하지 않았다. 하지만 그렇게 탄생했다.

용서하지 않겠다. 죽인다. 잡아먹어 주마.

황룡은 결심했다. 이대로 어떤 곳에도 속하지 못한 채 괴로움만 받다가 죽을 수는 없었다.

힘을 키워야 했다. 살아남기 위해서.

부모는 존재하지 않았다. 용이었던 아비라는 존재는 요괴들에게 잡아먹혔다. 요괴였던 어미라는 존재는 자신을 낳고 슬픔에 젖어 살다가 목숨을 끊었다.

자식한테 추악한 절망만을 남겨둔 채 그들은 떠났다.

혼자였다. 혼자는 고독하고 괴롭다.

만약 둘 중 어디에도 속할 수 있었다면 몰랐겠지만, 황룡의 입장에서는 넘을 수 없는 벽이었다.

시작은 작고 약한 요괴들이었다.

용들은 그 수가 적기에 새끼들을 끔찍하게 보호하고 지킨다.

자신은 약하다. 잡아먹는 쪽이 아닌 먹히는 쪽이다.

스스로 고귀하다고 믿는 그들은 아직 상대할 때가 아니었다.

와드득! 아그작!

요괴의 숨통을 끊은 다음 씹어 먹었다.

이빨에 살점이 꼈다. 뼈가 거슬렸다. 하나 아까운 마음에 남기지 않았다.

살과 피와 힘이 될 소중한 음식이니까.

그 후, 황룡의 사냥 속도는 빨라졌다.

처음에만 힘들 뿐이었다. 더불어 자만하지도 않았다.

그렇기에 언제나 홀로 있고 자신보다 약하다고 확신이 서는 요괴들만 잡아먹었다.

약함도 어느 정도 차이가 있어야 했다. 그렇지 않으면 부상을 입을 염려가 있고, 치명적이다.

시간이 지났다. 비례하여 황룡의 몸 크기도 놀랄 만큼 성장했다.

힘은 또래의 용이나 요괴들과 비교가 되지 않았다.

닥치는 대로 집어삼켰다. 배가 불러서 숨이 막혀도 상관없었다.

일단 입에 넣어서 힘을 자신의 것으로 만든 다음 토하는 한이 있더라도 먹고 또 먹었다.

요괴를 잡아먹으면 그 요괴의 힘 중 아주 일부만 흡수된다.

부족했다. 더, 더, 더! 죽음을 선사해야 한다.

무시하고, 깔보고, 괴롭히고, 고통을 준 그들을 황룡은 용서할 수 없었다.

더 많은 시간이 지났다. 어느덧 황룡은 모두에게 두려움의 존재였다.

자신을 숭배하지 않던 인간들, 적대하고 무시했던 용과 요괴들. 그들 모두가 황룡을 겁냈다.

하나 황룡은 여전히 도망치고 숨어 다니며 힘을 키웠다.

아직도 자신이 상대할 수 없는 존재들이 있었다. 고룡이나 대 요괴. 그들의 힘은 무시무시하다.

그것들조차 무시할 수 있는 힘을 가져야 했다.

치밀하게, 조심스럽게 움직이자. 절대 꼬리를 밟히지 말자. 노리고 있을 테니.

황룡의 변하지 않는 결심은 그를 더욱 강하게 만들어줬고, 드디어 때가 왔다.

황룡이 음지에서 양지로 모습을 드러냈다.

그가 첫 번째 희생물로 택한 것은 요괴 무리였다.

그들의 피로 씻었다. 그들의 비명에 화음을 맞췄고, 평생을 잊을 수 없는 지독한 살기를 각인시켜 줬다. 결국 요괴들은 굴복했다.

그 뒤는 자칭 고귀한 존재라 칭하는 용들이었다.

습격했다. 제아무리 용이라 할지라도 자신을 비롯한 수많은 요괴의 기습은 감당하지 못했다.

질에서는 뛰어나도 양에서 한참이나 부족했으니.

그날 황룡과 수하가 된 요괴들은 용의 살과 피, 뼈로 배를 채웠다.

아쉬운 점이 있다면 다수의 용을 죽였지만 몰살을 시키지 못했다는 점.

그 후, 인간들과 전쟁을 시작했다.

가장 약하고 겁이 많은, 굴복시키기 쉬운 족속들.

매일 신의 이름을 불러대면서 가장 추악한 짓들만 골라서 하는 벌레들.

황룡은 자신의 세상을 떠올렸다. 용을 거의 전멸시켰을 때부터 이 세계는 자신의 것이었다.

신들이 있지만 그들은 인간의 세상에 관심이 없다.

기껏 창조해 줬더니 세상을 썩은 비린내가 가득하도록 만들었으니.

그들에게 인간은 더 이상 소중한 자식이 아닌, 쓰레기와 다를 바 없었다.

서대륙의 드래곤 한 마리와 힘을 합쳤다.

하늘의 장난인지 자신과 비슷한 삶을 살아오며 힘을 키운 악의로 뭉쳐진 드래곤.

자신과 요괴들로도 충분히 할 수 있었지만 황룡은 동맹을 결성했다.

몬스터를 이끄는 드래곤의 힘은 만만치 않았다. 그를 무너뜨리자니 만만치 않은 출혈이 예상됐다.

기회라고 판단했다.

동료가 되어 대륙 전체를 집어삼키고 혹시 모를 변수도 모두 제거한 뒤 자신들 둘이 이 대륙을 지배한다.

그리고 잡아먹어 버린다. 아그작아그작. 비늘 하나 남김없이!

계획은 방해물 없이 잘 풀렸다.

자신과 드래곤이 동시에 대륙을 치니 인간들의 힘 역시 분산됐고, 그들의 편이 된 요괴, 몬스터, 드래곤, 살아남은 용들은 절망했다.

하나라면 모르겠지만 거대한 둘이 힘을 합쳤다. 한데 그때 그놈이 나타났다.

인간. 하찮은 종족. 악기 따위를 들고 자신을 여유롭게 쳐다보고 있었다.

“가소롭다. 먼지로 만들어주마.”

황룡은 입을 벌렸다. 힘의 일부를 담아 내뿜었다.

부딪친 대지가 소멸했다. 흔적도 남기지 않고·사라졌다고
믿었다.

하지만 황룡의 눈이 크게 떠지는 데는 오랜 시간이 걸리지
않았다.

인간은 살아 있었다. 그리고 자신은 패배했다.

"어떻게 살아 있지? 네놈이 감히!!"

황룡의 입에서 끔찍한 분노가 터져 나왔다.

루운은 그 모습을 보며 자신의 몸 상태를 체크했다. 살아 있
다는 것이 놀라운 거대한 힘이었다.

검은 달을 시전하자니 거대한 황금빛이 눈앞 모든 것을 가
려 쓸 수 없었다.

다급했다. 위험했다. 죽는다!

그 순간 루운은 본능적으로 힘을 발휘했다. 그가 선택한 것
은 다름 아닌 마나의 검이었다.

단, 마나의 검을 공격용이 아닌 방어를 위해 사용했다.

수만 개의 마나 검이 루운의 앞을 겹겹이 막았다.

어떤 틈도, 공격도 허락하지 않을 지상 최강의 보호막이었
다.

황룡의 기운이 마나의 검에 부딪쳤다.

트트트트트특!

수만 개나 되어 대단히 두꺼웠지만 루운은 차례대로 마나의
검이 소멸되는 것을 느꼈다.

마나의 검으로 이루어진 벽이 점점 얇아졌다. 황룡의 힘 역시 검을 부술 때마다 약해졌다.

그러다 마나의 검이 수십 개도 안 남았을 시점에 둘의 마지막 힘이 폭발했고, 루운은 휩쓸렸다.

'겨우 살았군.'

루운은 부상 상태를 확인한 다음 황룡을 올려다봤다. 그는 재차 같은 기술을 준비하고 있었다.

그때 무녀의 음성이 머릿속으로 파고들었다.

루운은 그녀의 말을 들었다. 듣자마자 이해가 되었으며, 몸은 이미 준비하고 있었다.

그림자 검을 사용하면 기술을 피할 수 있다.

그러나 루운은 생각을 바꿨다. 황룡은 몇 번이나 저 힘을 쓸 수 있디.

아니, 이번에 피한다면 지금의 일격이 아닌 자신이 도망칠 수 없는 기술로 압박할 것이다.

자신에게 남은 시간은 많지 않았다.

짧은 시간 안에 황룡을 소멸시킬 타격을 입히지 않으면 가능성은 없어진다.

또한 지금 맞받아치지 않는다면 자신의 힘을 황룡이 상대하지 않고 피할 가능성도 존재했다.

그래서 무녀가 전해준 비기를 사용해 부딪치기로 결심했다.

어차피 둘 다 죽는다면 황룡을 소멸시킬 가능성이 조금이라도 높은 쪽을 택한 것이다.

"죽어버려라!"

모든 준비를 마쳤는지 황룡이 외쳤다.

그와 함께 자신을 죽음으로 인도하려고 했던 기운이 재차 밀려왔다.

검을 허리 뒤로 제치고 있던 루운은 모든 힘을 사신도로 이동시켰다.

문신에서 네 가지 빛이 폭발적으로 뿜어져 나왔다.

동시에 몸속에 존재하는 무녀를 비롯한 모든 기운 역시 사신도에 집중시켰다.

파아아아앗!

처음에는 부딪치면서 반발이 생겼지만 곧 사신수들과 무녀, 자신의 힘이 하나로 융합됐다.

그 기운은 성스러운 흰빛을 띠며 검으로 이동했고, 자신을 집어삼키려는 괴물을 향해 발출됐다.

대륙이 진동했다.

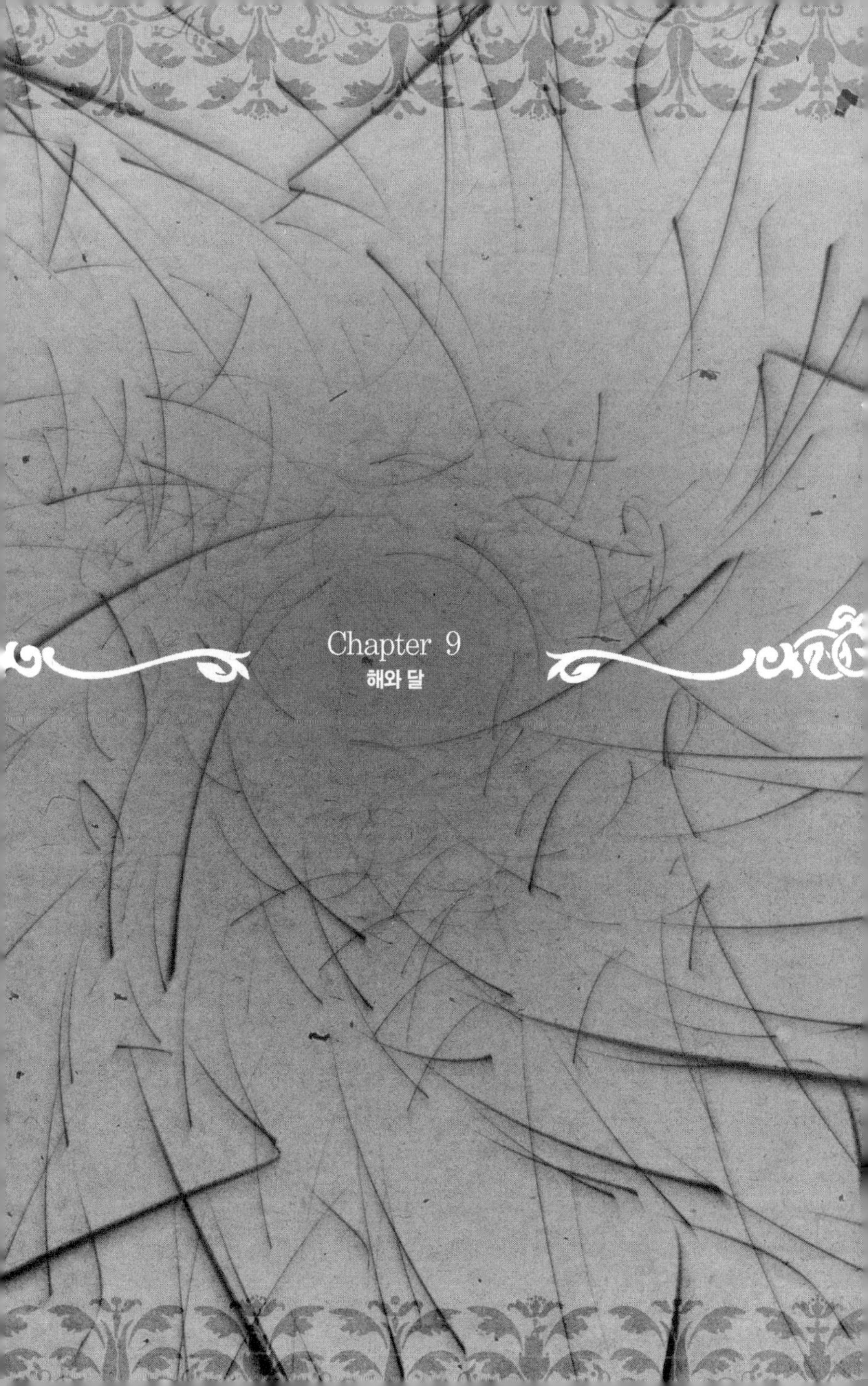

Chapter 9
해와 달

NEW 뉴월드
WORLD

"이놈은 왜 아직도 연락이 안 돼?"

"그러게요. 퀘스트는 끝낸 것 같은데."

저녁 시간이 됐다. 각성 급 대회장 근처에 존재하는 거대한 주점에 모인 쟈케를 비롯한 루운의 지인들은 안달이 났다.

퀘스트를 성공했다는 사실은 알 수 있었다.

루운이 접속을 하지 않고 있으니 퀘스트를 끝내고 로그아웃을 했다는 뜻이다.

실패했을 확률도 있지만 루운을 떠올리면 말도 안 되는 소리였다.

그렇다면 지금 자고 있다는 얘기가 될 수 있는데, 아무리 전화를 해도 받지 않았다.

"가봐야 하는 거 아냐?"

샤네가 묻자 쟈케는 고개를 끄덕였다.

이제 시간이 많지 않았다. 곧 순서를 정하고 결투가 시작된다.

그 시간에 맞춰서 올 수도 있지만 늦을 경우에는 탈락한다.

"그런데 갔다가 늦으면 어쩌지?"

지금 가까운 곳에 있는 사람이 달려가서 깨운다면 루운은 접속할 수 있다.

한데, 깨우러 간 사람은 힘들어진다. 다시 집으로 돌아가서 접속해야 하니 말이다.

그렇다고 이 자리에 모여 있는 사람들은 모두가 각성 급의 레벨이었고, 자신들도 출전해야 했다.

"제가 가볼게요."

스윈이 자리에서 일어섰다. 루나와 아리스가 그런 스윈의 손을 붙잡았다.

그녀의 마음은 알지만 스윈 역시 대회에 출전하고 싶어하지 않았던가.

"일단 전화를 더 해보지예."

"체. 그따위 녀석을 왜 이리 챙겨?"

"맞아, 맞아! 나는 절대 스윈이 가는 건 반댈세!"

미예의 말에 7성과 진상진이 불만을 털어놨다.

그러나 진상진은 스윈이 날카로운 눈초리로 보자 언제 그랬냐는 듯 딴청을 피웠다.

“나도 전화로 일단 깨워보자는 의견에 찬성. 루운 오빠도 꼭 참석하고 싶어할 텐데 분명 전화기를 옆에 두고 자지 않을까? 어쩌면 씻고 있는지도 모르고.”

“저도 그렇습니다.”

마야와 진세 역시 스윈이 대회를 포기하면서까지 가는 것은 부정적이었다.

반대로 루운을 믿는다는 뜻이기도 했다.

아무리 퀘스트가 힘이 들었다 할지라도 스스로 필요한 일을 놓칠 사람이 아니었다.

“흐음… 빨리 오셔야 할 텐데.”

길드전이 끝나고 다시 그랜드 길드로 돌아온 플루가 중얼거렸다.

그 곁에는 함께 갔던 샤니아와 진조, 릴리가 앉아 있었다.

10여 분의 시간이 더 지났다.

ㅡ각성 급 유저들은 입장해 주세요!

사회를 맡은 아로하의 외침이 모두에게 들렸다.

그와 함께 다들 표정이 굳어졌다. 이제는 가서 깨우는 것도 할 수 없다. 시간이 없기에 도착해 봐야 둘 다 참석하지 못한다.

하나 두 명의 표정은 밝았다.

‘이러면 강력한 우승 후보가 사라지는군.’

7성이 흐뭇한 표정을 감추지 않았다.

“으하하! 그놈과 마주칠까 봐 걱정했는데 잘됐다!”

대놓고 외치는 진상진의 진상 작렬!

모두의 두 눈동자에서 살기가 뿜어져 나왔다.

진상진은 자신의 실책을 깨달으며 헛기침과 함께 자리에서 일어섰다.

"일단 우리도 나가자."

쟈케가 아쉽지만 어쩔 수 없다고 느끼며 말했다.

그 말에 그랜드 길드의 각성 급들과 루운과 아는 모두가 자리에서 일어섰다.

단, 스윈만큼은 망설였다. 그러더니 루나를 향해 작게 얘기했다.

"나 로그아웃해서 오빠한테 전화하고 올게."

"스윈, 잘못하면 너도 참석 못해."

"괜찮아. 나는 꼭 참석 안 해도 되지만… 오빠는 해야 돼."

그런 스윈을 루나는 안타깝게, 아리스는 이해가 되지 않는다는 표정으로 쳐다봤다.

그러자 스윈은 혀를 내밀며 귀여운 표정을 지었고, 로그아웃을 하려 하다가 멈칫했다.

친구의 접속을 알리는 알림 음이 들렸다.

그 알림은 스윈뿐 아니라 모두에게 마찬가지였다.

─루운님이 접속하셨습니다.

"인마! 왜 이제 왔어!"

"그래. 우리 쟈케한테 맞아야 해!"

“오빠, 오셔서 다행이에요.”

“미안, 미안. 응.”

각성을 마치고 잠을 자다가 늦게 접속한 루운은 다급히 게이트를 이용해 경기장에 도착했고, 그랜드 길드원들이 서 있는 곳에 합류하며 사과했다.

부재중 전화로 인해 그들이 얼마나 걱정했는지 알 수 있었다.

그때 마침 아로하가 루운의 이름을 불렀고, 루운은 앞으로 나섰다.

유저들의 뜨거운 함성이 들렸다. 다크스들은 야유를 퍼붓기도 했다.

—오오! 최초의 합체 유저 루운! 과연 몇 번이 나올까요? 참가한 많은 유저들이 긴장하는 듯하군요!

아로하의 설레발 작렬!

루운은 실소를 흘리며 전광판을 쳐다봤다.

추첨은 랜덤 형식이다. 랭킹 순서대로 아무 번호나 주어지고 1—2번, 3—4번 순서로 싸워 위로 올라가는 방식이었다.

타타탁! 382!

전광판에서 기계음과 함께 루운의 번호가 결정됐다.

그러자 루운과 멀리 떨어진 유저들은 안도의 한숨을 내쉬었다.

그런데 비명이 그랜드 길드원이 있는 곳에서 들렸다.

“왜, 왜 저 자식이! 커억!”

진상진이 뒷목을 부여잡고 비틀거렸다. 그의 번호는 381번이었다.

추첨이 모두 끝나고 순서가 정해지자 모든 출전 유저들은 대기실로 이동했다.

현재 각성 급의 대회장은 원 형태로 이루어져 있었고, 관중석은 30,000명 이상이 관람할 수 있는 크기였다.

더불어 동시에 열 명의 경기가 치러지는데, 결투를 펼치는 사각의 링 역시 열 개가 존재해 한 번에 치러도 아무런 문제가 없었다.

그리고 참가자들은 관람석이 아닌, 내부에 위치한 대기실에서 기다린다.

유리로 밖을 볼 수 있고 영상으로 확대 조절을 해서 관람할 수도 있기에 보는 데 지장은 없었다.

"너… 최선을 다할 거냐?"

순서를 기다리며 스윈과 수다를 떨고 있던 루운은 험악한 표정의 진상진을 힐끔 쳐다봤다. 그는 고민이 많은 듯 보였다.

운 나쁘게도 첫 시합부터 떨어지게 생겼으니 어쩌면 당연한 일인지도 몰랐다.

루운은 합체 유저다. 이길 수 있을 리가 없었다.

"올라가려면 그래야겠죠."

"크으윽! 내가 올라가… 으음."

속내를 꺼내다가 스윈의 두 눈동자가 빛나자 진상진은 말문을 막으며 돌아섰다.

그런 진상진의 얼굴은 울상이었다.

꼭 10위 안에 들어서 스윈한테 좋은 인상을 심어주고 싶었는데……. 정말 되는 일이 없었다.

'역시 각성 급의 유저들.'

루운은 영상을 통해 자신이 보고 싶은 경기 두 개를 확대해서 봤다.

열 개의 시합 모두 대단하겠지만 모두 조금씩 볼 바에야 특별히 관심 가는 일부의 시합만 보며 그들의 실력을 파악했다.

그중에는 우승 후보도 있었고, 랭킹이 높은 이도 있었다.

'하지만 나의 상대는 아니다.'

루운은 자만하지는 않지만 자신의 실력을 과소평가하지도 않았다.

마지막 힘의 대결. 그 속에서 자신은 살아남았다.

황룡의 기운은 새롭게 얻은 스킬에게 먹혀 버렸고, 황룡 역시 다를 바 없었다.

그로인해 하게 된 각성. 추가 스킬과 함께 상승된 전체 능력을 얻었다.

'정보, 스킬 창.'

생명:33,370 마나:22,630

이름:루운 레벨:200 성향:혼돈 소속:루엔

호칭:마에스트로 길드:그랜드 속성:무 명성:11,250 직업:카오스

근력:7,052 체력:1,826 민첩:1,216

지식:957 정신:815 재치:757

회복:640 지휘:640 분노:640

공속:580 투혼:580 마나:580

공력:460 베기:460 신수:460

스텟 포인트:0 스킬 포인트:0

자연의 마나 Lv.203:자연에 기거하는 마나를 빌려 힘을 발휘한
다. 24시간 동안 다섯 번 발휘 가능하다. 소
모 마나:0 제한 거리:20m 숙련도:1Max

심결 Lv.210:심안과 결음을 깨달은 자만이 발휘할 수 있는 기술
로 요괴, 몬스터, 인간의 결을 볼 수 있고, 결을 정
확히 공격했을 시 추가 데미지를 입히며 음을 듣고
들려주게 된다. 또한 생명과 마나가 일정 회복된다.
소모 마나:1,000 숙련도:2Max

파멸 Lv.274:순간 속도와 공격력을 극한으로 끌어올려 적을 단
번에 해치운다. 소모 마나:900 숙련도:1Max

초월 Lv.376:순간적으로 한계 이상의 육체 능력을 발휘한다. 이
동 속도, 공격 속도, 공격력, 방어력 상승! 소모 마
나:1,000 지속 시간:3분 숙련도:1Max

폭룡 Lv.245:타오르는 불꽃의 폭룡들을 사방에서 소환해 대다
수의 적을 무찌른다. 소모 마나:1,100 숙련도:1Max

죽음의 검 Lv.245:극대화된 움직임으로 열여섯 개의 검기를 발
출하며 적을 죽음으로 인도한다. 소모 마

나:1,050 숙련도:1Max

검은 달 Lv.200:적의 그림자로 순식간에 이동해 기습적인 치명
　　　상을 입힌다. 소모 마나:1,200 숙련도:72%

폭주 Lv.390:짧은 시간 모든 힘을 폭주시켜 적을 베어버린다.
　　　소모 마나:1,500 소모 생명:1,500 숙련도:65%

마나의 파편 Lv.200:자연에 기거하는 마나를 빌려 힘을 발휘한
　　　다. 24시간 동안 세 번 발휘 가능하며, 이전
　　　자연의 마나와는 달리 충격을 받는 순간 흩
　　　어지며 적을 사방에서 제압한다. 소모 마
　　　나:0 제한 거리:25m 숙련도:28%

마나의 검 Lv.350:마나를 한곳으로 집중해 검의 형상을 만들어
　　　내어 적을 파괴한다. 소모 마나:2,000 숙련
　　　도:21%

돌진 Lv.100:일정 시간 이동 속도를 상승시켜 빠르게 움직인다.
　　　소모 마나:500 지속 시간:3분 숙련도:15%

전투 Lv.200:pk, 혹은 길드전, 공성전 등 유저들과 전투를 할 때
　　　만 쓸 수 있으며 전체 능력이 상승한다. 소모 마
　　　나:1,500 소모 생명:1,400 지속 시간:2분 숙련도:8%

물의 장막 Lv.100:물의 벽을 형성해 데미지를 반감시킨다. 소모
　　　마나:1,500 지속 시간:3분 숙련도:10%

불의 검 Lv.100:검에 주작의 기운을 실어 추가 데미지를 입힌
　　　다. 소모 마나:1,500 지속 시간:3분 숙련도:10%

생명의 창조 Lv.100:나무를 소환하여 적을 공격하거나 몸을 묶

는다. 소모 마나:1,000 숙련도:10%

금의 강신 Lv.100:방어력을 낮추고 공격력을 끌어올린다. 소모
마나:1,500 지속 시간:3분 숙련도:10%

사신무 Lv.100:사신수의 힘을 하나로 융합해 소멸의 축복을 내
린다. 소모 마나:5,000 숙련도:10%

루운은 창을 보며 만족스러운 표정을 지었다.

스텟 외에도 명성이 상승했고, 레벨 업을 할 때를 제외하고
는 오르지 않던 추가 스텟도 100씩 성장했다.

또한, 스킬은 총 다섯 개를 습득했는데 그동안은 없었던 방
어형 스킬이 존재했다.

거기다가 기본적으로 스킬의 레벨이 100이었으며 숙련도도
10%인 상태로 습득하게 됐다.

예상은 했지만 생각보다 높은 보상.

스으으윽.

루운은 자리에서 일어섰다. PK의 시간은 오래 걸리지 않는
데, 열 팀이 동시에 하다 보니 어느새 자신의 차례가 왔다.

그러자 곁에 있던 진상진 역시 긴 한숨을 토해내며 일어섰
고, 그랜드 길드원들은 대놓고 루운을 응원하자니 눈치가 보
여 둘 다 잘하라는 말과 함께 격려했다.

곧 루운과 진상진이 링 위에 모습을 드러냈다.

"응? 컥!"

링 위에 올라온 루운은 무심결에 주변을 둘러보다가 낯익은 인물을 발견하고 신음을 흘렸다.

처음에는 자신의 눈을 의심했다. 한데, 분명 그 둘이 같은 링에 올라와 있었다.

라튼과 레니아 커플이 말이다.

"여어! 보기 좋은데?"

"크윽! 저놈이!"

안 그래도 짜증에 몸부림치던 라튼은 옆 링에 올라온 루운의 비아냥거림에 인상을 험악하게 구겼다.

장난으로 한 말이 현실이 됐다.

어떻게 레니아와 1회전을 치러야 한단 말인가!

물론 실력에서는 자신이 앞섰고 개인전이기에 레니아가 떨어져도 상관은 없지만 마음이 좋지 않았다.

"그러게. 착하게 살지."

루운은 실소와 함께 진상진을 쳐다봤다.

그는 모든 준비를 마치고 시작종이 울리기만을 기다리고 있었다. 평소와 달리 진지한 표정이었다.

지더라도 최선을 다해 스윈한테 좋은 기억을 남기고 싶은 탓이다.

"합체! 합체!"

"합체를 보고 싶다! 그거 보려고 여기까지 왔어!"

"보여주세요!"

유저들이 합체를 부르짖었다. 최초의 합체를 실제로 보고 싶은 욕심이다. 아니, 봤다 할지라도 계속 바랐다. 그 정도로 놀라우며 멋진 장관이었으니.

'원한다면야……'

어차피 합체를 하려고 했다. 이미 알려진 힘이다. 굳이 숨길 필요가 없다.

더군다나 자신의 적은 적월이다. 괜히 시간을 끌고 싶지도 않았다.

다만 각성으로 인해 얻게 된 스킬들은 적월과 대면할 때까지 사용하지 않을 계획이다.

대결이 머지않았는데 감출 수 있는 정보를 까발린다면 자만이고 어리석은 짓이다.

비장의 카드다. 결승전까지 아껴야 했다. 다행인지 불행인지 결승전에서 마주치게 됐으니.

물론 둘 다 지지 않을 경우에 한해서지만.

"죄송합니다."

루운은 그 말과 함께 라지와 아지를 소환했다.

더불어 진월까지 꺼내 연주도 마쳤으며, 카운트가 울리자 초월, 돌진, 전투의 보조 스킬도 시전했다.

진상진은 침을 꿀꺽 삼켰다. 자신의 스텟이 하락됐다. 진월의 영향이다.

루운의 태도를 보니 절대 봐줄 것 같지 않았다.

'하지만… 나도 쉽게 지지 않는다!'

아무리 루운이 강하다 할지라도 자존심이 있었다. 사랑하는 여인에게 돋보이고 싶은 욕망도 존재했다.

진상진은 이를 꽉 깨물며 온몸에 힘을 주었다.

카운트가 끝났다. 스타트 종이 울렸다.

진상진은 루운을 향해 스킬들을 난사하면서 달려갔다.

스파아아앗!

그때 루운이 합체를 완성시키고 마나의 검을 소환했다.

곧 경기장에서 거대한 폭발이 일어났다.

"기운 내세요."

"스, 스윈……."

루운에게 패배하고 기운이 빠져 있던 진상진은 그녀의 위로에 감격 받았다.

감격은 착각을 불러일으켰고, 진상진의 머릿속에는 어느덧 영화 한 편이 완성됐다.

'스윈이 나에게 말을 건넸다는 것은 그동안 쑥스러워했지만… 이제는 나의 피앙새가 되겠다는 뜻이지! 그렇지 않고서야 루운이 보는데도 나한테 이토록 사랑스럽게 말할 리가 없어!'

전혀 사랑스럽지 않았지만 홀로 정신병자 모드가 된 진상진.

그는 스윈의 손을 붙잡으며 자리에서 벌떡 일어섰다. 그리고 외쳤다.

아리스는 단지 지나가는 길이었다.

진상진이 우울해하든 말든 관심도 없었다.

한데, 스윈이 루운에게로 돌아가자마자 진상진이 자신의 손을 붙잡으며 외쳤다.

"사랑해!"

"……"

시합 전 아리스는 마음껏 주먹을 풀었다.

시합은 짧은 시간 안에 1차전이 마무리됐다. 잠시의 휴식 시간이 주어졌다.

아직 여러 시합이 남아 있기에 참가자들은 로그아웃을 할 수 없었고, 유저들도 마찬가지였다.

대회 중 가장 많은 이의 관심을 받는 각성 급의 시합.

뉴 월드 최강자들의 전투. 훗날 자신들의 모습이었다. 또한, 어떤 변수가 생길지도 모른다. 그러니 한 경기도 놓치지 않고 관람하고픈 마음이다.

"본격적인 게임은 내일부터겠군."

쟈케가 고기 반찬으로 이뤄진 음식을 먹으며 말했다.

각성 급 자체만으로도 많은 유저들의 부러움을 산다.

하지만 각성 급에서도 실력 차이는 엄연히 존재했고, 중수 이상만 살아남는 내일 경기부터가 진짜 게임이라 할 수 있었다.

거기서부터는 누가 10위 안에 들지 쉽게 추측이 힘들었으니.

"어때? 이길 수 있어?"

쟈케가 루운을 향해 묻자 모두의 시선이 그에게로 집중됐다.

루운은 무슨 생각을 하는지 팔짱을 끼고 두 눈을 감고 있었다.

그러다 쟈케의 물음에 고개를 저으며 대답했다.

"모르겠어."

모두는 충격을 금치 못하며 두 눈을 크게 떴다.

합체를 할 수 있다. 거기다가 이제는 각성까지 해서 더욱 강해진 루운이다.

"어째서? 전력상으로는 네가 확실한 우위인데."

"처음에는 나도 그렇게 믿었어. 변신만 한 상태에서도 지지 않을 자신이 있었지. 그런데 각성까지 마쳤어. 그러나……."

"그러나?"

다들 루운의 입술만을 쳐다봤다.

대회였지만 사실 선두권은 몇 유저들한테 무게추가 기울었다.

그중에서 우승 확률이 가장 높은 이가 합체를 선보인 루운이었으며 변수가 적월이었다.

그 외 몇 선수도 리스트에 올라와 있지만 루운과 적월만큼은 관심받지 못했다.

그로인해 사실상 모두의 관심은 루운과 적월의 대결이었다.

합체를 이뤄낸 마에스트로 루운! PK 랭킹 1위의 블러드 소드 적월!

예전 1:1대결부터 길드전까지 루운의 3연승이냐?

상처받은 최강자 적월의 반격이냐?

실력도 실력이지만 오랜 시간 비교되고 부딪친 둘은 유저들의 관심을 집중시키기에 충분했다.

하나 그랜드 길드원들을 비롯한 루운의 지인들은 당연히 그가 이긴다고 믿어 의심치 않았다.

그래서 돈도 모두 루운한테 걸었는데 정작 본인이 확신하지 못하고 있다.

"적월의 시합을 봤어. 예전과 차이도 없어. 하지만 그는 여유로웠어."

"당연하지. 상대가 약했으니."

쟈케의 말에 루운은 고개를 저었다.

"그가 이 대회에서 노리는 것은 최강자라는 타이틀과 함께 바로 나야. 나를 쓰러뜨리고 싶어해."

"그건 알아."

"이상한 점 없어?"

"으응?"

쟈케는 루운의 의미를 알아차리지 못하며 고개를 갸웃거렸다.

그때 뒤에 앉아 있던 샤네가 루운을 거들었다.

"즉, 적월이 여유롭다는 뜻은 너를 이길 수 있다는 것을 말한다?"

루운은 고개를 끄덕였다.

"그래. 만약 나에게 패배한다고 믿는다면 적월은 저런 표정을 지을 수 없어. 자신이 지지 않는다면 나와 부딪치게 될 테고, 또 패배를 맛볼 수밖에 없으니. 그 자존심 강한 적월이 또 나한테 지는데 저렇게 즐길 수 있을까?"

루운은 길게 숨을 내쉬었다. 왠지 모를 불안감이 덮쳤다.

"무엇인가가 있어. 문제는 그게 뭔지 모르겠다는 거고."

"적이 사정거리 안에 들어와 있다면 자신도 적의 사정거리 안에 들어가 있다는 거지?"

"그래. 나는 적월을 꺾을 힘을 가졌어. 적월도 그럴 수 있다는 뜻이지."

스으윽. 끼이익.

그 말과 함께 루운은 자리에서 일어나 문을 열었다. 그런 루운을 향해 스윈이 물었다.

"어디 가세요?"

"아, 미리 만나보려고."

"누구… 설마……?"

놀라하는 스윈에게 루운은 방긋 웃어줬다.

고민해 봤자 부딪치기 전까지는 답이 나오지 않는다. 그러면 차라리 마음 편하게 그와의 대결에 임하고 싶었다.

또한, 어쩌면 이 대결로 다시는 볼 수 없을지도 모르는데 그전에 얼굴을 보고 싶었다.

비록 현실이 아닌 가상현실인 뉴 월드일지라도.

대기실의 문이 닫혔다. 루운은 옆 대기실로 걸음을 옮겼다.

“네놈은 뭐냐?”

“네가 왜 여기에! 죽여 버린다!”

“이봐, 루운. 무슨 험한 꼴을 보고 싶어 찾아온 거야?”

루운은 다크스 길드원들이 차지하고 있는 대기실 문을 열고 들어갔다.

자신의 예측처럼 적월은 그곳에 있었다.

“아아, 저는 여러분한테는 볼일이 없어요.”

루운은 쏟아지는 비난에 실소를 금치 않으며 약 올리듯 말했다.

그 말에 다크스 멤버들은 더욱 화가 치민 것 같지만 관심 없었다.

“할 말이 있나?”

적월이 의자에 앉은 채로 물었다.

“그냥. 형 얼굴 한번 보고 싶어서.”

“왜?”

“말했잖아. 그냥.”

루운과 적월의 시선이 부딪쳤다. 적월이 잠시 눈을 감더니 곧 일어섰다.

“나가지.”

“그래.”

적월의 수락에 루운은 다크스 길드원들, 특히 라튼한테 대놓고 손을 흔들며 대기실을 빠져나갔다.

“마지막 대화가 되려나?”

“왜 그렇게 생각하지?”

달빛이 두 사람을 비추는 야외. 루운은 쓰게 웃었다.

“형은 대회가 끝나면 접는다면서? 나한테 또 지고 말을 걸 사람이 아니니.”

“대단한 자신감이군.”

“글쎄… 형만큼은 아닌 것 같은데?”

적월의 눈동자가 흔들렸다.

“무슨 힘을 얻었는지는 모르겠어. 그래서 긴장도 돼. 그만큼 기대도 끓어오르고 말이야.”

“기대라?”

“1등을 하고 싶어. 형은 나에게 이기는 것이 더 큰 목표겠지만 나는 상금이 우선이거든. 하지만 뻔한 결과의 우승보다는 예측하지 못하는 전장의 2등도 재미있을 듯하다는 생각이 들었어. 세상은 1등만 기억한다지만 1등의 라이벌도 잊혀지지 않는 법이거든.”

“라이벌이라…….”

적월은 고개를 들어 달을 쳐다봤다.

은은한 자태를 뽐내는 달은 눈부시게 아름답다.

언제나 해에게 가려져 해가 저문 다음에야 빛을 발한다 할지라도.

루운은 적월을 쳐다봤다. 의미를 담은 발언이었다.

그가 의미를 이해해 줄지, 자신을 집어삼킨 어둠에서 벗어날 수 있을지 알 수 없다.

단지, 꼭 해주고 싶었다. 자신에게 졌지만 형도 최고라는 사실을.

두 사람은 한참이나 달을 바라보며 자리를 떠나지 않았다.

첫째 날의 시합이 끝났다.

이긴 유저들은 다음 시합을 준비하고 상대를 파악하기 위해 동영상을 검색해 보는 등 노력했으며, 떨어진 자들은 술로 한탄하거나 혹은 사냥을 해서 더욱 강해지려 힘썼다.

둘째 날의 시합이 펼쳐지자 각성 급의 대회장을 찾은 유저의 수는 더욱 늘어났으며 열기 역시 뜨거웠다.

그중에서 단연 돋보이는 두 명의 유저가 있었으니 적월과 루운이었다.

적월은 랭킹 1위를 보여주듯 어떤 상대를 만나도 무난하게 쓰러뜨렸고, 루운은 속전속결이었다.

시작과 함께 합체를 선보이며 순식간에 무너뜨렸다.

개인전에서의 합체는 놀라운 위력을 선보였다.

특히 안정된 방어력에 유저들의 표현으로 미친 공격력을 갖춘 루운의 힘을 막을 자는 존재하지 않았다.

서로가 똑같이 데미지를 주더라도 서 있는 것은 언제나 루운이었다.

새벽이 찾아왔다. 어느덧 이틀째의 시합도 마무리됐다.

이제 남은 유저는 총 열여섯 명.

드디어 각성 급 마지막 대회가 열렸다.

—자! 드디어 오늘 뉴 월드 최강의 유저가 결정됩니다! 모두 흥분되시죠?

아로하의 질문에 관중석에 있는 많은 유저들은 환호를 질렀다.

—그러면 5분 뒤에 첫 번째 시합을 시작하겠습니다!

대기실에서 진행을 듣던 루운은 고개를 돌렸다.

그의 곁에는 아리스와 쟈케가 앉아 있었다. 적월을 비롯한 다른 유저들도 시야에 들어왔다.

현재 열여섯 명만이 남았기에 대기실을 따로 쓰지 않았다.

"다녀오세요."

루운의 말에 아리스는 고개를 끄덕이며 일어서 밖으로 나갔다.

그 뒤를 이어 적월 역시 루운을 한 번 쳐다보더니 모습을 감췄다.

아리스와 적월이 첫 번째 시합의 주인공이었다.

"지겠지?"

쟈케가 묻자 루운은 솔직하게 고개를 끄덕였다.

안타깝게도 아리스에게 이길 확률은 거의 존재하지 않았다.

"다음을 기대해야지."

"응? 뭐를?"

루운은 쟈케의 반문에 고개를 저었다.

적월의 힘을 미리 알아둘 수 있으면 좋았다. 아리스는 그 힘을 끌어내지 못할 듯했다.

하나 쟈케를 비롯한 다른 PK 상위 랭커들은 가능할 것 같기도 했다.

루운은 적월이 자신과 붙기 전 위기를 느끼기를 바랐다.

파아아아아앗!

허공에서 경기장만 한 불꽃이 형성됐다.

소용돌이치는 불꽃은 아리스가 펼칠 수 있는 최대의 공격 주술이었다.

'역시 세구나.'

아리스는 입술을 잘근 깨물었다.

기왕이면 응원을 하고 있는 루나를 비롯해 동료들한테 승리하는 모습을 보여주고 싶지만 적월은 너무나 강했다.

지금의 이 공격 역시 통한다는 확신이 없었다. 하지만 공격도 제대로 하지 못한 채 당할 수는 없었다.

힘겹게 벌린 거리. 남아 있는 생명도 거의 존재하지 않는다.

그렇다면 한 방 역전을 기대할 수밖에.

"가라!"

아리스의 손이 허공에서 아래로 내려왔다.

동시에 불꽃 역시 적월을 집어삼킬 듯이 달려들었다. 그러자 적월은 검을 양손으로 잡고 머리 뒤로 젖혔다. 곧 그의 최강의 스킬과 아리스의 불꽃이 부딪쳤다.

불꽃이 잡아먹혔다.

“돌아왔어.”

차아악!

시합에 나갔다가 돌아온 루운은 쟈케가 손을 들어 올리자 손뼉을 마주쳤다.

아리스는 안타깝게 떨어졌지만 둘은 8강전 진출에 성공했다.

일단 10위 안에는 이름을 올린 것이며, 남은 둘의 선수는 16강에서 탈락한 선수들이 대결을 펼쳐 순위를 결정하게 된다.

30분의 휴식. 루운과 쟈케는 스윈과 샤네가 챙겨온 음식으로 배를 채우며 수다를 떨었다.

적월에게도 라튼을 비롯한 다크스 길드원들이 찾아왔다.

‘오늘도 못 오는 건가?’

루운은 하은을 떠올리며 아쉬움을 느꼈다.

시아는 가능한 온다고 했지만 하은과는 연락이 되지 않았다.

그래서 시아한테 물어보니 하은이 바쁘다고만 할 뿐 그 이상의 얘기는 듣지 못했다.

기왕이면 하은 앞에서 우승하는 모습을 보여주고 싶은데…….

“지지 마라.”

8강전이 시작됐다.

응원을 하러 왔던 유저들은 이제 대기실을 나가야 했는데, 아리스가 돌아서며 말했다.

루운과 쟈케는 그녀에게 고개를 끄덕였고, 약속은 지켜졌다.

둘 다 모두 4강전에 진출했다.

만약 함께 이긴다면 결승전은 그랜드의 잔치가 될 것이다.

또한 기대했던 유저들은 안타깝게도 루운과 적월의 대결을 볼 수 없게 된다.

"나만 믿어라."

쟈케가 일어섰다. 그는 루운의 어깨를 두드린 다음 몸을 돌렸다.

루운은 쟈케에게 웃어주며 적월을 쳐다봤다.

씨이익. 적월에게도 미소를 선사했다.

적월은 그런 루운에게 실소를 흘리며 몸을 돌렸다.

그러자 루운 역시 자연스럽게 고개를 돌려 경기장을 쳐다봤다. 쟈케와 적월이 올라서는 모습이 보였다.

곧 둘의 신형이 경기장 중앙에서 격돌했다.

경기장 위로 조명이 비춰졌다.

어둠이 사라지며 두 명의 유저가 모습을 드러냈다.

아로하는 흥분을 금치 못하며 크게 외쳤다.

유저들은 그녀의 신도들처럼 한마디 한마디에 반응했다.

모두가 하나되어 경기장 위에 서 있는 둘을 쳐다봤다.

관중들, 떨어진 유저들, 방송국, 뉴 월드의 모든 플레이어들은 이 경기를 놓치지 않기 위해 노력했다.

뉴 월드의 최강의 자리를 뽑는 자리!

카운트는 존재하지 않았다. 그들에게 맡기는 것이다.

시작도 끝도 결승전에 올라온 특권이었다.

"드디어 만났군."

"그래."

적월의 표정이 꿈틀거렸다.

그는 기뻐하고 있었다. 최고의 자리에서 최강의 유저로 성장한 루운을 꺾을 수 있다는 사실에.

"이제 마지막 싸움인가?"

"그렇겠지."

루운은 적월의 대답을 들으며 고개를 끄덕였다.

오해와 일그러진 질투, 자존심에서 시작된 악연.

어떻게 풀리든지 이 시합이면 끝나게 된다.

'이길게. 꼭.'

루운은 마음속으로 동료들에게 뜻을 전했다.

쟈케는 4강전에서 패배했다. 많이 강해졌다. 하나 적월에게는 역부족이었다.

그를 몰아붙이기는 했지만 숨겨진 힘을 사용하기까지는 아니었다.

그와 함께 자신 역시 사신수의 힘을 쓰지 않으며 결승전에 올라왔다.

PK 랭킹 2위의 실력은 대단했지만 적월처럼 긴장감은 느껴지지 않았다.

"후우우우."

루운은 길게 숨을 내쉬며 고개를 돌렸다. 가장 가까운 곳에 앉아 있는 모두가 보였다.

스윈의 곁에 시아 역시 촬영을 마치고 참석해 있었다.

결승에 오른 또 다른 혜택이었다. 비워져 있던 특등석에 원하는 이들을 앉힐 수 있는.

물론 수의 제한은 존재해 아는 이들 모두를 이동시킬 수는 없었지만.

"이제 시작해 볼까?"

적월이 검을 소환하며 루운을 불렀다.

루운은 차가운 밤바람을 느끼며 일행에게 환한 웃음으로 믿음을 줬다.

그 미소에 그들 역시 따스한 웃음과 열광적인 응원을 아끼지 않았다.

"진월."

루운의 손에 핏빛 진월이 모습을 드러냈다.

유저들은 환호했다. 진월의 황홀한 연주를 듣고 싶다! 욕망이 급증했다.

"이런 날에 연주가 빠질 수 없겠지?"

루운이 묻자 적월은 고개를 끄덕였다.

자신이 바라던 꿈의 무대. 최고의 복수.

뉴 월드에서 가장 아름다운 음을 낸다는 진월이 더해지면 금상첨화일 듯했다.

"아아! 너무 좋아!"

"정말 내 혼이 빼앗기는 것 같아!"

"이건 음악이 아닌 지배다!"

진월의 음이 퍼지자 유저들은 흥분을 감추지 않았다.

버프가 시전됐다. 정령들이 소환됐다. 루운은 그럼에도 연주를 멈추지 않았다.

지이이잉!

2분의 시간이 지났다. 루운은 거친 숨을 내쉬며 이마에서 흐르는 땀을 닦았다.

고요한 침묵이 흘렀다. 마치 화산이 터지기 직전의 상태.

곧 유저들의 입에서는 우레와 같은 함성이 터져 나왔고, 루운은 초월, 돌진, 전투, 심결을 써서 능력을 향상시켰다.

그때 적월이 움직였다.

"검은 달!"

적월이 발을 떼자마자 그의 그림자로 이동한 루운은 마나의 검을 형성했다.

쉽게 상대해서 이길 수 있는 존재가 아니다.

"어림없다!"

스스슥! 챙강!

루운은 쓰게 웃었다.

검은 달을 시전하자마자 적월은 검을 자신의 등 뒤로 내질렀다.

결국 루운은 마나의 검을 내지르지 못한 채 방어할 수밖에 없었고, 그런 적월에게 정령들이 덤벼들었다.

전처럼 다시 대화가 불가능했다. 하나 정령들은 루운의 뜻을 알아차리며 움직였다.

"블러드 쇼크!"

적월이 검을 바닥에 내리꽂았다.

쿠우우웅!

경기장 전체가 흔들렸다. 그러더니 피의 분수가 솟구쳤다.

피할 공간이 없다. 결국 정령들은 온몸으로 분수를 맞았다.

드드드드!

그러자 정령들의 육체가 떨렸다.

온몸에 커다란 쇼크를 입으며 바닥에 힘없이 늘어졌다.

곧 깨어나겠지만 잠시 동안 다수의 적을 혼절시키는 유용한 스킬이었다.

"루운! 너의 힘을 보여라!"

적월이 달려들었다. 루운은 고개를 숙이며 그의 옆구리를 베려고 들어갔다.

그렇지만 적월의 검 옆면에 막혀 버렸고, 루운은 재차 마나의 검을 시전했다. 폭주도 함께였다.

무시무시한 두 개의 스킬! 적월은 피하기보다 부딪치기를 택했다.

그는 자신의 손바닥에 상처를 내어 검에 피를 묻혔다. 검이 피로 휘감겼다.

콰아아아앙!!

정중앙에서 폭발이 일어났다. 루운과 적월의 신형이 뒤로 나가떨어졌다.

하지만 둘은 금세 균형을 잡으며 재차 서로를 향해 돌진했다.

스스스스스!! 파아아앗!

루운의 죽음의 검이 시전됐다. 열여섯 개의 검이 적월의 결을 노렸다.

그런데 적월의 검에서도 수십 개의 검붉은 기운이 발출되더니 죽음의 검과 부딪쳤다.

"힘을 쓰지 않는다면 위험해."

적월은 악마처럼 웃었다. 루운이 뒤에 나타났다.

즐거웠다. 긴장감. 흥분. 온몸에 들끓었다!

"내가 할 말이군! 합체를 쓰지 않을 것이냐!"

콰지지직!

둘의 검이 부딪쳤다.

"형이 걱정할 문제가 아닌데! 폭룡!"

"그런가? 크큭! 블러드 토네이도!"

쿠오오오! 슈우우우우!

적월의 신형을 폭룡이 집어삼켰다. 루운의 육체가 피의 소용돌이에 휩쓸렸다.

유저들은 한순간도 눈을 떼지 못하며 경기장을 주시했다.

놀라운 싸움이었다. 아직 합체를 하지 않았음에도 둘의 대결은 보는 것만으로도 크나큰 기쁨이었다.

“하아, 하아…….”

“후우…….”

루운과 적월이 서로를 쳐다봤다.

방금 전의 방어를 포기하고 시도한 공격으로 인해 몰골이 깔끔하지 못했다.

“이제 끝낼게.”

루운은 입가에 흐르는 피를 닦더니 긴 숨과 함께 말했다. 합체를 시도하려는 것이다.

“좋지!”

“라지! 아지!”

적월이 이빨을 드러내며 웃자 루운 역시 즐거움을 감추지 않으며 두 녀석을 소환했다.

합체를 기다린 적월의 모습. 그는 이제 카드를 꺼낼 것이다.

라지와 아지가 모습을 드러냈다. 곧 루운은 합체한 모습으로 적월의 앞에 나타났다.

그때 모두가 놀랄 만한 발언이 적월의 입에서 나왔다.

“이제부터가 시작이다! 합체!”

루운은 자신의 두 눈을 믿을 수 없었다.

―마, 말도 안 됩니다! 적월님이 합체를 하고 있어요! 세상에! 합체를 완성한 유저가 또 있다니!

“뭐야? 적월이 확신하던 이유가 이거였어?”

“히히, 걸기를 잘했다. 이유 없이 그럴 리가 없다고 생각했는데.”

“그러게. 우리는 대박이군!”

아로하의 기겁한 목소리에서 유저들은 자신이 보고 있는 현실이 진실이라는 사실을 알아차렸다.

라튼과 레니아는 기뻐했다.

배팅에서 당연히 탑을 달리는 유저는 루운이었다. 합체의 영향으로 인해.

그것은 즉 다른 유저가 우승하면 그 유저에 돈을 건 이는 버는 액수가 많다는 뜻이었다.

“우리의 마스터! 이기자고!”

라튼의 자신만만한 목소리! 그와는 반대로 루운의 동료들의 표정에 어둠이 형성됐다.

적월이 합체를 하리라고는 상상도 하지 못했다.

루운 역시 1년에 가까운 시간 동안 레벨 업을 하지 못하면서 얻게 된 합체가 아닌가?

“이거… 위험한데.”

“그러게. 루운이 확실하게 앞서는 부분이 바로 합체였는데.”

쟈케와 샤네가 불안한 표정으로 대화를 나눴다.

그 둘의 얘기를 들으며 스윈은 두 손을 마주 잡았다. 그러자 시아가 그녀의 손 위에 자신의 손을 얹으며 힘을 줬다.

“걱정하지 마. 우리 오빠, 멍청하고 항상 애 같아도… 자기가 한 말은 지키니깐. 분명 이긴다고 했어.”

스윈은 밝아진 표정으로 시아의 손을 잡은 채 루운을 쳐다 봤다.

"하하, 놀라운데? 합체를 완성했을 줄이야."

루운은 전혀 예측도 하지 못한 적월의 모습을 바라봤다.

붉은색의 기류가 전신에서 피어올랐으며, 빨간 날개가 등에 형성됐다.

거기에 한쪽 눈동자만 피에 젖은 채 자신을 응시하고 있었다.

"이제 대등한 싸움이 되겠지?"

말을 하는 적월의 입에서 거친 숨이 튀어나왔다.

루운은 날카로워진 이빨을 드러내며 혀를 날름거렸다.

그래. 이래야 재미있다. 합체를 하면 승부가 갈리는 결승전을 바라지 않았다.

"시간이 없으니 얼른 끝내지."

합체의 지속 시간은 2분. 루운은 동의하며 허공으로 치솟았다.

그러자 적월 역시 날개를 퍼덕이며 하늘 높이 솟구쳐 올라갔다.

"나는 지지 않아! 다시는!"

적월의 검에서 폭발할 듯한 피의 파도가 덮쳤다.

"물의 장막! 생명의 창조!"

촤아아악! 푸드드드득!

루운의 몸 주변으로 푸른색의 이펙트가 형성됐다.

완벽한 방어막은 아니지만 3분이라는 시간 동안 적의 데미지를 줄일 수 있었다.

그와 함께 경기장에서 나무줄기가 찰나에 솟구쳐 적월의 몸을 붙잡았다.

루운은 검은 달을 시전했다. 여전히 한 방을 완벽하게 방어하는 보호막은 없다.

그렇지만 자신에게는 회피하는 검은 달이 존재했다.

"또 막아봐! 불의 검! 금의 강신!"

루운의 검에서 불꽃 소용돌이가 일어났다. 이마에서 두 눈동자가 금빛으로 물들었다. 공격력을 올리는 두 스킬!

보인다. 보인다! 결이 나의 눈에 들어온다!

루운은 목을 향해 검을 찔렀다. 적월의 육체는 나무줄기에 묶여 있다. 피할 수 없다!

하지만 루운의 바람은 이뤄지지 않았다.

적월이 비명을 지르자 몸 곳곳에서 상처가 터지면서 피의 칼날이 형성되어 나무줄기를 모두 잘라 버렸다.

"나에게 잔재주는 통하지 않아!"

적월이 피의 장막을 형성해 루운의 공격을 막았다.

그리고 루운의 배 아래로 파고들어 검을 박으려고 했다.

'크윽!'

옆구리를 스치고 지나갔다. 피가 흘렀다.

퍼억!

그때 어느새 머리 위로 솟구친 적월이 피의 힘을 담은 빛나는 주먹으로 루운을 내려쳤다.

쿠우우웅!

루운의 육체가 경기장으로 추락했다.

"이제 끝이다!"

적월이 검을 양손으로 잡은 채 머리 위로 들어 올렸다.

루운은 황급히 자리에서 일어서며 남은 마나를 확인했다.

그와 함께 검을 옆구리 옆으로 움직였다.

"루운! 나의 승리다!"

지척까지 접근한 적월이 자신의 최강의 스킬을 시전했다.

세상을 뒤엎어 버릴 듯한 붉은 기운! 하나 루운은 포기하지 않으며 맞부딪쳤다.

"미안하지만… 난 지지 않아! 사신무!"

루운의 검에서 흰빛을 띤 사신수가 발출됐다.

그리고 우승자가 가려졌다.

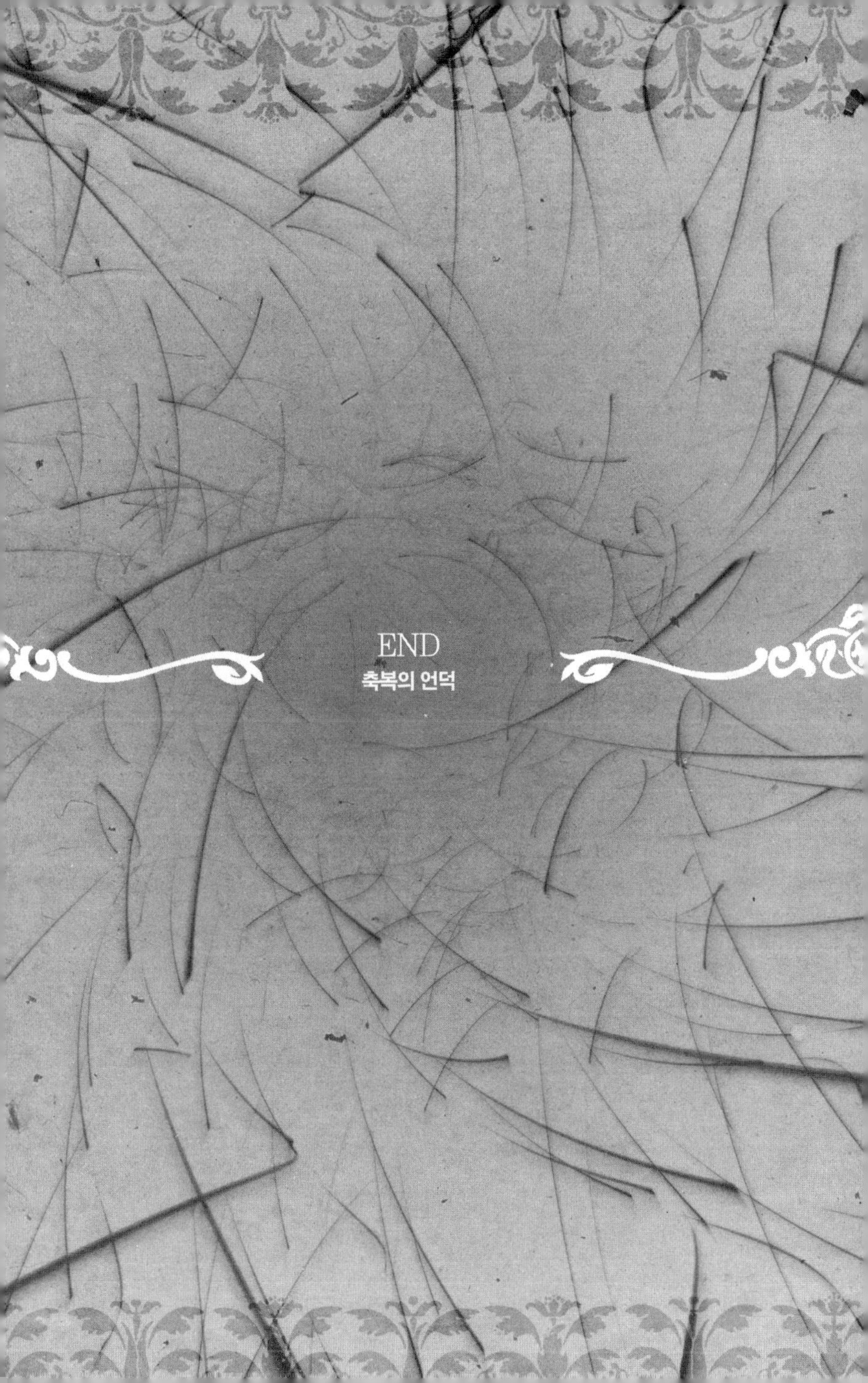
END
축복의 언덕

시현은 밝지 못한 일굴로 로그아웃했다.

마지막 일격에서 승리하며 우승했다. 상금도 받았다. 그러나 기분은 좋지 않았다.

무슨 이유에서인지는 모르지만 허탈하게 웃던 적월이 손을 흔들며 떠나는 모습에 마음이 울적해졌다.

그로인해 축하 파티를 하자는 길드원들과 아로하를 비롯해 인터뷰를 요청하는 기자들에게 양해를 구한 뒤 빠져나왔다.

"후우, 모르겠다."

냉장고에서 음료수를 하나 꺼낸 시현은 뚜껑을 열며 인터넷에 접속했다.

그러다 무심결에 검색어 순위를 봤다가 음료수를 바닥에 떨어뜨렸다.

정미라가 검색어 1위를 차지하고 있었다. 그런데 내용이 충격적이었다. 정미라 결혼!

시현은 다급히 기사를 찾아봤다. 수많은 기사가 봇물처럼 터져 올라와 있는 상황이었다.

유명한 남자 연예인과 며칠 뒤 결혼식을 올린다고.

"하하, 하하……."

시현은 마치 적월처럼 헛웃음을 터뜨렸다.

마냥 웃음이 나왔다. 지금의 상황이 너무나 어이없었다.

"오빠!"

그때 시아가 로그아웃을 해 방문을 열고 들어왔다.

구박을 해서라도 다시 뉴 월드에 접속하게 할 계획이었다.

이 기쁜 날에 정작 당사자가 빠지다니! 용납할 수 없었다.

"왜 나가고 그… 어?"

시현의 뒤에 와서 목소리 톤을 높이던 시아의 시선이 기사에 꽂혔다.

"정말 죄송해요."

시현은 소파에 정미라와 마주 앉아 있었다. 시아가 그녀에게 연락한 것이었다.

"죄송할 이유 없어요."

시현은 고개를 저었다. 그녀가 사과할 필요가 없었다.

바보처럼 혼자 착각했다. 혼자 망상에 빠져 행복해했다.

정미라처럼 인기 많고 사랑스러운 여자가 왜 자신을 만나겠는가?

단지 혼자 추측하고 결정 내려서 움직였을 뿐이다. 그녀는 잘못이 없었다.

물론 속인 것에는 화가 나기도 했다. 하지만 화를 낼 수는 없었다. 악의가 없었으니.

더군다나 정미라한테는 화를 내고 싶지도 않았다.

단지 가슴이 답답했다. 머릿속이 멍했다. 이 자리를 벗어나고 싶다.

더 있다가는 자신을 자제하기가 힘들 듯했다. 지금도 충분히 두 눈이 뜨겁다.

"시현 씨……."

"아우! 정말 괜찮아요. 행복하게 사시면 그걸로 만족해요."

시현은 억지로 환하게 웃으며 자리에서 일어섰다.

"저 약속 있어서 나가볼게요. 너도 먼저 자."

곧 죄 지은 사람처럼 황급히 집안을 빠져나갔다.

시아와 정미라가 부르며 서둘러 따라 나오는 발소리가 들렸지만, 계단을 빠르게 뛰어내려 가는 자신을 따라잡지는 못했다.

"아아아아악!!"

거리를 달렸다. 고함을 질렀다. 주변 사람들이 미친놈처럼 봤지만 상관없었다.

한참을 그렇게 달리니 숨이 차고 심장이 터질 것 같았다.

시현은 눈에 보이는 술집으로 들어갔다.

술을 마셨다. 나중에 술이 자신을 마실 때까지 하염없이 목으로 삼켰다.

열심히 했다. 정미라를 지켜주고 잘 보이기 위해서.

행복했다. 그녀와 알게 되고 현실과 뉴 월드에서 볼 수 있어서.

미안했다. 그녀에게 어울리는 훌륭한 남자가 되지 못해서.

욕심냈다. 그럼에도 그녀와 함께 하고 싶다는……. 하지만 모든 게 헛된 것이 되어버렸다.

후회하지는 않는다. 뉴 월드를 하면서 정미라와 가까워질 수 있었으며 좋은 인연도 많이 알게 됐다.

또한, 돈도 적지 않게 벌었고, 앞으로도 뉴 월드의 인기가 있는 한 남들 부럽지 않은 수입을 올리면서 지낼 수 있었다.

그리고 뉴 월드의 재미 자체에도 빠졌고.

그런데 너무나 아팠다. 심장이 방심하다가 망치로 맞은 것처럼 당황스러울 만큼 아팠다.

답은 정해졌다. 마음을 버리고 웃어야 한다.

그녀가 편히 자신을 친구처럼 대하며 미안해하지 않도록.

그래. 답을 알고 있다.

하나 가슴이 우는 것은 도저히 어쩔 수가 없었다.

"오빠가?"

미진은 시아의 연락을 받고 황급히 집으로 달려왔다.

집에는 이미 철준과 은혜도 도착해 있었다.

"허억! 허억! 어떻게 된 일이야?"

미진이 숨을 헐떡이며 시아에게 묻자, 그녀는 한숨을 길게 내쉬며 모든 정황을 알려줬다.

정미라는 결혼 준비로 인해 어쩔 수 없이 돌아간 상황이었다.

"어떻게 해."

스윈이 손가락을 물며 중얼거렸다. 그리고 시현한테 전화를 걸었지만 전화기는 꺼져 있었다.

"일단 찾아보자."

철준이 머리를 긁적이며 밖으로 나갔다.

곧 모두는 그 뒤를 따라 시현이 갈 만한 곳을 돌아다녔지만 보이지 않았다. 그렇게 하루가 지났다.

"괜찮아?"

"응, 걱정하지 마. 오빠가 언제 올지 모르니⋯ 내가 있을게."

다음날 오후. 촬영을 위해 집을 나서던 시아가 안타깝게 쳐다보자 미진은 애써 웃으며 그녀를 다독였다.

"밥이라도 먹어."

미진이 어제저녁부터 아무것도 먹지 않았다는 사실을 잘 알고 있었다.

그리고 자기가 나가도 먹지 않으리라는 것도 알고 있었다.

"우리 오빠, 애가 아니잖아. 아무 일 없을 거야. 무슨 일을 저지르면 저질렀지, 절대 당할 사람이 아니니. 그러니… 알았지?"

"알았어."

시아는 불안했지만 미진이 내밀자 어쩔 수 없이 밖으로 나왔다.

그 후, 혹시 몰라 방에서 자고 있는 은혜에게 미진을 챙겨달라는 문자를 남기고 떨어지지 않는 발걸음을 돌렸다.

3일이 지났다. 시아의 집에는 진상진까지 와 있었다.

미진과 철준, 은하, 시현이 계속 접속하지 않자 전화를 해 사정을 들은 것이다.

"아우, 그 바보 같은 녀석! 여자가 세상에 얼마나 많은데! 물론… 미진 씨가 특출 나기는 하지만……."

밥을 먹다가 울컥한 진상진은 짜증스럽게 말했다.

그 말에 철준과 은하는 아무런 대답도 하지 않으며 길게 한숨을 내쉬었다.

"올라가자. 응?"

"조금 더 있을래."

밥을 다 먹은 다음 미진이 먹을거리를 챙겨 아파트 입구로 내려온 은하는 핏기가 없는 그녀를 다독였다.

이러다 미진에게 무슨 일이 생길 것 같았다.

그녀가 오랜 시간 시현을 좋아한다는 사실은 알고 있었지만 이토록 자신의 몸도 돌보지 않으며 매일 입구에서 기다리고 있다니.

가슴이 아팠다. 시현도 안타까웠고, 그런 시현을 외사랑하는 미진 역시 가여웠다.

"놔요… 놔!"

끝까지 미진이 올라가지 않자 결국 진상진이 내려와 힘으로 그녀를 끌어안았다.

그러자 미진은 진상진의 가슴을 치며 반항했다.

"오빠… 언제 올지 모르잖아요! 여기 있을래요!!"

"너만 힘든 게 아니잖아!"

결국 진상진은 소리를 질렀다.

그 역시 미진이 시현을 좋아한다는 사실을 알면서도 미진을 보는 바보였다.

그런데 미진의 비보 같은 모습에 회가 났다.

아니, 어쩌면 아무런 위로가 되지 못하는 자신의 모습에 화가 났는지도 모른다.

"제발……."

미진의 두 눈이 붉어졌다.

진상진은 그 모습을 한참이나 바라보다 아무런 말 없이 그녀를 데리고 집으로 올라갔다.

자신을 욕해도 좋다. 원망해도 좋다.

하지만 그녀의 건강이 진상진에게 있어서는 최우선이었다.

시현이 잠적을 그만둔 것은 5일째였다.

그날 저녁, 시현은 술 냄새를 풍기며 집 문을 열었다. 짧은 시간 동안 많이 여윈 모습이었다. 마음고생을 얼마나 했는지 알 수 있었다.

"오빠……!"

시현을 가장 먼저 발견한 시아가 소리를 질렀다.

그 말에 경찰에 연락을 해야 되는지 의논하고 있던 철준을 비롯한 이들이 방에서 뛰어나왔다.

그들은 시현을 보더니 가장 먼저 안도의 한숨을 쉬었다.

그 뒤, 진상진이 달려가 시현의 멱살을 잡았다.

"이 자식!"

시현은 아무런 저항도 하지 않으며 진상진을 쳐다봤다.

힘으로 누르라면 충분히 이길 수 있다. 하나 시현은 모든 게 귀찮았다.

자신의 생각보다 정미라를 많이 좋아했다는 사실을 며칠 동안 알 수 있었다.

마음이 정리돼서 온 것이 아니었다. 술을 마시고 마셔도 지워지지 않았다.

그런데 시간이 지나자 정미라뿐 아니라 시아와 미진 등 주위 사람도 떠올릴 수 있었고, 그들이 걱정할까 봐 돌아온 것뿐이다.

그냥 이대로 진상진에게 맞고 싶다. 차라리 그렇게 해서라도 마음이 정신을 차릴 수 있다면 그러고 싶었다.

"뭐 하는……."

그 광경을 지켜본 시아가 달려가서 말리려고 했다.

하지만 철준이 제지했다. 그는 시아를 보며 고개를 저었다.

가만히 두자는 뜻이었다.

"야, 힘드냐? 아프냐?"

시현은 진상진을 여전히 멍하니 쳐다봤다.

"나도 힘들고 아프다, 이 새끼야!"

결국 진상진은 시현의 얼굴을 주먹으로 강하게 후려쳤다.

시현의 신형이 비틀거리더니 바닥에 넘어졌다.

"나는 네가 싫다! 정말 다시는 보고 싶지 않을 만큼 밉고 욕 나온다! 알아? 왜 내가 아닌 너냐? 아니, 왜 하필 너냐? 왜!"

"……?"

시현의 초점 없던 눈동자가 중심을 찾았다.

진상진의 목소리가 울먹거렸다.

"왜 이따위냐? 왜 다들 한곳밖에 못 보냐고! 너로 인해 아파 하는 그 아이는… 왜 모르냐고, 이 새끼야!"

진상진이 밖으로 뛰쳐나갔다. 시현은 고개를 들어 시아를 바라봤다.

"오빠 연락 안 되고… 미진 언니 계속 집에서 기다렸어. 매일 매일 물만 마시고… 정말 억지로 죽이나 음식을 먹여도 토해내면서……. 오빠가 오는 걸 조금이라도 빨리 확인하고 싶다고… 이 한겨울에 항상 밖에서……. 결국 쓰러졌어."

"상진이 오빠 이해해. 많이 힘들었을 거야. 자신이 좋아하는 여자가 다른 남자를 걱정해서 몸이 상하는 것을 계속 지켜

봐야 했으니. 매일 퇴근하면 달려와서 너를 기다렸어. 자신은 미진에게 아무런 힘이 되지 못하니……. 그 모습을 바라만 봐야 하니……. 네가 와서 미진이 기뻐한다면 더욱 마음이 아프겠지만… 미진이 아파하는 모습을 볼 바에는… 나을 것 같다면서……."

"……."

시현은 힘겹게 자리에서 일어서 자신의 방문을 열었다.

누워 있었다. 잠들어 있었다. 그런 미진의 팔에는 링거가 꽂혀 있었다.

시현은 침대 밑에 앉으며 그녀의 손을 잡았다.

은하가 말없이 방문을 닫아주자 어둠이 찾아왔다.

조심스럽게 시현은 그녀의 손을 잡으며 두 눈을 감았다. 머릿속으로 미진이 스쳐 지나갔다.

만남부터 시작해 마지막까지.

그녀가 자신을 챙겨주고 위해주던 모습들.

그 누구보다 자신의 일을 함께 기뻐하고 슬퍼했던 행동들.

그 모습이 자신이 정미라한테 하던 행동이라는 것을 왜 알아차리지 못했을까.

시현은 스스로한테 욕했다. 앞만 보고 걸어가다 꽃을 짓밟아 버렸다. 그런데 밟은 사실도 모른 채 여전히 걸어갔다.

얼마나 마음이 아팠을까? 정미라를 좋아한다는 사실도 미진은 알고 있었다.

'바보, 다 바보…….'

정말 다들 바보였다. 정미라나 그런 정미라를 바라보던 진상진이나.

사랑은 모두를 바보로 만들었다.

동이 트지 않은 새벽.

미진은 머리를 부여잡으며 잠에서 깨어났다. 몸을 일으키려다 팔뚝에 통증을 느끼며 다시 누웠다.

어제 오후에 쓰러진 사실이 떠올랐다.

병원을 안 가겠다고, 집에서 기다리겠다며 고집을 피우자 시아가 결국 집에서 링거를 맞고 있도록 했다.

"으응?"

미진은 침대 아래에 누군가 있다는 것을 알아차렸다. 그는 자신의 손을 잡고 있었다.

"오빠."

미진의 두 눈이 붉게 충혈됐다. 어두워서 잘 보이지 않지만 알 수 있었다.

그가 시현이라는 사실을…….

"배 안 고파?"

시현의 첫마디에 미진은 울면서 웃음을 터뜨렸다. 고개를 저었다.

그렇게 굶었는데도 전혀 고프지 않았다.

"많이 힘들었지?"

"아니… 아니에요."

자신보다 시현의 아픔이 더 크게 느껴졌다.

"목소리 봐라. 기운도 없어가지고."

"오빠도 마찬가지잖아요."

미진의 볼을 타고 물방울이 떨어져 내렸다. 여러 가지 감정이 교차했다.

그중 기쁨이 가장 컸다. 시현이 무사히 돌아왔기에.

"나… 아직 미라 씨가 마음에 남아 있어."

미진은 고개를 끄덕였다. 안다. 다 알고 있다.

"어떻게 될지 모르겠어. 언제 깨끗하게 잊을 수 있을지……. 그런데 한 가지는 알게 됐어."

시현은 미진의 손을 힘주어 잡았다.

"내 그림자 속에서 한 바보가 울고 있었다는 사실을……."

"오빠……?"

"언제가 될지는 몰라."

"……."

"그래도 기다려 줄 수 있니? 아니… 기다려 줄래?"

"……."

미진은 입술을 꽉 막았다. 하지만 끝내 울음을 막아내지 못했다.

그녀는 한참이나 숨을 쉬지 못할 만큼 울었다.

그리고 대답했다.

"네… 언제까지나……."

반년 뒤.

"아, 힘들었다."

"헤헤, 그러게요."

새로 생긴 맵에서 요괴들을 사냥했던 루운이 지친 얼굴로 말했다.

그러자 곁에 있던 스윈이 맞장구를 쳤다.

"뭔 방어력이 그렇게 센지……."

"그래도 오빠니깐 일찍 죽은 거예요. 쟈케 오빠랑 오면 한참인데."

쟈케는 여전히 방어력 위주다 보니 공격력이 약했다.

"와, 예쁘네요."

현재 둘은 뉴 월드 연인들이 자주 찾는다는 축복의 언덕에 와 있었다.

이곳에서 고백한 커플들이 현실에서도 이뤄지는 경우가 많아서 이름이 변한 곳인데, 아름다운 무지개가 펼쳐지자 스윈이 감탄했다.

그 모습을 바라보던 루운은 따스한 표정으로 뒤에서 그녀를 끌어안았다.

"오빠?"

스윈은 깜짝 놀라며 루운을 불렀다. 얼굴이 붉게 달아올랐다.

"오늘 생일이지?"

"알고 계셨어요?"

루운이 아무 말도 하지 않아서 모르는 줄 알았다.

루나와 시아가 대신 말해주겠다고 했지만 말렸다.

괜히 부담감을 주고 싶지 않았다. 한데 기억해 주고 있었다.

"태어나 줘서 고마워."

"네?"

스윈은 자신의 귀를 의심했다. 이런 달콤한 말은 단 한 번도 해준 적이 없었다.

하나 정신 차릴 새도 없이 루운의 애기는 계속됐다.

"함께하는 사랑에는 비극이 없대. 사랑이 없는 가운데에서만 비극이 있대."

루운의 달콤한 목소리가 멈췄다. 스윈은 결국 고개를 돌렸다.

루운과 시선이 마주쳤다. 그때 루운이 재차 말문을 열었다.

"고마워."

"뭐가요?"

스윈의 목소리가 떨렸다.

루운은 그녀를 보며 사랑스럽다는 듯 미소 지었다.

"나의 비극을 가져가 줘서."

"오빠……."

스윈은 루운의 가슴에 얼굴을 파묻었다.

슬픔이 아닌 기쁨으로 인해 눈시울이 붉어졌다.

루운은 그런 스윈을 끌어안았다.

그날 축복의 언덕에서 아름다운 연주회가 펼쳐졌다.

단 한 사람만을 위한.

THE END.

한성수 新무협 판타지 소설

문피아 최단기간 골든 베스트 1위!!
선호작 1위!! 평균 조회수 3만의
『화산검종』!!!

『무당괴협전』,『태극검해』,『만검조종』……
연이은 대작들의 감동을 넘어설 또 하나의 도전!!

한성수 작가가 야심차게 준비한
구대문파 시리즈의 출사표!!

그날 나는 죽었고 모든 것은 변하기 시작했다!

오 년 전의 싸움으로 내공이 전폐되고 목숨보다 소중했던
자하신공과 자하구벽검을 잃었다.
저주처럼 심장에 틀어박힌 구마련주의 마정을 품은 채
화산에 드리운 그늘을 벗기 위해 산을 내려온 운검.

하지만 그것은 끝이 아니라 또 다른 시작이었다!!

저작권 보호!!
장르문학의 성장에 힘이 되어주십시오.

저작물의 무단 전재와 복제, 불법 다운로드!
이것은 관심이 아니라 무관심입니다!

작가님들은 창의적 열정과 시간을 투자해 자신의 꿈과 생계를 유지합니다.
한 권의 책을 만들어 많은 사람들은 자신의 인생과 미래를 설계합니다.

저작물 속에는 여러 사람의 노력과 희망이
담겨 있습니다!

저작물의 무단 전재와 복제, 불법 다운로드는 여러 사람들의 꿈과 생계를
위협함으로써 장르문학을 심각한 상황에 빠뜨리고 있습니다.

이제는 무관심이 아니라 관심으로 장르문학의
성장에 힘이 되어주세요.

[도서출판 **청어람**은 항시적인 저작권 보호를 통해 장르문학과
여러분의 희망을 지키겠습니다.]

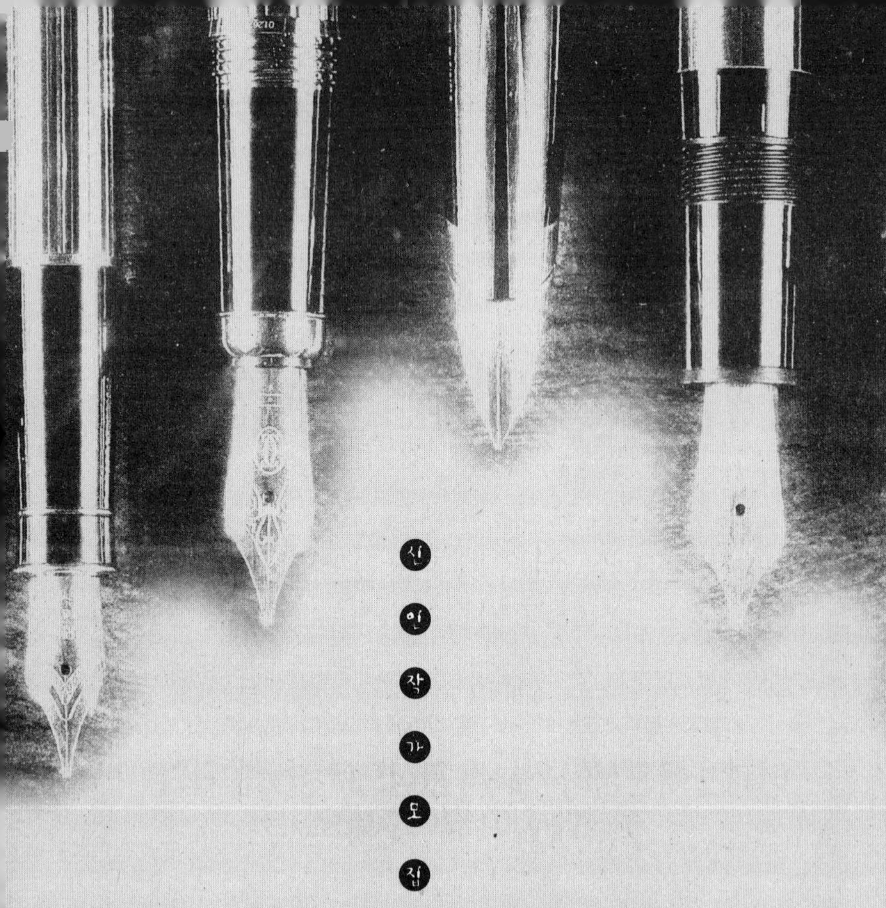

뿌리를 찾아가는 목동 파소의 여행.
그 여정의 끝에서
검 든 자들의 고향 대무천향 (大武天鄉)을 만난다.

검객 단보, 그는 노래했다.

…모든 검 든 자들의 고향 무천향.
한 초식의 검에 잠든 용이 깨어나고, 또 한 초식의 검에 잠든 바다가 일어나네.
검의 흐름을 따라가다 보면 어느새, 세월도 잊어버리고, 사랑도 잊어버리고,
무공도 잊어버려…….
결국에는 자신조차 잊어버리는…….

은하의 가장 밝은 빛이 되어버린다는
그 무성(武星)들의 대지(大地).

아, 대무천향(大武天鄉)이여!

유행이 아닌 자유추구 -
WWW.chungeoram.com
Book Publishing CHUNGEORAM

낭왕狼王

별도 新무협 판타지 소설

살내음 나는 이야기에 여러분은 가슴 졸인 적이 있는가?
남들이 볼까 두려워하며 책을 가리면서 읽었던 구절을 몇 번이나 반복하며
읽은 적이 없는가?

구무협의 향수를 그리워하던 별도가 결국은
〈무협의 르네상스〉를 부르짖으며 직접 자판 앞에 앉았다.

"제가 무협을 쓰기 시작한 이유는 더 이상 읽을 책이 없었기 때문입니다."

모든 일은 4 년 전부터 시작되었다.
살인사건을 배경으로 펼쳐지는 음모와 배신, 사랑과 역공작,
그리고 정사!

우리 시대의 이야기꾼, 별도의 새로운 글, 〈낭왕狼王〉!
〈천하무식 유아독존〉, 〈그림자무사〉, 〈검은여우毒心狐狸〉에
이은 그의 또 하나의 역작!

춘부 新무협 판타지 소설

예(禮)와 법(法)을 익힘에 있어
느리디 느린 둔재(鈍才).
법식(法式)에 얽매이기보다 마음을 다하며,
술(術)을 익히는 데는 느리지만
누구보다 빨리 도(道)에 이를 기재(奇才).

큰 지혜는 도리어 어리석게 보이는 법[大智若愚]!

화폭(畵幅)에 천지간(天地間)의 흐름을 담고
일획(一劃)에 그리움을 다하여라!

형식과 필법을 익히는 데는 둔하나
참다운 아름다움을 그릴 수 있게 된
화공(畵工) 진자명(陳自明)의 강호유람기!

狂龍記

광룡기

장담 新무협 장편 소설

미친 바람이 동해에서 불기 시작했다!
둥지를 떠난 광룡(狂龍)이 강호에 나타났다!

내가 가고 싶은 때로 간다.
내가 하고 싶은 때로 한다.
누구도 내 앞을 막지 마라!

한겨울, 마침내 광룡의 전설이 시작되고,
천하가 광룡과 빙심에 뒤집어졌다!

유행이 아닌 자유추구 -
WWW.chungeoram.com

Book Publishing CHUNGEORAM